半次捕物控

泣く子と小三郎

佐藤雅美

講談社

目次

装画　安里英晴
装幀　芦澤泰偉

半次捕物控

泣く子と小三郎

第一話　御奉行の十露盤

一

「なっとおオ、なっと、なっと」

「あっさりイ、むっきん」

江戸は彼らの声で一日がはじまる。

「アサリ屋さん」

長屋の女房《かみ》さんらしき風体《ふうてい》の女が呼び止める。

「へい」

アサリの剝《む》き身売りは天秤《てんびん》をおろす。朝のお味噌汁《つけ》の実にでもするのだろう。女房さんらしい女はざるを渡し、アサリの剝き身売りは目分量でざるに盛る。そんな光景を横目に、半次《はんじ》は商家の戸がまだ閉じられている表通りを八丁堀《はっちょうぼり》に向かっている。

半次が手札をいただいている北の定廻《じょうまわ》り岡田《おかだ》伝兵衛《でんべえ》の屋敷は八丁堀の亀島町寄りにある。鎧《よろい》ノ渡《わたし》の渡し船はまだ動いていないこととて、思案橋、江戸橋、海賊橋とぐるりと迂回した。

「お早うございます」

声をかけて、枝折戸《しおりど》を開けた。八丁堀のみんながそうしているように、岡田伝兵衛も表側の五十坪ばかりを他人に貸し、当人は裏の五十坪ばかりの地面に二階家を建てて住んでいる。

寝間着のまま房楊枝《ふさようじ》で歯を磨いていた岡田伝兵衛は、仕草でちょっと待てとばかりにやり、井戸端でがらがらとうがいをしていう。

「朝早く、呼び立ててすまぬ」

「朝が早くなければ商売はつとまりません。お気遣いなく」

「着替えてくる」

岡っ引がとっ捕まえるのは、おもに盗っ人だが、捕まえると、ここで手拭を盗んだといっている、ここで茶を飲んだといっている、などと引合《ひきあい》をつけてまわる。引合をつけられた者は御番所(町奉行所)に呼びだされて、下手をすると丸一日を潰される。だけでなく、同道を願わなければならない町役人《ちょうやくにん》にご馳走を振る舞わされ、ときによっては謝礼もはずまされる。だったら、よほど大事な物を盗まれたなどというのでなければ、知り合いの岡っ引にたのんで、いくらか掴ませて引合を抜いてもらったほうがいいと考える。相応の金を払って、そうしてくださいとたのむ。

八丁堀の周辺には定廻りや臨時廻りが犯罪人をしょっぴいてきて調べる調べ番屋《しら》が八ヵ所にあり、隣接して引合茶屋が七軒、寄合茶屋が五軒設けられている。引合をつけた岡っ引も、つけられた側の〝代〟である岡っ引も、毎朝早くにそこへ集まり、「抜いてもらえねえか」「いくら弾む？」「しかじかだ」「もちっと色をつけてもらいてえ」などとやりあう。情けないことだが、そうやって得た〝揚がり〟が岡っ引のおもな収入で、岡っ引はそれで飯を食っており、したがってみんな朝が早い。遅いと商売があがったりになる。

「掛けてくれ」

着替えをすませた岡田伝兵衛がすすめる。この家には子供がいない。夫婦二人だから、子だくさんの家のような朝のどたばたはない。

「へい」

半次は縁側に腰をおろした。

「お早うございます」

奥方が茶を運んでくる。半次は腰を浮かしていった。

「いつもお世話をおかけします」

「お食事は？」

奥方がほほ笑んで聞く。

「すませてきました」

半次の家の二階には平六《へいろく》、千吉《せんきち》、伝吉《でんきち》の下っ引三人が居候《いそうろう》していて、彼らもまた半次と同様、朝が早い。連れ合いの志摩《しま》ははじめのころこそ戸惑っていたが、一家の主婦が朝寝坊を決め込むわけにはいかない。いまでは毎朝、おさんどんを指揮して手際よく朝飯をつくっている。

「遠慮なら、なさらなくていいんですよ」

奥方はさらにすすめる。

「本当にすませてきました」

定廻りや臨時廻りの家は飯を食わせるなど当たり前。台所には薦被《こもかぶ》りがおいてあって酒ものべつ振る舞っており、岡っ引や下っ引のなかには嫌われない程度に顔をだして酒にありついている者もいる。

「昨日、佐久間さんに呼ばれた」

岡田伝兵衛も縁側にすわってつづける。年番《ねんばん》与力佐久間惣五郎は北のお偉方だ。

「事件ですか？」

たまに佐久間惣五郎から厄介な事件が岡田伝兵衛におりてきて、さらに半次にとおりてくることがある。

「事件というのではないが、まあ事件だ」

半次は苦笑していった。

「伺いましょう」

「一年ほど前のことだ。さる道具屋が御奉行を訪ね、持参した衝立《ついたて》障子を披露していった。これは百両はしようという逸品です。七十両に負けさせていただきます。お代はいつでも結構です。おいていきます。気に入られたらお買いもとめください」

「押し売りですか？」

「のようなものだ」

「御奉行ともあろうお人が、押し売りの道具屋なんかによくお会いになりましたねえ」

「閣老（老中）方は対客《たいかく》だの、御逢《おあい》だのと、しょっちゅう客を迎えておられる」

老中は開門して大っぴらに客を迎えていいとされている御対客日が月に二日、開門しないで簡略に迎えていいとされている御逢日が月に五日と定められていた。時間は早朝から四つ（午前十時）の御太鼓までだが（御太鼓が鳴って登城する）、老中は月に七日も公然と客を迎えていた。

「おなじように御奉行ものべつ客を迎えておられ、そのなかにたまたま、押し売りの道具屋が紛れ込んでいたということだ」

南北の御奉行はとくに客を迎えていいという日は定められていなかったが、大江戸の事件という事件を一手に扱う。登城前の毎朝の客はひっきりなしだった。

「それで、御奉行は追い返されなかった？」

「絵がなかなかの出来だったからと、おっしゃっておられるのだそうだが、佐久間さんのいわれるのに、百両はしようという逸品ですが、七十両に負けさせていただきますといわれたのでなんとなく預かっておく気になったのではないかということだ」

「偽物だったのですね？」

岡田伝兵衛はうんとばかりにうなずいてつづける。

「御奉行の榊原《さかきばら》家は名門だが、我らと同様廩米《りんまい》取りだ」

北町奉行榊原主計頭《かずえのかみ》は旗本だが、知行《ちぎょう》取りではなく三百俵を頂戴する蔵米取りだった。

「町奉行と勘定奉行をつごう二十年以上、務めあげると、蔵米取りでも知行五百石を頂戴できるようになる」

そういう決まりになっていた。

「御奉行は勘定奉行が四年、町奉行が十年、合計十四年。あと六年で五百石をとる知行取りになおることができる。だから、そろそろそれなりに家具調度をそろえておこうと考えられたということもありうる」

「家具調度ですか」

「うむ」

半次の家の家具調度というと長火鉢と神棚くらいで、志摩が嫁入り道具として持参した箪笥《たんす》、長持ち、鏡台などのほか家具調度らしいものはなにもない。これは半次の家にかぎらない。幕末にやってきた外国人がなべて驚いていることだが、当時の日本人は家具調度らしき物はなに一つとして所持していなかった。寝るときは布団を敷けばいいのだからベッドはいらない。一人に一つ箱膳があればいいのだからテーブルもいらない。畳にじかにすわるのだから椅子もいらない。家具調度など必要としなかったのだが、やがて五百石の知行取りにともなると、衝立障子の一つもと考えておかしくはない。

「お代はいつでも結構ですということなので、御奉行はそのまま部屋においておかれた。そこへ、さる御用達《ごようたし》の商人がやってきて、なにゆえ、かような結構な御品を無造作におかれているのですかという。もとより御奉行は絵のことなどなにもご存じない。どういうことなのかと聞かれた。御用達商人のいうのに、こうだ。絵は円山《まるやま》派の巨匠横山炉雪《ろせつ》の筆です。これだけの大きさの物になると、百両はくだりますまい。現にわたしは、ほぼこれとおなじ大きさの物を百十両で手に入れておりますと。御奉行は目を丸くして聞かれた。横山ナントカの筆だとどうして分かるのだと。御用達商人はつづけて、これをご覧くださいと落款《らっかん》を指さした。炉雪とあった。炉は炉端の炉。雪は降る雪」

「落款とおっしゃいますと？」

絵については御奉行以上に半次は知らない。

「書画に筆者が自筆で署名したり、判を押すことだ」

「横山炉雪という人はそんなにすごい人なのですか」

「おれも絵のほうにはまったく暗いのだが、十年ほど前に亡くなられたお人だとかで、炉雪の絵はいま江戸でいちばん人気が高く、したがって値も高く、また五年十年経つといま以上に値上がりするといわれていて、利殖に買いもとめる人も少なくないのだそうだ」

「利殖にねえ」

「湯屋の株とか髪結床《かみゆいどこ》の株とか利殖の手段はいろいろあるが、それぞれ約束事があってわずらわしい。また御武家さんは湯屋の株とか髪結床の株に手をだすわけにはいかない。その点、絵は持っていさえすればいいわけだから、先々値上がりするのなら、これほどいい利殖はない」

「御奉行はすぐさま七十両を払って手に入れられた？」

「慎重だったそうだ。御用達商人の判じだからな。鵜呑みにするわけにはいかない。そこで手をまわし、横山炉雪のお弟子さんにきてもらって、目利きしてもらった。お弟子さんのいわく。間違いありません。これは先生の手になる絵です。よくぞ手に入れられましたねえと。いくらくらいすると御奉行は聞いた。百両はくだりません。こうお弟子さんは太鼓判を押す。誰でも本物と信じる。内与力《ないよりき》の山口小兵衛さんを遣わして道具屋を呼び、七十両を払って請書をとられた」

「ちょっと待ってください」

半次は腰を折った。

「御用達商人と横山炉雪のお弟子さんがともに、百両はくだりませんと太鼓判を押した。そいつを七十両で買うことができる。三十両がとこ儲かる。こう十露盤《そろばん》を弾いて、御奉行は買われたのでしょう?」

「そうだ」

「なのに、偽物と分かって、騒ぎ立てるというのはねえ」

「先を急ぐな」

「お味噌汁だけでもお上がりになりませんか」

奥方が味噌汁を盆に載せてくる。

「いただきます」

礼をいって半次は椀を手にとった。実は大根の千切り、賽の目の豆腐、アサリの剝き身。奥方も江戸に大勢いるアサリの剝き身売りを呼び止めたのだろう。半次はすすった。うまい。

「美味《おい》しいですねえ」

「うちは麦味噌をあえております」

「道理でほどよく甘い」

岡田伝兵衛も味噌汁をすすってつづける。

「横山炉雪の筆になる衝立障子はそのあと格上げされて、内座之間から内寄合座敷へと移され、南の御奉行とか特別なお客の目にしか触れなくなったのだが、ある日、用があって訪ねてこられた御旗本が衝立障子をしげしげと眺めて、不思議なこともあるものだと」

「ご馳走さま」

　半次はお椀を盆の上にもどした。

「御旗本は五千五百石をとる酒井某とおっしゃるお方なのだが、おなじ絵柄の物を本家で見たと」

「本家？」

「播州姫路十五万石の酒井雅楽頭《うたのかみ》家だ」

　かつて下馬《げば》将軍といわれた大老をだした御家である。

「酒井家といえば、ずいぶん前に亡くなられましたが、絵をお描きになる有名なお方が縁者におられましたねえ」

「酒井抱一《ほういつ》というお方だ」

　尾形光琳《こうりん》の画風を江戸に再興した画家として知られている。

「そのお方となにか関係あるのですか？」

「関係はないのだが、酒井家は一族から酒井抱一というお方を輩出したように、お血筋に文人墨《ぼっ》客《かく》が多い。また酒井家には河合寸翁《すんおう》とかいう名家老がでて御勝手方（財政）を取り直されたとかで、内証はなかなかに裕福だ。だからといっていい、書画の売り込みなども少なくなく、これというのがあればせっせと購入しておられるのだとか」

「酒井某とおっしゃる御旗本は、御奉行のとおなじ絵柄の衝立障子を本家でご覧になったというわけですね」

「さよう。酒井家の本家はいまも申したとおり裕福な御家だ。金にあかさずといったら語弊があるが、購入するにしてもたしかなしっかりした筋から購入される。一方、御奉行が購入した先は、町の押し売りの一道具屋。比較して、どっちが本物で、どっちが偽物かは糺《ただ》さなくとも分かる。考えてみたら百両の物を七十両にというのもおかしい」

「二つとも本物ということは？」

「考えられなくもないが、ちゃんとした絵師がそっくりおなじ物を二つも描いたりするか。今度のことのように、こっちにもあります、あっちにもありますということになったら、みんなに迷惑をかけるだけでなく、本人の名誉にもかかわる」

「なるほど」

「御奉行は、そうですか、そういうことでしたらこれは偽物でしょう、はは、とんだ恥をさらしてしまいましたといってその場をとりつくろわれたのだそうだが、かりにも町奉行に偽物を摑ませるとは何事かと怒り心頭。道具屋を呼び付けて頭ごなしに怒鳴りつけようとされたのだが、そこで、はたと気づかれた。みんなが百両はするといった物を七十両で買ったことにだ。おぬしがいったとおり、三十両がとこ儲かると十露盤を弾いた、欲目があってのこと、欲につられてのことと思われても仕方がない」

「事実そうなのでしょう？」

「こんな話を知っておるか」

半次は耳をすませた。

百年ほども前の伊勢津《いせつ》、藤堂《とうどう》家の第七代当主和泉守《いずみのかみ》はさる浪人から備前定宗《びぜんさだむね》の刀を百両で買い取って、こう吹聴した。

「安かった。掘り出し物だった」

父大学頭《だいがくのかみ》がこれを聞いて、和泉守にいった。

「掘り出し物を手に入れたそうだなあ」

和泉守は胸を張っていった。

「いかにも。正真正銘の備前定宗がたったの百両です。いい買い物でした」

大学頭は首をひねって聞く。

「どこの屋敷のどこで掘り当てた？」

「いえいえそうではありません。高直《こうじき》の物を下直《げじき》にもとめるのを世間では掘り出し物というのです」

「馬鹿者！」

大学頭は怒鳴っていった。

「掘り出し物などといって喜ぶのは下賤の者のすることだ。御身《おんみ》は大名。そんなはしたない真似をして喜ぶものではない。浪人は命のつぎに大事な物を売って露命をつなごうとしているのだ。相応の対価を払って遣わすのがふつうの人間のすることではないのか」

和泉守は恥じて相応の対価を払った。

「それとおなじこと。百両の物を七十両で手に入れるなど町奉行たる者のすることではない。ましてや偽物と分かって騒ぎ立てるなど恥の上塗り。事をおおやけにするわけにはいかず、ぐっと堪《こら》えておられたのだが、しかしするとみすみす七十両を騙しとられたことになる。それもいまいましい。そこで、佐久間さんを呼ばれ、一部始終を明かしたうえでこういわれた。いずれ、偽物の絵を描いて世間に迷惑をかけているやつがいるに違いない。道具屋の線から当たって、そいつを挙げよと」

「偽物の絵を描いたというのは罪にならないと思うのですが」

「かたりを適用されるのだろう」

あらかじめたくらんで、せしめた金が一両以上なら死罪——と『御定書』にある。

「道具屋も同類として挙げることができると御奉行は考えられたのかもしれぬ」

「それで、お鉢がわたしに？」

「半次がよかろうと。佐久間さんが」

買い被っていただくのは有り難いが、この手の事件はおおむね持ち出し。銭にならない。

もちろん断るわけにはいかない。

「やってくれるな」

「道具屋はどこの何者なのです？」

といって半次は矢立から筆をとりだして墨を含ませ、懐紙をひろげた。

二

岡っ引が毎朝、そこに集まる引合茶屋や寄合茶屋はおおむね決まっている。たとえば、半次のように北の定廻りの手先はだいたいが坂本町二丁目、山王《さんのう》の御旅所《おたびしょ》門前の引合茶屋高麗屋《こうらいや》に集まる。だから、半次や半次が使っている下っ引がつけた引合を抜いてもらいたいのであれば、高麗屋をのぞけばいい。

　岡田伝兵衛から教えてもらった大門通りの道具屋はまだ店を開けていない。叩き起こすこともあるまい。後まわしにして、

「おっす」

　と半次は高麗屋の敷居をまたいだ。

　二階のぶち抜きの座敷のあちこちで、引合をつけた岡っ引と、つけられた者の〝代〟である岡っ引とが、「抜いてもらいたい」「いくらだす」などとやりあっている。毎朝見られる風景で、いわばここは引合を抜くマーケットでもあるのだが、後年、すぐ北に、株のマーケットの東京証券取引所ができる。一帯はマーケットということでなにやら因縁めいているのだが、半次ら岡っ引はおよそ午前中一杯、高麗屋で暇をつぶす。引合を抜く交渉をするだけでなく、なにかと情報を得ることもできるからだ。

「半次さーん」

　階下から声がかかる。ここの主人《あるじ》、後家のすみだ。昔、半次とはわけありだったが、いまはともに、そんなこと、ありましたっけという顔をしている。

「なんだい？」

「お客さんです」

　午前中一杯、半次がここにいるのを知っている者は少なくない。用があると新材木町の家ではなく、ここを訪ねてくる者もいる。

「あいよ」

半次はとんとんと階段をおりて、目を剝いた。玄関の土間に突っ立っているのは蟋蟀《こおろぎこ》小三郎《さぶろう》こと国見《くにみ》小三郎だ。

「鳩が豆鉄砲を食ったような、とはその面《つら》のことだな」

さんざんに世話を焼かされた。面倒もかけさせられた。かっとなって命の遣り取りを、すればとられたに違いないのだが、しそうになったことも何度かある。疫病神《やくびょうがみ》もいい男だったが、越前丸岡に帰り、丸岡表で年貢をおさめるように大人しくしているはずだったのに、

「くっついてんでしょうねえ」

半次は足許に目をやった。

「このとおり」

蟋蟀小三郎は袴をまくし上げてつづける。

「時分どきだ。飯をおごれ」

これから道具屋へ向かうところだったのだが、どうやって江戸にでてくることができたのか、興味がなくもない。

「いいでしょう」

半次は答えて表にでた。小三郎は空を見上げていう。

「鰻《うなぎ》にしよう」

鰯雲《いわしぐも》というのはあるが鰻雲というのはない。どんな連想で鰻ということになったのか。

「いいな、鰻だぞ」

蕎麦《そば》だと十六文から奢っても三十文。鰻だと二百文はする。

「坊主も鰻がいいといっておる。のオ」

七つ八つの襤褸《ぼろ》をまとったくりくり坊主の、お坊さんの卵らしい子供は連れらしい。それにしても物貰い同然のひどい形《なり》だ。

「蟋蟀さんのお子ですか」

「ようやっと在所を抜けだすことができたというのに、なにゆえ、子供など連れねばならぬ？」

「じゃあ、誰の？」

「おいおい語って聞かせる。ここいらじゃあ、新場の鰻芳《うなよし》がいい。松だぞ、いいな」

といって小三郎はすたすた向かう。松、竹、梅とあって、松はたしか二百六十文くらいした。三人だと南鐐《なんりよう》一枚（二朱銀）にもなる。えらい散財だが、まあいいだろう。

「ここにしよう」

小上がりの座敷に席をとって、松を三人前たのむと、小三郎のほうから切りだす。

「おれがどうやって江戸にでてくることになったのか、知りたいのだろう。顔にそう書いてある」

「まあね」

蟋蟀小三郎は養子で、実の母親も養家に引き取っていたのだが、養家の女房とその母親がやたら威張り散らし、小三郎だけではなく、実の母親をもいじめる。堪忍袋の緒を切って小三郎は、御家越前丸岡有馬家がちゃんとした跡取りがいるのに、金に困ってのこととはいえ、越後高田の榊原家から養子を迎えたのにわざと噛みつき、暇をとらされるように仕向け、母親を実家に預けて養家をおん出て江戸にでた。

小三郎は本人によると、江戸へでてからも御家と繋がりを持っていたかったからということで、宇田川町《うだがわちょう》の有馬家の上屋敷に顔をだしては、嫡流《ちゃくりゅう》がおられるのに他家から養子を迎えるなどあってはならないことと騒ぎ立て、有馬家では持て余していた。そこで、いろいろとあって半次の女房志摩がお節介を焼き、こう取り決めがなされた。

有馬家の跡取りは榊原家から迎えた養子とする。養子に男の子が生まれても跡取りとしない。女の子が生まれるのを待って、嫡流の男の子を婿養子に迎える。ただし、小三郎はそのあともなにかと騒ぎ立てる虞《おそれ》がある。だから小三郎を家中に抱え込む。ふたたび有馬家に仕えさせ、丸岡表に引き込ませて養家に戻らせる。志摩は手際よく、越前丸岡から養家の女房とその母親と十幾つかの洟垂《はなた》れをも呼び寄せた。

おりしも、小三郎は安針町《あんじんちょう》の飲み屋花村で、からまれたうえでのこととはいえ、日本橋に巣くう病犬《やまいぬ》の虎こと丹後《たんご》田辺牧野家の家来朝倉虎之介の心の臓を脇差で貫き、相棒の田村浩四郎の右腕を肩口からばさりと落とした。小三郎のかねてのやりたい放題の不行跡に手を焼いていた北町奉行所はここを先途《せんど》と、小三郎を遠島に処そうとした。御奉行はその旨将軍に伺った。だが世論は、鼻摘みの不良御武家を退治した小三郎の肩を持った。将軍もまた世論を支持した。北町奉行所は先例を調べなおさせられて、小三郎は無罪放免となった。ただし、老中は有馬家の用人をこっそり呼びつけてこういった。

「国見小三郎を放免することになった。ついては引き取って大人しくさせろ。これ以上、小三郎が御府内を騒がせていると有馬家を取り潰す」

小三郎としてもいつまでも馬鹿をやっているといつかはその首を獄門台《ごくもんだい》に載せられる、養家に戻るのはしゃくだがこれも運命と、迎えにきた、乾いた雑巾《ぞうきん》のように干からびた女房とその母親から首に縄をつけられて引っ張られるように丸岡へ帰っていった。それから三月《みつき》も経《た》たない。

「俺の人徳なんだな」

と小三郎がいい、半次は苦笑した。人徳などとおよそ縁がないのが小三郎だ。

「世間が俺のことを放っておかなかった」

「どういうことです？」

「俺はたいした名物男だ」

自分が主役の〝朧月夜血塗骨董《おぼろづきよちぬりのなまくび》〟なる狂言を中村座に掛けさせ、大当たりをとって蟋蟀小三郎はすっかり有名人になった。だけでなく、日本橋に巣くう不良御武家を退治して、またまた名を高めた。

「殿は若年寄まで務めたお人だから顔がお広い」

殿有馬左衛門佐誉純《さえもんのすけしげすみ》は外様《とざま》というのに寺社奉行に挙げられ、さらに西丸《にしのまる》の若年寄へと進んだことがあり、また、まだ退隠していず、誰彼と付き合いがあった。

「だから、殿とお付き合いのある諸侯方から、そこもとのご家来蟋蟀小三郎こと国見小三郎殿をお招きして武勇伝を聞きたいという要望がしきりということにあいなった」

「物好きなお殿様もいるもんだ。実物を知ったらがっかりなさること請け合いなのに」

「中村座の小道具係の者に腕に縒《よ》りをかけて造らせた生首を持参して御数寄屋坊主《おすきやぼうず》花田春海《しゅんかい》を脅しつけた話、病犬の虎らを退治した話、これらを語ると諸侯方は随喜の涙を流して喜ばれる」

張扇を叩くようにしてしゃべくるのだろう。

「ことにいまは太平の世、軟弱な家中の家来どもにもぜひ聞かせてやってもらいたいといわれて、家中の方々に語って聞かせることもある」

「ご老中のどなたかが御用人の山川さんに、蟋蟀さんのことを、引き取って大人しくさせろ、これ以上、小三郎が御府内を騒がせているようだと有馬家を取り潰すといわれたんでしょう」

「その当のご老中からもお呼びがかかった」

どこまで本当やら。口から出任せはしょっちゅうだから、話は半分以下に聞いておいたほうがいい。

「江戸にはいつまで？」

この前のように引っ掻きまわされたくない。

「期限はない」

「丸岡表では奥方様がお待ちでしょうに」

小三郎は女房にだけは頭があがらぬようで、眉をしかめていう。

「あいつの話はするな」

「お待たせしました」

鰻が運ばれてくる。

「やっときた。匂いを嗅がされつづけて、鰻を迎える腹の支度はすっかりととのっておる」

小三郎はそういって箸をとり、連れている子供にいう。

「お前も食え」

子供はひどい襤褸をまとっているが、継《つ》ぎはしてあって洗濯もしてあり、臭ったりはしない。

また、しつけも行き届いているようで、姿勢を崩さずにいて手を合わせ、

「いただきます」

と箸をとる。

三人それぞれ黙々と箸を動かし、

「美味《うま》かった。さすが鰻芳の鰻だ」

といって小三郎は箸をおく。

「ついてはなあ」

半次も箸をおいた。

「この坊主をしばらく預かってくれぬか」

「藪から棒にまたなんです」

「この、坊主の卵の名は沈念《ちんねん》という。三年前、六つの歳にお父っつぁんが改易《かいえき》の上遠島とされて親類に預けられたのだが、親類が預かるのを嫌がって三縁山増上寺《さんえんざんぞうじょうじ》三十六坊の一つ、立雲院《りゅううんいん》の洞《どう》海《かい》という納所《なっしょ》坊主に預けられた」

会計・庶務を扱う僧や下級の僧を納所坊主といった。

「ところがその洞海という納所坊主がとんだ食わせ者で、沈念を召使のようにこき使い、炊事洗濯から床の上げ下げまでやらせて、口答えの一つもしようものなら、足腰が立たないほど痛めつける」

「本人がそういっているのですか?」

半次は腰を折って子供の顔をじいっと見つめた。目になんの反応も浮かばない。

「立雲院の所化《しょけ》に聞いたのだ」

　修行僧の別名が所化だ。

「わが有馬家の上屋敷は宇田川町にあり、西南は増上寺の広い寺域で、立雲院は上屋敷の近くにあるのだが、沈念はここ一年ばかり毎日上屋敷の門前に突っ立って門付《かどづ》けをしておったのだと。洞海がろくろく飯を食わせないからだ。むろん着物なども買って与えたことがなく、見てのとおりつんつるてんのを着た切り雀。その洞海が四、五日前に、修行にでかけるといってふらりと姿を消した。沈念は洞海の厄介で、立雲院に籍はない。立雲院から身寄りをたよれといわれた。早い話が追い立てを食った。その日、昨日のことだ。沈念は行く当てがなく、いつまでも上屋敷の門前に突っ立っている。門番がどうしたのだと聞くがなにもいわない。そこへ俺が外出先から戻ってきてというわけで、とりあえず、俺の長屋にあげてあれこれ質《ただ》した。こいつは」

　と小三郎は沈念に目をやる。

「相当にしいたげられたんだなあ。心を開かぬ、物言わぬ子になったようで、なにも語らぬ。事情が分からなければ処置のほどこしようがない。こいつを長屋においたまま、立雲院の小僧というのは分かっておったので、でかけていって所化に事情を聞いたというわけだ」

「たとえ立雲院に籍はなくともです。二年か三年、そこにいたのでしょう。立雲院で預かってやればいい」

「三縁山増上寺三十六坊の内情を知っておるか？」

「とおっしゃいますと？」

「三十六坊の僧は女犯《にょぼん》を禁じられているというのに、ことごとくが梵妻《だいこく》を引きずり込んでおる。

なかには子供まで生ませている者がいて、そいつらは子供を所化や納所の見習いという名目にしておのれらの塔頭《たつちゅう》に住まわせておる」

そんな話は半次も聞いたことがある。

「立雲院もそうで、沈念とおなじ年格好の伜が二人もおって、先々ややこしくなりかねないから預かるわけにはいかないのだと。いや、だから、沈念は洞海の厄介のまま放っておかれ、洞海のやり放題にされていたのだ」

「小僧さん」

半次は声をかけた。沈念は半次の目を見返すが、目に感情はなく、一文字に結ばれた口は開かない。

「ほかに行く当てはないのかね」

といって、半次は馬鹿なことを聞いてしまったと恥じた。当てがあれば、洞海とやらのやり放題にされるなどという苦労はしない。この歳で心を開かず、物言わずというのは尋常ではない。胸を塞がれる思いでいった。

「分かりました。お預かりしましょう」

三

中村座と市村座に近い住吉町、新和泉町、難波町、高砂町の一角はかつて吉原があったところで、明暦の大火で江戸が焼け野原になったあと、吉原は浅草の向こうに追いやられて町地になり、往時の吉原を偲ばせるものは大門通りの通称だけになったが、この通りに、どういうわけか銅物屋《かなものや》や武具《ぶぐ》・馬具《ばぐ》屋が軒を並べていた。

はるか昔、俳人宝井其角《きかく》が〝鐘ひとつ売れぬ日はなし江戸の春〟と詠んだように、銅物屋はそこそこ商売になっていた。だが、鎧、兜、刀、槍、鉄砲、鞍、鐙《あぶみ》など諸々の武具・馬具は毎日が陰干しというありさまで、武具・馬具屋はいつしか骨董品や古道具を扱うようになり、骨董屋や古道具屋に看板を塗り替えている店も少なくなかった。北の御奉行榊原主計頭に横山炉雪の衝立障子を売りつけた大黒堂という道具屋ももとは武具・馬具屋とかで大門通りの目抜きに店を構えていた。

「主人の清兵衛さんはおられますか?」

半次は敷居をまたいでいった。

「わたしが清兵衛です」

帳場格子の中にいて、仏像かなにかを丁寧に磨いていた中年の男が顔をあげる。半次は腰を落としていった。

「あっしはお上《かみ》の御用をうけたまわっている新材木町の半次と申します」

「なにか?」

清兵衛はけげんに首をかしげる。

「一年ほども前のことですが、北の御奉行様に衝立障子をお買い上げいただきましたねえ」

「ええ」

といって清兵衛はさらに首をかしげる。

「それがどうかしましたか?」

「そのことで伺いたいのですが、あれはどうやって手に入れられたのです?」

清兵衛はきっと表情を変える。

「盗品だとでもおっしゃるのですか」

心外だといわんばかりだ。

「そうじゃあ、ありません。あの品を御奉行様はたいそう気に入られて、あれからというもの、内寄合座敷に飾っておられた。すると、お二人までが、これは横山炉雪の絵だ、百両はくだらないといわれる。御奉行様は七十両で手に入れられたものだからびっくりして、それは大変、誰かが損をしている、償いをしなければ奉行の名折れ、こう考えられて、どういう経路でそれがしの手に落ちたのか調べろとおっしゃったってえわけです」

これは半次が考えた筋書きだ。岡田伝兵衛にそういうことにして清兵衛にあたります、御奉行様の耳にも入れておいてくださいと断っておいた。償いをしなければといったが、偽物なんだから万が一にも償いなどありえない。

「おかしいですねえ」

清兵衛はまたも首をひねる。

「わたしは、これは百両はしようという逸品ですが、七十両に負けさせていただきますといって御奉行様にお薦めしたのですよ」

「御奉行様もたしかにそう聞かされましたが、商売人が七掛けに負けるなどありえないと思っておられたのです。お伺いしますが、あなたは正気で百両の物を七十両にお負けしますといったのですか」

「おっしゃるとおり。百両はしようという逸品といったのは吹っかけです。そんなにするとは思っておりませんでした。でもお二人までが、これは横山炉雪の絵だ、百両はするといわれたのでしょう？　御奉行様は三十両がとこ儲かった。結構なこと、文句なんかないじゃないですか」

「ですからいまも申したように、誰かが損をしている、償いをしなければ奉行の名折れと考えられ、どういう経路でそれがしの手に落ちたのか調べろといわれたのです。もちろんあなたは損をしていない。そうですね」

「してませんよ」

「するとあなたに売った方が損をしておられる。どなたなのです。損をされたお方は？」

「おっしゃられることがいま一つ腑に落ちませんが、まあいいでしょう、そこまでおっしゃるのなら申しましょう。近くの裏長屋に住んでおられる奥方様から買い上げたのです」

「どちらの奥方様ですか？」

「横山炉雪さんの高弟で吉川宗伯《そうはく》とおっしゃられるお方の奥方様です。旦那様は三年ばかり前に亡くなられ、それからというもの、奥方様はお針の仕事をして口に糊しておられたのですが、どうにもならなくなりました、手放したいと、あの衝立障子を」

「いくらで？」

「七十両はすると思うのですがとおっしゃったのですが、いくらで買い取ったかは勘弁してください」

五十両か四十両かに買い叩いたのだろう。

「じゃあ、清兵衛さんはあの衝立障子が百両はくだらないというのを知らなかったのですね？」

「迂闊《うかつ》なことに知りませんでした。七十両はすると思うのですがとおっしゃったので、御奉行には百両はする逸品ですと吹っかけたのです。知っていれば、百三十両はするとかいって、百両でお買いもとめいただいております」

「そういうことですと、御奉行様は奥方様に償われることになるようです。どちらに住まっていられるのですか」

「住吉町の嘉兵衛《かへい》店です」

「お手間をとらせました」

と踵《くびす》を返した背中に清兵衛は声をかける。

「焼き物の掘り出し物がでました。三百両はしようという逸品ですが二百五十両に負けておきます。御奉行様にそうおっしゃといてください」

御奉行が聞いたら目を三角にしようが、半次はいった。

「申し伝えておきましょう」

四

「こんにちは」

と半次は障子戸を開けた。家の中はきちんと片づいている。佇《たたず》まいのよさで住んでいる人の人柄は分かる。

「なんの御用でしょう？」

といってでてきた婦人は思ったとおり。物腰のいい上品な婦人だ。

「あっしは新材木町の半次と申します。お上の御用を承っております」

「御用は？」

「掛けさせていただいてよろしいですか」

「どうぞ」

とはいうものの警戒しているのだろう。茶を淹《い》れるなどという気配はない。半次は框《かまち》に腰をおろしていった。

「一年ちょっと前、大黒堂さんに、横山炉雪という絵描きさんがお描きになった衝立障子をお売りになりましたね」

「亡くなった旦那様が大事にしていたものですが、はい、止むなく」

「ずばり聞きます。どうやって手に入れられたのです？」

奥方は表情をこわばらせていう。

「旦那様は吉川宗伯と申します。横山炉雪先生の高弟で、絵描き仲間ではそこそこ名を知られておりました。こういえばお分かりになるでしょう」

「横山炉雪さんから頂戴されたとでもおっしゃるのですか」

「それ以外に手に入れようがありますか？」

「つかぬことを伺いますが、横山炉雪さんというお方はおなじ絵を二枚お描きになる絵描きさんですか」

「どういう意味です？」

「おなじ絵を二枚お描きになる方ですかと聞いているのです」

「奥歯に物が挟まったような言い方をなさらず、はっきりおっしゃってください」

「じゃあ、申しましょう。さるお殿様の手許に、奥方様が手放されたとそっくりおなじ絵柄の衝立障子があるのです」

「わたしが手放したのが偽物だとおっしゃりたいのですか？」

「まあ、そういうことになります」

奥方は眉をきりりと逆立てていう。

「無礼な！」

半次は挑発するようにいった。

「亡くなられたご主人が師匠の絵を真似て描いたというのではないのですか。高弟なら師匠の手を真似るのはお手のもの」

高弟かもしれないが、吉川宗伯の絵はちっとも売れない。横山炉雪の絵は飛ぶように売れる。暮らしに困って、こっそり炉雪の絵を贋作《がんさく》していたというのは大いにありうる。

「高林休哲《きゆうてつ》殿と一緒になさいますな。わたしはこれでも武士《さむらい》の娘。これ以上、無礼を申されると、ただではおきません」

「そこまで、おっしゃるのならですよ。さるお殿様の手許にあるのと、対決させても文句はありませんね？」

「わたしの手許にはありませんが、そうされたいというのであれば、どうぞそうなすってください。それで、負ければ、わたしは喉を掻き切ります」

奥方は怒髪天《どはってん》を衝《つ》かんばかりだ。

「お伺いしますが、わたしが売ったのはいまどこにあるのです。また、お殿様とはどこのお殿様なのです？」

「奥方様が売られたものは北の御奉行様が所持しておられます。お殿様とは播州姫路十五万石の酒井雅楽頭様です」

すうーと奥方は青ざめる。亭主は絵描きだ。酒井雅楽頭家が書画などの収集に熱心だというのは亭主から聞いていよう。あるいは売り込みにいったことがあるかもしれない。すると、そっちが本物で、自分が所持していたのは亭主が真似た贋作かもしれないという思いが頭をかすめたのだ。

「どうかされましたか？」

「いいえ」

さっきまでの鼻息の荒さはない。

「対決するとしてですよ」

半次は聞いた。

「どなたかに判者《はんじゃ》になっていただかなければなりません。判者がいなければ、本物か偽物か、断じようがない。どなたがよろしいでしょう」

「うーん」

奥方はうなっていう。

「高林休哲殿」

「いま、一緒になさいますなといわれた方ですね」

「そうです。旦那様とおなじ横山炉雪先生のお弟子さんで、しょっちゅう不始末を仕出かしておられた方ですが、悔しいことに絵を見る目はこのお方が一番」

「どちらにお住まいなのです？」

「麴町《こうじまち》」

五

三年ばかりも前のこと。横山炉雪の弟子は江戸に三十人ばかりおり、今年は十七回忌の年だから、師匠を葬っている旦那寺で追善の供養をおこなおう、ついでだから、それぞれ所持する師匠の絵を持ち寄り、寺の本堂に掛けて師匠を偲ぼうということになった。一人いくらと席料（会費）も決めて、仕出しの料理をたのみ、酒も用意した。


その日、弟子三十人ばかりは定刻に集まり、てんでに絵を掛け、

「これはわたしに子が産まれたとき、師匠からお祝いにいただいた絵です」

だなどと披露し合い、やがて料理が運ばれ、酒を飲みながら談笑がはじまった。そこへ、

「ご免」

と声をかける者がいる。麻の上下に黒の小袖といういわば礼服の形《なり》をしていて、小脇に風呂敷包みを抱えているのは高林休哲で、誰もが顔を見合わせ、顔をしかめた。

もとより、高林休哲も横山炉雪の弟子だが、炉雪がまだ在世のころから炉雪の贋作を手がけるようになり、それが弟子仲間で評判になって仲間から嫌われ、いまでは村八分同然にされていた。休哲と付き合っている仲間は一人もいなかった。いや、だから、今度の集まりにも、休哲に声はかけられていない。

「皆々様、お久しぶりでございます」

休哲はそういってつづける。

「わたしも弟子の一人です。師匠の絵も持参しております。もとより、席料もださせていただきます。席にすわらせてください」

座はざわつき、何人かが、

「遠慮してもらおう」

「どの面さげて顔をだしたのだ」

などと聞こえよがしにいう。

「まあ、待て」

世話役の長老が立ち上がっていう。

「休哲殿が門人であったのは事実で、師匠の不興をこうむったという話も聞いておらぬ。とくに今日は師匠の追善の集まり。休哲殿も絵を持参されているということだから、掛けて、列にくわわってもらってもいいのではないか」

追善の席というのに叩きだすというのは、たしかに後味が悪い。

「じゃあ、まあ」

なんとなく許そうということになって、休哲も持参の絵を掛け、みんなは談笑しているというのに、一幅、また一幅と絵を見てまわる。そしてやおら声をかける。

「おのおの方」

弟子三十人ばかりは談笑を止め、何事？　と休哲に目をやる。

「師匠もおのおの方にかように追善を営まれて、草葉の陰で心から喜んでおられることでございましょう」

なにをほざいていやがる、とみんなが白い目を向けたところへ、休哲は冷や水をぶっかける。

「ここに掛けられている三十幅ばかりの絵の中におのれが描いた絵が三幅ございます」

「な、なんだとオ！」

全員が白目を剝いた。

「どれとどれがそうだというのだ？」

一人が金切り声で聞く。

「あの左の端から二番目のと、手前に二つおいて三つ目のと、右手の藤の花を描いた絵。この三つがそうです」

「追善にのこのこ顔をだすのも不届き至極なのになんという言い草」

「叩きだせ」

口々に怒る。

「もとより、どなたが持ち寄られたのかは存じません。だがこれだけははっきりいえます。いま申した三幅の絵は師匠からいただいた物ではなく、道具屋とか骨董屋でもとめられた物のはず。

異議がありますか。あればおっしゃってください」

持ち主三人はそのとおりだから、ぐうの音もでない。

「本物だと思うが、見立ては如何《いかん》と貴殿に相談したところ、本物に相違ござらぬと太鼓判を押されたではござらぬか」

甲が乙になじるようにいい、乙はべそを掻くように弁解する。

「貴殿が本物と決めてかかるから、水を差すのも悪いと思って、相違ござらぬといったまで」

そんな遣り取りが三ヵ所ではじまり、追善の供養どころではなくなったところで、

「しからばご免」

休哲はすましてその場を立ち去った。

たしかに高林休哲は師匠の絵を贋作して金を稼ぐ不届き者ではあったが、技量ということでは、弟子の誰よりもすぐれていた。まだ健在だった吉川宗伯も同席しており、その話を聞かされていた奥方は、自分が大黒堂に売った師匠の絵の衝立障子は亭主の贋作かもしれないが、高林休哲の贋作かもしれないと思って、顔から血の気を失くした。

六

自分の血は引いていないが、赤ん坊のころから引き取って育てているお美代《みよ》も手習塾《てならいじゆく》に通う歳になり、半次もそこでまなんだ堀江町の金龍《きんりゆう》こと金田龍之助の手習塾時習堂《じしゆうどう》に通いはじめた。とはいえ、人見知りするというのか、友だちもできず、時習堂に通うのを嫌がっていた風なのだ

が、このほど引き取った沈念こと本名恒次郎《こうじろう》も時習堂に通うようになるとがらりと変わった。

恒次郎は洞海にこき使われていたが、それでも門前の小僧で、しっかり読み書きをまなんでいた。また時習堂では金田龍之助が開塾以来の秀才ではないかと目を丸くしたほどの出来で、お美代は鼻高々、カルガモの親子のように毎朝恒次郎の後を喜々として追い、時習堂に向かうようになり、家に帰ると恒次郎について読み書きを習っているということだった。そんな二人がまだ白《しら》河夜船《かわよふね》の朝まだき、志摩に、

「いっていらっしゃいませ」

と見送られて半次は家をでた。

御奉行の日課はこうなっている。

朝まだ暗いうちに支度をすませ、夜明けと同時に客を迎え、やがて四つ（午前十時）の御太鼓が鳴ろうかという頃合いに登城できるように御城に上がり、昼に下がってきて、八つ半（午後三時）まで事務・雑務をこなし、以降を自分の時間に当てる。

だから、御奉行の衝立障子と酒井雅楽頭の衝立障子のどちらが本物かの対決は六つ半（午前七時）に北の御番所でということになり、半次もこれを企画した当人だから末席に顔を連ねることになり、いままさに目覚めようとする江戸の町を北の御番所に向かっている。

列席する者は酒井家側が酒井雅楽頭の家老某、五千五百石の旗本酒井某。御奉行。年番与力佐久間惣五郎。定廻り岡田伝兵衛。半次。道具屋大黒堂清兵衛。吉川宗伯の後家。そして判者の高林休哲。

酒井家側は二十数年前、用人が直接横山炉雪から買いもとめ、そのことは納戸《なんど》の台帳にも記載

されている、偽物などということがあろうはずがないと余裕綽《しゃく》綽《しゃく》、高みの見物気分だ。

御奉行は半次からの報告を聞いたうえで、酒井家側から事情を聞かされ、三年前に死んだ吉川宗伯の贋作と断定した。宗伯は死んでおり、追及する相手はいなくなっているが、それでも、真相を糾明することでいくらかでも鬱憤を晴らせる。やや、顔を引きつらせて席に臨んでいる。

引きつらせているといえば、奥方もそうで、半次に「負ければ、わたしは喉を掻き切ります」といったことでもあり、目を血走らせている。よく見ると胸元に懐剣をしのばせており、「偽物」と断じられたら、喉を一突きという愁嘆場《しゅうたんば》を迎えることにもなりかねず、半次はちらちらと警戒の視線を送っている。

絵柄はどちらも牡丹に孔雀。衝立障子の大きさも絵の大きさもほぼおなじ。それが左右に並べられていて、判者の高林休哲はどちらが酒井家の絵でどちらが御奉行の絵かを知らされていない。もちろん半次もだ。

「ご覧いただこう」

御奉行がいい、高林休哲がいう。

「縁側に近づけていただけませんか」

なるべく明るいところで見たいというのだろう。御奉行の中小姓《ちゅうこしょう》と内与力が二つとも縁側に近づける。高林休哲は遠くから一つを、また一つをと見る。今度は近づいて、虫眼鏡を細部に近づけて二つながら凝視する。また離れて見る。ふたたび近づいて見る。奥方は瞬きもせずに見入っている。

「分かりました」

高林休哲は虫眼鏡を懐にしまっていう。

「どう？」

いつもは裁決を申し渡す側だが、このときばかりは申し渡される側の御奉行が代表して聞く。

高林休哲は一方を指していう。

「こちらが本物です」

御奉行は目を丸くする。

「本当か？」

「はい」

「そんな、馬鹿な」

酒井家の家老が吐き捨てるようにいう。

「わが酒井家のは用人が横山炉雪先生当人から引き渡しを受けた物で、台帳にもそう記されている」

「たぶんご用人さんは嘘をついておられるのでしょう。ご用人さんと対決させてください」

「十五、六年前に死んでおる」

「じゃあ、話にならない」

「なぜ、わが酒井家のが偽物だと」

高林休哲はきっぱりいう。

「わたしが描いた物だからです」

「おぬしが」

「そうです。二十数年も前の作品ですが、昔はわたしにも力があったんですねえ。師匠のに引けをとらぬ出来だから、どっちが本物で、どっちが偽物か、にわかに判じがつかなかったのです。いまはもうこんなのを描こうと思っても描けない」

「じゃあ、どうして、この偽物がわが酒井家の手に?」

「そんなことは知りません」

「おぬしはどうしてこの絵を描いた?」

「さる骨董屋に炉雪先生の贋作を一つとたのまれ、ちょうどそのころ先生がこの、牡丹に孔雀の絵を描いておられたので、そっくり真似たのです。骨董屋には先生は衝立障子にされましたよといっておいたから、骨董屋もおなじように衝立障子にしたのでしょう」

あるいは用人が贋作と承知で、十両とか二十両とかで手に入れた物を、百両でもとめたとかいって、差額を懐に納めたのかもしれない。

「半次親分」

大黒堂清兵衛が呼びかける。

「なんです?」

「この絵を内寄合座敷とかに飾っておられたところ、お二人までが、これは横山炉雪の絵だ、百両はくだらないといわれる。御奉行様は七十両で手に入れられたものだからびっくりして、それは大変、誰かが損をしている、償いをしなければ奉行の名折れ、こうおっしゃって、どういう経路でそれがしの手に落ちたのかを調べろとおっしゃったわけですよねえ」

偽物なんだから、万が一にも償いなどありえないと考えてのことで、それは御奉行の耳にも入れてある。半次はいった。

「ええ、まあ」

「ということですと、奥方様に……」

と視線を送る。奥方の目は穏やかになり、安堵のせいか心なし頬が染まっている。

「差額の少なくとも三十両を償われるわけですね、御奉行様は」

「うっ」

半次は詰まった。

「そうなんですね」

半次は御奉行の顔を見た。御奉行は目を白黒させ、しどろもどろにいう。

「もとより遣わす。でなければ奉行の名折れ」

どう見てもその顔には悔しさが滲みでていた。

ちなみに酒井家が偽物を摑まされた件は、御家の恥だからと酒井家が目をつむることになり、高林休哲にはなんのお咎めもなかった。

第二話　お姫様の火遊び

一

半次は日本橋通りを南に向かっている。なにもかもを焼き焦がしそうな猛暑だが江戸に人は多い。それぞれなにやかやと用を抱えているのだろう。通りに人は絶えない。汗を拭き拭き北へ南へと急いでいる。

芝口橋を渡ると、源助町《げんすけちょう》、露月町《ろげつちょう》、柴井町《しばいちょう》とつづいて、その先が宇田川町《うだがわちょう》。木戸がある柴井町と宇田川町との間の角を、半次は右へ折れた。

東海道ともかさなる日本橋通りの一本西に日陰町《ひかげちょう》通りなる通りがあり、越前《えちぜん》丸岡有馬左衛門佐《さえもんのすけ》家の上屋敷は日陰町通りに接して北向きに建てられている。真向かいは白壁が東西にどこまでもつづく仙台伊達《だて》家の中屋敷で、比較すると有馬家の上屋敷はこぢんまりしているが、それでも大名の上屋敷。威厳はなんとかたもたれている。

「ご免くださいまし」

半次は門番小屋を覗《のぞ》いて声をかけた。

「なにか用か？」

町人と侮《あなど》って門番は虚勢を張る。

「新材木町の半次と申します。御用人《ごようにん》の山川頼母《たのも》様にお取り次ぎを願います」

「山川頼母様に？」

門番は怪訝《けげん》に首をひねる。

「さようでございます」

「知り合いなのか？」

「ちいとばかし」

小姓《こしょう》や小納戸《こなんど》がお殿様の私的な秘書役とするなら、公的な秘書役が用人で、つねにお殿様と接し、なにかと相談に与《あず》かることもあるところから用人は家中で一目も二目もおかれている。

「そういうことだと」

門番の態度がにわかにあらたまる。

「しばし、お待ちくだされ」

参勤で江戸にいるお大名は五節句のほか、朔日《ついたち》（一日）と望日《ぼうじつ》（十五日）は必ず、月の二十八日にも年に何回か登城して将軍に拝謁する。だが、そのほかの日はすることがなく、上、中、下、あるいは控え屋敷で漫然と時間を潰す。それは家来もおなじ。上屋敷内の長屋に居を構えている山川頼母も猛暑に出歩く気にはなれず、長屋で暇を持て余していることだろうと推測をつけての訪問だ。

「待たせた」

山川頼母が姿をあらわす。あたふたと袴を佩《は》いて腰に二本を差したという様子で、羽織にはまだ手を通していない。

「お伺いしたいことがあってお邪魔しました」

頼母は打てば響くようにいう。

「国見小三郎のことでござるか?」

「そうです」

それ以外に頼母を訪ねる用はない。

「いつもの店でよろしいか」

「結構です」

芝神明《しばしんめい》門前の料理茶屋の二階で、三度ばかり頼母と向かい合ったことがある。

「摘みは有り合わせでいい。酒をぬる燗《かん》で二本もらおう」

頼母は店の者にそういい、二階にあがる。

「国見がまたなにか仕出かしたのでござるか?」

頼母は苦虫を嚙み潰したように口許《くちもと》をひん曲げる。

「というわけでもございません」

「じゃあ、なんの用でござる?」

「三月《みつき》ほど前のことになります。さる御老中が山川さんをお呼びつけになって、こうおっしゃったとか。小三郎を放免することになった。ついては引き取って大人しくさせろ。これ以上、小三郎が御府内を騒がせると、理屈をこねて有馬家を取り潰す。そうですね」

「そのとおり」

「蟋蟀《こおろぎ》さん、じゃなかった、国見さんも、このまま好き勝手をつづけていると、俺もいつかは獄《ごく》門台《もんだい》に送られる、養家に戻るのはしゃくだがこれも運命。そういって丸岡へ帰っていかれた？」

「いかにもさよう」

「なのに、三月と経たないのに、のこのこ江戸に舞い戻られた。それはまあ、わたしの知ったことではないのですが、正直に申します。迷惑なのです」

「なにが？」

「毎日のようにわが家を訪ねてこられるのがです」

あれからまた小三郎はのべつ訪ねてくるようになった。

「なんとおっしゃったか、そこもとの御内儀《おないぎ》」

「志摩《しま》です」

「そうそう。志摩殿への横恋慕がまだつづいてのことではござらぬのか」

志摩殿、志摩殿と猫撫で声をだし、ずかずかとわが家にあがってくるのは以前と変わりないが、志摩に未練があってのこととは思えない。食い詰め浪人時代の小三郎の仲間深尾又兵衛を神田本《ほんしろがねちようかん》銀町寛右衛《え》門店《もんだな》に訪ねたとき、又兵衛はこんなことをいった。

「とうとう福の神に出会うことができた、おかげでどさ回りをしなくてすむといって、小三郎殿はとても喜んでいます」

半次は首をひねって聞いた。

「福の神?」

「あなたのことです。あなたの側《そば》にいると不思議と銭が転がり込んでくる。あいつは福の神だ、大事にしなくっちゃといつも申しておられる」

たしかにそうだった。これは半次には関わりなかったのだが、小三郎は半次と知り合うとすぐ、有馬家の掛屋《かけや》であり、江戸でも有数の掛屋だった石橋弥兵衛から、目の前にいる山川頼母を殺してもらいたいとたのまれ、五十両を懐に入れた。もとより端《はな》から頼母に手をかけるつもりはなく、小三郎は五十両を猫ばばした。

つぎに半次が、饂飩屋《うどんや》利久庵《りきゆうあん》の主人《あるじ》茂兵衛から、御数寄屋《おすきや》坊主《ぼうず》花田春海《しゆんかい》に仕組まれて骨董《こつとう》を夕ネに三百五十両を騙《かた》りとられました、なんとかしていただけませんかと相談を持ちかけられたとき、横で聞いていた小三郎は一計を案じ、花田春海の家に乗り込み、茂兵衛からたのまれたといって三百五十両を強請《ゆす》りとった。

事、金に関しては、あのころの小三郎はたしかにつきについていた。おそらくそのことが忘れられず、三番、四番があるのではないか、金にありつけるのではないかと思ってのことに違いなく、毎日のようにやってくる。いまのところ、とくにそれで迷惑しているというわけではないが、小三郎のことだ、この先、どんな災難を招き寄せるか分かったものではない。いや、だから、丸岡表に追い返す工夫をつけてもらおうとやってきたのだ。

「志摩殿にはわが殿もぞっこんだったから、小三郎が毎日のようにそこもとの家を訪ねるのも分からぬではない」

頼母は手酌で飲《や》りながらしたり顔にうなずく。

「国見さんによるとです。俺はたいした名物男で、お殿様とお付き合いのある諸侯方から、国見さんをお招きして武勇伝を聞きたいとの要望がしきりということに相成ったから、江戸に呼ばれたのだと。そうなのですか？」

「まあ」

「国見小三郎を引き取って大人しくさせろ、これ以上、御府内を騒がせるようだと有馬家を取り潰すとおっしゃった当の御老中からもお呼びがかかったのだと？」

「さよう」

「しかし、わが家へ毎日やってきているところから察するに、もうお呼びはなくなったのでしょう？」

「そのとおり」

「だったら丸岡表へ追い返せばいい」

「小三郎は丸岡表の御国家老から永代《えいたい》江戸詰めの心づもりを以て精勤するようにという一札をとってきておりもうす」

「この前の立て続けのあの騒ぎ、忘れられたわけではないでしょうに」

「田舎者の御国家老には江戸での騒ぎがいかほど大きかったか見当がつかなかったようで、小三郎にうまく立ちまわられたのでござる」

「なんとか、丸岡表に戻す工夫をつけていただけませぬか」

「いまのところこれという騒ぎを引き起こしておりもうさぬ。無理でござるな」

「じゃあ、首に縄をつけて、屋敷に閉じ込めておいてください。でないと、またまた御府内を騒がせることになる。わたしだけではない。御家もとばっちりを蒙《こうむ》りますよ」

「屋敷にじっとしているような男ではない、というのはそこもともよく知っておられるはず」

半次は下戸《げこ》で、頼母はまたたく間に空にした二本目のお銚子を逆さに振っていう。

「話はそれだけでござるか？」

「つかぬことを伺いますが、お坊さんの卵の沈念《ちんねん》というお子をご存じでございますか？」

「いかにも承知しておりもうす」

「ここ一年ばかり、ご当家上屋敷の門前に立って門付《かどづ》けをしておったのだと。そのとおりですか？」

「門番がのべつ苦情を申しておったのでござるが、年端《としは》もいかぬ子供の門付け。むげに追い払うようなことはするな、相応に遇して遣わせとの殿のご指示で、毎日米一合とか銭十文とかを遣わしておりもうした。そういえば近ごろとんと噂を聞かぬ。どうしたのだろう」

「国見さんとの関わりは？」

「坊主の卵とのでござるか？」

「そうです」

「存ぜぬ」

「お聞き及びじゃないんですね」

「なにかあるのでござるか？」

「というわけでもないんですが、そういうことですと、沈念とご当家とに関わりはない？」

「あるわけがござらぬ」

「もとより氏素性《うじすじよう》も知らない？」

「当然」

なんの収穫もなかった。

「それじゃあ、わたしはこの辺で」

「沈念とやらがどうかしたのでござるか？」

「いえ、なんでもありません」

「表まで一緒しよう」

沈念がいた三縁山増上寺《さんえんざんぞうじようじ》の立雲院《りゆううんいん》という塔頭《たつちゆう》は芝神明門前からだと表門からまわったほうが早い。小三郎からそう聞いている。

「お手間をとらせて恐縮です」

会釈《えしやく》をして、表門の方に向かった。

二

「ご免くださいまし」

ここでもまた声をかけて、立雲院の玄関式台前に立った。

「どちら様でございましょう？」

作務衣《さむえ》姿の所化《しよけ》が式台に膝をついて聞く。

「新材木町の半次と申します。ご住職にお取り次ぎください」

「御用は？」

「こちらにご厄介になっていた沈念のことについてでございます」

「沈念をご存じなのですか？」

「まあ」

「沈念がなにかおかしなことを仕出かしたのですか？」

「そういうことではありません」

「沈念がなにをやったかは存じませんが、当院は沈念となんの関わりもありません」

「そういうことを申しているのではないのです」

「というより、もともと関係などなかったのです」

「お若いの」

半次は腹に据えかねた。

「先まわりしねえで、話はきちんと聞きなせえ」

「しかし沈念は」

「黙れ！」

一喝していった。

「四の五のいわずに住職に取り次げ」

「わたしが住職です。泰観《たいかん》と申します」

背後で声がして振り返った。黒の絽《ろ》の羽織を着ているところから察するに外出先から帰ってきたところらしい。

「新材木町の半次と申します」

半次は頭をさげていった。

「こちらにご厄介になっていました沈念のことで伺いたいことがあってまいりました」

「あれは当院の納所《なっしょ》洞海《どうかい》の厄介で、もともと当院に籍はございません」

「そんなことを聞いてるんじゃねえんです」

出迎えた所化も所化なら、泰観という住職も住職。顳《こめかみ》がぴくぴく震えるのが自分でも分かった。泰観はぞんざいに聞く。

「じゃあ、なんです？」

「沈念の素性について伺いにまいったのです」

沈念に本名を尋ねると、大久保恒次郎《こうじろう》ですと名乗る。蟋蟀小三郎によると、父は「改易《かいえき》の上遠島」ということで、〝改易の上〟となると御旗本。御家人だと〝御扶持召放《おふちめしはなち》の上〟でなければならない。調べればすぐに分かる。北の御番所（町奉行所）に顔をだして調べてもらった。

遠島者は、縁者なりがここ三縁山増上寺と東叡山寛永寺《とうえいざんかんえいじ》とにある赦帳《しゃちょう》に帳付けしておくと、御《ご》赦《しゃ》があったとき、運がよければ本土の土を踏むことができる。恒次郎のために帳付けの手続きがとってあればよし、なければとっておこうと考えてのことだったが、大久保なる御旗本が遠島に処されている事例は見つからなかった。もとより大久保なる御家人が遠島に処されている事例もだ。

小三郎によると、「三年前」の、沈念が「六つの歳」のことだったが、むろん三年前どころか、沈念が生まれたばかりの八、九年前まで溯っても、大久保なる御旗本、もしくは御家人が遠島に処されている事例は見つからなかった。すると、そんなことはありえないのだが、なにかの手違いで、間違って姓を覚えたということもありうる。沈念に質《ただ》した。

「間違いありません。姓は大久保、名は恒次郎です」

沈念は答える。それで、だんだんに質すと、こういうことだった。

恒次郎に父母の記憶はなく、物心がつくかつかないかのとき、どこかに預けられたようなのだが、そこら辺りの記憶は霞《かすみ》がかかったようにぼんやりしていて、納所坊主洞海の厄介になったときから、がぜん記憶が鮮明になるのだという。洞海にこき使われるようになって日々の暮らしががらりと変わり、突如、記憶がはじまったということのようだった。

小三郎によると、恒次郎が洞海に預けられたのは三年前の六つの歳ということだったが、恒次郎によれば五年前、四つの歳のことで、満でいうと三つの半ば。それまでの記憶が曖昧なのも無理はないわけで、洞海はあるとき、恒次郎にこう語って聞かせたのだという。

「お前の名は大久保恒次郎。父親は改易の上遠島になり、お前は親類に預けられたものの、親類が預かるのを嫌って俺に預けよった。俺はおぬしのいわば恩人だ。しっかり俺に孝養をつくさねばならぬ」

九十九酒井に百大久保という。江戸の御武家に酒井姓と大久保姓は多い。大久保といっても、どこの大久保なのか、預けられた親類はどこの何者なのか、見当もつかない。そこで、万に一つも手がかりはないかと、ここ立雲院を訪ねた次第だ。

「沈念の素性といわれても、沈念は洞海の厄介でしたからねえ、わたしはなにも存じておらぬのですよ」

　泰観は冷たく言い放つ。

「なにか手がかりになるようなことを聞いておられませんか」

「あいにく、なにも」

「洞海さんは修行にでかけるといって、ふらりと姿を消されたそうですねえ」

　こうなると、沈念の素性を知る洞海を探し当てるしかない。

「ふらりというわけではありません。洞海は修行にでかけますと断ってここをでました」

「どこへいかれたのです？」

「聞いておりません」

「お帰りは？」

「それもおなじ。帰ってくるのかこないのかも知りません」

「洞海さんはどんな素性のお人なのです？」

「知りません」

「素性も分からない人を納所としてお雇いになるのですか？」

「一切衆生《いっさいしゅじょう》、来る者は拒まずですよ」

　うん？

　若者があたふたと表門から入ってきて左右にきょろきょろ視線を配り、四脚門《しきゃくもん》になっている門の陰に身を隠す。そこへ、侍三人がやってきて門の外から様子を窺《うかが》う。若者は必死の表情で手を合わせる。いないといってもらいたいと、目はいっている。半次は泰観を見た。泰観は迷惑そうな顔をしているが、半次はかまわず侍三人に話しかけた。

「なにか？」

一人がいう。

「若いお侍を見かけませんでしたか？」

半次は首を振っていった。

「いいえ」

いま一人がいう。

「御成門《おなりもん》を中に入られたのをたしかに見届けた。だったら、ずっと中へ入っていかれたのであろう。それがしは突き当たりを右へ追う、おのおの方は左へ追われたい」

「承知した」

二人はうなずき、

「失礼つかまつった」

といって三人は足早に去る。ふつうなら〝逃げ足の速いやつだ〟とでもいうところなのに、敬語を使っている。敬語を使っている者が、使われている者を追う？　どういうことなのだろう？と首をひねっていると、若者はおどおどと住職泰観に近づき、いま一度手を合わせていう。

「匿《かくま》ってください」

泰観は露骨に嫌な顔をしていう。

「当院は怪しい者を匿う寺ではありません」

「わたしは怪しい者ではありません」

「逃げてこられて匿ってくださいといわれる。怪しい者でなくてなんです？」

「事情があるのです」

「それはおありでしょう。匿ってくれといわれるのだから。ですが、それはわたしの与かり知らぬこと」

「そうおっしゃらず」

「お断りします」

「一晩、一晩だけ」

「迷惑です。帰ってください」

「ご住職」

半次は割って入った。

「さっき、あなたはなんとおっしゃいました？」

「あなたにはかかわりのないこと」

「一切衆生、来る者は拒まず。こうおっしゃいませんでしたか」

「うっ」

と泰観は詰まるがそれでもすましていう。

「来る者は拒まずの来る者とは御仏《みほとけ》に縁ある者のことです」

「一切衆生というのは、釈迦《しゃか》に説法《せっぽう》でしょうが、生きとし生ける物のことをいうのではありませんか」

「あなたと問答をしている暇はわたしにはない」

「窮鳥《きゅうちょう》懐に入れば猟師も殺さずと申します。御仏を持ちだされるのなら、御仏に仕える者としてお助けするのが筋ではないのですか」

「そうまでおっしゃるのなら、あなたがお助けすればいい」

反吐《へど》がでそうになってきて半次はいった。

「そうですか。じゃあ、そうさせていただきましょう」

「それは困る」

若者があわてる。

「寺だと殺生《せっしょう》は適《かな》いません。ですからこちらへ逃げ込んだのです。お見受けするとお町人のようで、お町人に匿ってもらってもはじまらない」

「殺生は適いませんとおっしゃいましたねえ」

「ええ、申しました」

「殺されるとでもおっしゃるのですか?」

「だから、ここへ逃げ込んだのです」

敬語を使われている者が使っている者から殺される。連中とはどんな関係で、なにがあったのだ?

「こんなところでぐだぐだ遣り取りされては困ります」

泰観が割って入り、半次はいった。

「ああ、おっしゃっておられる」

「しかし」

「大丈夫ですよ。かりにさっきの連中と道で行き会ったとしても、あなたのお命はこの身にかけてもお守りします。もっとも、お膝元です。白昼、エイ、ヤッと段平《だんびら》を振りまわす馬鹿はおりません」

「それでも」

「心配しねえで、ついてきなせえ」

半次は泰観に一瞥《いちべつ》をくれ、若者を急《せ》き立てて立雲院を後にした。

三

若者はよほど慌てて逃げだしたのか、着流しで無腰。雪駄《せった》も左右不揃いで、右の鼻緒は黒なのに左の鼻緒は緑。ただ、敬語を使われていただけあって人品骨柄は卑《いや》しくない。どことなく品がある。それで、さて、あなたは何者？　と歩きながら話しかけるのもどうかと思い、半次は若者と肩を並べるように歩いて黙々と家に向かった。追っ手はあのあと、三縁山増上寺の中を隈《くま》なく探しているようで、もとより誰も追っかけてこない。

「ここです」

半次は障子戸を開けて中に声をかけた。

「ただいま」

「お帰りなさい」

お美代が迎えて、奥から声がかかる。

「どこをほっつき歩いてたんだ?」

蟋蟀小三郎だ。今日もきてやがる。

「あら、お客さんですか」

濯《すす》ぎを持ってきた志摩が若者に気づく。

「名前を伺っていなかった」

半次は聞いた。

「お名はなんとおっしゃるのです?」

「うーん」

若者はしばしうなっていう。

「左近《さこん》」

「姓は?」

「勘弁してください」

「まあ、いいでしょう。左近さん、先に足を濯いでください」

「そうさせてもらいます」

足を濯いだ左近をあがらせ、濯ぎの水を打ち水するように捨てて、半次は井戸端に向かいながら志摩に聞いた。

「恒次郎は?」

どこの手習塾もそうであるように、時習堂もお盆を挟んで夏の盛りを一月《ひとつき》ばかり休む。

「いつもとおなじです。朝の食事が終わると、たのみもしないのに水汲みをして瓶《かめ》一杯に水を満たしたあと、床といい、壁といい、廊下といい板のあるところすべてに雑巾《ぞうきん》をかけ、家のまわりの草むしりをしたり掃き掃除をして、そのあと半刻《はんとき》（一時間）ばかりお美代に手習いを教える。やがてお昼になる。食事をすませると二階にあがり、静かに金龍さんからお借りしてきた難しいご本を開く」

金龍こと金田龍之助は時習堂の師匠だ。

「いいのよ、無理をしなくともといっても、無理などしておりません、わたしにとってはむしろ天国です、なんでもやります、おっしゃってくださいと」

「心を開かぬ、物言わぬ子になったが、心は捩《ね》じ曲がっていなかったということだ」

「おかげで、およねはすることがなく、台所の隅で暇さえあれば舟を漕いでます」

およねは相模の在からやってきた一季《いっき》半季《はんき》の奉公人だ。

「それじゃ、わたしは麦湯の支度を」

半次は釣瓶《つるべ》をたぐって水を汲み、足を洗って家にあがった。

「半次」

小三郎は呼びかけていう。

「お客さんは言葉を忘れちまったようだ。なにを聞いてもハア、ハアだ」

左近と名乗った若者は聞く。

「半次さんとおっしゃるのですか？」

「そうです。ここの主人《あるじ》です」

「こちらのお人は？」

「居候《いそうろう》みたいなお人です」

「これでも」

と小三郎は胸を張りかけて、

「明かしたところではじまらぬ」

「半次殿」

左近はあらたまる。

「なんです？」

「あらためてお願いします。一夜の宿をお貸しくだされ」

「一夜でも二夜でも好きなだけお泊まりなさるがいいが、わけはお聞かせいただけますね」

「武士の情けです。聞かないでもらいたい」

「しかしさっき、殺されるから逃げ込んだと聞き捨てにならぬことをおっしゃられた。話されたほうが気が楽になります。及ばずながらわたしも力になります」

「知られたくないことが多々あるのです。これ、このとおり」

左近は深々と頭をさげる。

「分かりました。じゃあ、なにも聞きますまい。それで、明日になったら、どこへといく当てがおありなのですか」

左近はうなだれる。

「左近殿とやら」

小三郎が割って入る。

「殺されるかもしれないのでござるな？」

「そうです」

「だったら、拙者蟋蟀《せっしゃ》小三郎が力になりもうそう。拙者は飛騨《ひだ》と越前の国境《くにざかい》、白山権現《はくさんごんげん》の烏天狗《からすてんぐ》にまなんだ日の本一のやっとうの遣い手。かつ半年ほど前に中村座にかかって大当りをとった狂言〝朧月夜血塗骨董《おぼろづきよちぬりのなまくび》〟の作者でござる。あれに小余綾《こゆるぎ》孝太郎なる立役《たちやく》が登場するのでござるが、なにを隠そう、この蟋蟀小三郎こそ小余綾孝太郎でござる。拙者は小余綾孝太郎以上に、それはたいした遣い手なのでござる」

　左近は目を丸くしていう。

「〝朧月夜血塗骨董〟の小余綾孝太郎は実在の人物だと聞いておったのですが、そうですか、あなたがそうでしたか」

「いかにも」

　小三郎は鼻高々だ。

「でも、あれは途中で筋が変わりましたよねえ。格好のよかった市川七之助の小余綾孝太郎が、どういうわけか二枚目役から三枚目役に転落し、三枚目役だった岡っ引が二枚目役になるというように」

「それは、この半次がよけいな真似を仕出かしたからだ」

　半次はくすっと笑っていった。

「もともと荒唐無稽だった筋書きがあれでなおいっそうはちゃめちゃになってしまった。もっとも、分からぬものです。それでまたいっそう、芝居は受けたのですから」

「もともと荒唐無稽だっただと？」

小三郎は額に青筋を立てる。

「評判だったから、わたしも筋が変わる前と後の二度、見にいきました。荒唐無稽以外の何物でもない。でも、実際にあった話だとかで、小余綾孝太郎が生首を持参して御数寄屋坊主を脅すくだりはどうしてなかなかに迫力があった」

「下げたり上げたりしやがって……。まあいい。その当の蟋蟀小三郎様が、力になろうと申されている。どうだい、左近さん。いまどき、情けをかけて力を藉《か》そうなんてお人はめったにいない。受けておくもんだぜ」

やはりだ。小三郎は小遣い稼ぎのネタ探しにきておって、ここぞと食いついているのだ。

「お言葉は有り難いのですが、わたしに先様と争うつもりはありません。どうかお構いなく」

「これほどの助っ人は、江戸広しといえども二人といない」

「気持ちだけ頂戴しておきます」

「ご免」

声がかかって左近はぎょっと身をすくめる。

「さっきの？」

と半次が聞くと、左近はうなずく。

「あなたがあたふたと入ってこられた塔頭は立雲院といいます。連中は念を入れていま一度と立雲院を訪ね、あの糞坊主に質したに違いありません。立雲院を訪ねたのは今日がはじめてなものですから、わたしは新材木町の半次と名乗りました。それであの糞坊主、お若いお侍さんなら、新材木町の半次という方が連れていかれましたよとでもいったのでしょう。どうされます？」

左近は子供が嫌々をするように首を振る。

「おられませんとはいいたくありません。会いたくないとおっしゃっておられます、といってよろしいのですね」

左近はおなじく子供がそうするようにウンとうなずく。歳のころは十五、六。相当に甘やかされて育ったようで、敬語を使われていることといい、あるいはどこぞの御大名のお子なのかもしれないが、そうだとして、なぜ家来らしい御武家に追われて、殺されるなどといって逃げまわらなければならない？　それとも、御家騒動めいたことがあって、命を狙われているのか？

「俺がでようか」

小三郎が鼻をひこつかせていう。しっかり金の匂いを嗅いだのだろうが引っ掻きまわされたくない。

「あなたはここにいてください。左近さんも。いいですね」

「ご免！」

ふたたびかかった声はいらだっている。

「ただいま」

声を返し、玄関におりて障子戸を開けた。

「どちら様でしょう？」

「差し障りがあっていずれの家中の者かは名乗れぬ。名もだ。ご容赦ありたい」

侍の一人が深々と頭をさげてつづける。

「お宅に十五、六の若いお侍さんが厄介になっていると聞いてまいった。なにもいわずにお引き渡し願いたい」

「たしかに、おっしゃるとおりのお方をお預かりしております。ですがそのお方は、あなた方には会いたくないといっておられます」

「そこをなんとか」

「姓名もいずれの御家中かも名乗られず、なにもいわずにとおっしゃる。素直には聞けません。せめて事情《わけ》なりとお聞かせいただければ考えないでもありませんがね」

「それが申せないから、かように頭をさげてたのんでいるのだ。たのむ。武士の情け。聞き分けてくれ」

左近も〝武士の情け〟を持ちだしていたが、

「なにしろ、当人が嫌がっておりますのでねえ」

「これだけはまあ申してもよかろう。若いお侍は不始末を仕出かした。その償いをしてもらわねばならぬ。庇《かば》い立ては無用。それどころか大迷惑」

「お侍さんはどんな不始末を仕出かしたのです？　またどんな償いをしなければならないのですか」

「それは申せぬ」

「かくかくしかじか、しかとこうだとおっしゃっていただければ話に乗らないでもありませんが……とてもとても」

「これほどまでに、事情をつくしてたのんでいるのにか」

「事情はつくしておられない」

「田島殿」

いま一人が声をかける。

「かくなるうえは問答無用。いざとなればそれがしが腹を切る。この減らず口を叩く男を叩き切って、ちか丸殿を奪いとりましょう」

「しっ。名前をだすではない。それがしの名もだ」

左近と名乗った男はちか丸というらしい。近丸か、それとも周丸か。どっちにしろ前髪を剃り落としているから、ちか丸というのは元服前の名で、丸がつくところから察しても御大名のお子に違いない。

「ここは、それがしにお任せあれ」

残る一人が鯉口《こいぐち》を切って一歩前にでる。

「ほほオー、そいつは面白い」

陰で様子を窺ってうずうずしていたらしい蟋蟀小三郎がしゃしゃりでる。

「しばらく刀を振りまわしていず、腕がなまって困っておったところだ。拙者がかわってお相手いたそう」

侍のにわかの登場に面食らって、田島某は誰何《すいか》する。

「そのほうは何者だ?」

「てめえは名乗らないで、何者だとはなんだ。馬鹿者!」

「むむ!」

かくなるうえは問答無用といった男も鯉口を切る。

「慌てるな。近くに杉森稲荷《すぎのもりいなり》という社《やしろ》があって、結構な広さの境内がある。そこで相手になってやる。束になってかかってくるがいい」

「筋書きがおかしくなった」

田島某が首をひねって半次にいう。

「半次殿と申されたなあ」

「いかにも」

「お侍はしばし貴殿にお預けしておく。逃がしたりせぬよう」

本人は一晩といっている。

「請け合いかねます」

「おたのみもうしたぞ。ご免」

「待て」

小三郎が雪駄をつっかけ、三人を小走りに追っかける。居間に戻って待ったが、小三郎は帰ってこなかった。

四

「半次さん」

階下から声がかかる。引合茶屋《ひきあいぢゃや》高麗屋《こうらいや》の二階で、いつものように仲間と顔を突き合わせて雑談に興じていたところだ。

「あいよ」

声を返し、階段をおりて玄関に向かった。土間に履物《はきもの》が所狭しと脱ぎ捨てられていて、敷居の向こうに六十は過ぎていると思える白髪《しらが》頭の爺さんが突っ立っている。どこの誰だろう？　と首をひねりながらいった。

「半次はあっしです」

脱ぎ捨てられている履物が邪魔をして中に入れず、爺さんは敷居の向こうからいう。

「お話ししたいことがあってまいりました」

「外へでます」

半次は履物を探した。しばしば間違いもし、されもするので、半の字を丸で囲んだ焼き印を作って押してある。すぐに見つかり、外にでて聞いた。

「御旅所《おたびしょ》境内の水茶屋でよろしいですか」

「どちらでも」

高麗屋が面している通りの斜め向かいに山王《さんのう》の御旅所があり、中に水茶屋があって、緋毛氈《ひもうせん》を敷いた床几《しょうぎ》を三脚おいている。強い日射しを避けられる床几を指してすすめた。

「どうぞ」

半次も向かい合うようにすわった。

「なにになさいます？」

店の女が聞き、半次は爺さんに聞いた。

「麦湯でよろしいですか?」

「わたしはなんでも」

「麦湯を二つ」

「かしこまりました」

女が答えて、半次は爺さんにいった。

「話というのは?」

「わたしは立雲院の寺男で権兵衛《ごんべえ》と申します」

いわれてみれば寺男という風体だ。

「あのとき、わたしは庭の草むしりをしており、あなたと所化やご住職泰観様との遣り取りにそれとなく耳を傾けておりました」

そういえば、庭にそれらしい男がいた。

「お名は新材木町の半次とおっしゃる。身ごなしや物言いから、堅気のお人のようではない。いや、これは失礼しました」

「そのとおりです。恐縮されることはない」

「おそらく十手《じって》を預かっておられるお人に違いないと見当をつけ、宇田川町の親分に伺うと、たしかに新材木町に半次という十手持ちがいると。親分さん方は朝から昼まで八丁堀《はっちょうぼり》周辺の引合茶屋や寄合茶屋に打ち寄っておられると耳にしていたものですから、ついでに、半次さんはどちらの茶屋にと伺うと坂本町二丁目の高麗屋だと。それで、はい、頃合いを見計らってやってまいった次第でございます」

なぜ高麗屋に顔をだしたかは分かった。それで?

「沈念さんは、親分さんが預かっておられるのですか?」

あの場に居合わせているのならそのくらいの推測はつく。

「おっしゃるとおりです」

「ふいと姿を消したもので、どこでどうしているのやらと案じておったのです」

権兵衛はそこで涙ぐみ、ぐすんとやって聞く。

「元気にしておりますか?」

「無口は変わりませんが元気にはしております」

「それはよかった」

といって権兵衛はまた涙ぐむ。歳のせいか涙もろいのだ。

「沈念さんの氏素性をお尋ねでしたねえ?」

「知っておられるのですか?」

「というわけではありませんが、知っていることはすべてお話ししようとやってまいった次第です」

「それは助かります。早速ですが、聞かせてください」

「五年前の梅雨《つゆ》どきでしたか、洞海さんは沈念さんの手を引いてこられ、ご住職に、わたしが育てます、ご迷惑はおかけしませんと。それからはもう、ひどいこき使いようで、沈念さんはあんな風に心も開かなければ物も言わぬ子に育ってしまいました」

「洞海さんは沈念に、お前の名は大久保恒次郎、父親は改易の上遠島になり、お前は親類に預けられたのだが、親類が預かるのを嫌って俺が預かることになったといっておったそうですが、あなたもそう聞いておられますか」

「そんな風に聞いております」

「ところが北の御番所の御掛りの人に調べてもらったのですが、大久保姓のお人が遠島に処された例は八、九年前まで溯ってもない」

「そうでしたか。わたしはてっきり、沈念さんのお父上は遠島に処されたと信じておりました」

「大久保という姓は多い。どこの大久保で、親類はどこの誰と聞き及んでおられませんか」

「そのことになると洞海さんは、どういうわけか口をつぐまれました」

「なにかがあるようですが、何者なのです、洞海さんという修行僧は？」

「本人はそうとはおっしゃらないのですが、元は御武家様のようです。手に竹刀《しない》ダコがありました」

「元は御武家？」

「といっても十露盤《そろばん》も達者でしたから、あるいは勘定方にでも勤めておられたのかもしれません。泰観様が洞海さんを納所として採用されたのも一つは十露盤が達者だったからです」

元は御武家ということなら、洞海は恒次郎の父と直接つながっているのかも知れない。それとも元は同僚？

「御武家さんが一度、洞海さんを訪ねてみえたことがあります。お二人の遣り取りは俺、おぬしの両敬《りょうけい》でした」

「訪ねてみえた御武家さんはどこの何者と名乗られなかったのですか？」

「洞海を訪ねてきた、取り次いでもらいたいと。それだけです。そうだ、思いだしました。訪ねてみえた御武家様には九州訛りがあった。せからしか、なんばいうとっとか、などとおっしゃっておられました」

竹刀ダコがあったということだから昔の道場仲間なのかも知れないが、昔の朋輩だとしたら、洞海が仕えていた主人は九州の御大名ということになるが……はて？

「洞海さんはどこへともいわず修行にでられたということですが、どこへかはあなたにも心当たりはない？」

「ございません」

手がかりらしいものを聞くことができるかと期待したが案外だった。あるいは、この権兵衛なる寺男は沈念の行方が心配で、それをたしかめにきただけだったのかもしれない。

「洞海さんは修行にでたということですが、江戸にくれば立雲院に立ち寄ることでしょう。そのときはご一報くださいますね」

「すぐさま」

といって権兵衛は、

「これは」

と唐草《からくさ》模様の風呂敷包みを開く。

「沈念さんの枕と袷《あわせ》に下帯です」

いずれも継ぎ接《は》ぎだらけだ。

「渡してやっていただけますね」

「お預かりします」

「くれぐれも身体に気をつけるようにと」

「ええ、申しておきます」

「それじゃあ、わたしはこれで」

「表までご一緒に」

見送っていると、権兵衛は二度、三度と振り返って腰を折った。

五

「なんだって?」

半次は声を荒らげた。

「ですから蟋蟀さんが五つ半（午前九時）ごろ見えて、左近さんは俺が預かる、心配しなくていいと」

昨日の侍三人が気にならないわけではなかったが、まさか無断で上がり込んだりはしないだろう、しかしそれでも用心のためにと、この日、平六と伝吉の二人を家に残し、左近には、あっしが帰るまでは二階にいてくださいよと断っておいた。

「小三郎が、左近さんは俺が預かるといったところで、左近さんが素直に聞くわけがない。むりやり引きずっていきやがったのだろうが、二人も揃っていて、なぜ、止めなかった。身体を張ってでも止めるものだ」

左近は殺されるかもしれないのだ。

「それが、左近さんをむりやり引きずってというんじゃないのです」

「じゃあ、なにかア。左近さんは大人しくついていったとでもいうのか？」

「蟋蟀さんが、しばらく二人にしてくれとおっしゃるものですから、伝吉と二人、下で待っておりますと、そうですねえ、半刻ばかりも話し合われたでしょうか。連れ立って下りてこられて、左近さんは俺が預かる、心配しなくていいと。そうだよなあ、伝吉」

「そのとおりです」

「左近さんは逆らわなかった？」

「大人しくついていかれました」

昨日、小三郎は侍三人を追っかけ、帰ってこなかった。察するに、追いついて、左近を引き渡す、いくらいくら寄越せというような遣り取りをして話をつけたのだ。まったく、案じていたとおり、油断も隙もあったものではない。

しかし、左近は殺されるとあれほどおびえていた。なるほど、そうか。小三郎は侍三人と策を練り、甘言を並べたのだ。金のためならなんでもやる男だ。三月やそこらで性根が変わるものではない。昔とおなじように家に出入りさせていたのは大しくじりだった。

〈あの下種《げす》野郎！〉

と地団駄を踏んでも、左近の行方は分からない。救いの手の差し伸べようがない。どうすればいい？　そうか。そうするしかないか。

「志摩は？」

「お内儀《かみ》さんは朝早くに髪結《かみゆ》いに」

「そうだった」

江戸で一、二の俠客《おとこだて》、子分を四、五百人も連れている両国広小路の英五郎からこの日、花火見物に誘われていて、志摩は髪結いにいかねばといっていた。

「恒次郎は?」

「いつものように二階で書見です」

「これから宇田川町に小三郎を訪ねて、帰ってくるのを待つ。きっと遅くなる。花火見物にはいけそうもねえ。俺のかわりだといって恒次郎を連れていくよう、志摩にいっといてくれ」

「へえ」

「じゃあ」

半次は踵《くびす》を返した。

昨日の今日で、この日も鍋の上で炙《あぶ》られるようにくそ暑い。江戸の商家は軒を大きくせりだしており、軒の下から軒の下へと伝い歩きながら宇田川町に向かった。

左近を追ってきた侍三人のうちの田島某はこういっていた。

「若いお侍は不始末を仕出かした。その償いをしてもらわねばならぬ」

左近は殺されるといっていた。間に合わないかもしれない。しかし小三郎が連中に左近を引き渡したあと、連中が手間取っているということもある。あきらめてはいけない。

「お町人に匿ってもらってもはじまらない」と左近がいったのを、「あなたのお命はこの身にかけてもお守りします」といった。助けなければ男がすたる。万が一、万が一の僥倖《ぎょうこう》をたよって、力のかぎりをつくそう。

「ご免ください まし」

半次は昨日とおなじように門番小屋を覗いて声をかけた。

「これは」

昨日の門番が気づいていう。

「山川様に御用ですね？」

「そうです」

「お待ちください」

「連日のお出まし、ご苦労といいたいところでござるが、また、何用でござる？」

といいながら現れた頼母は昨日と違って今日は着流し。

「国見さんの部屋で、帰りを待たせていただけませんか」

「小三郎がまたなにか仕出かしたのでござるか？」

「捕まえて糺《ただ》しておかなければならないことがあるのです」

「門番」

頼母は声をかける。

「はい」

「国見は昨日、帰ってきたか」

門番は帳面を見る。

「帰っておられます」

「ここんとこちゃんと帰ってきておるか」

「帳面を繰ります」

ひととおり繰っていう。

「毎日、帰ってきておられます。ただし、国見さんの門限にです」

勤番者《きんばんもの》はどこの家中でもだいたい門限を暮れ六つ（午後六時）と定められているが、小三郎は無視していつも四つ（午後十時）過ぎに帰ってくる。

「だったら、今日も帰ってこよう。門番に案内させる」

大名の長屋はほぼどこのもおなじ。いくつもに区切られている長屋そのものが屋敷の壁のようになっていて、明かりとりの小窓からは通りが見えるようになっている。

むろんそれだけでは間に合わず、屋敷内の空き地に長屋が建てられることがあり、小三郎には空き地に間に合わせで建てられたような九尺《くしやく》二間《にけん》の長屋が宛行《あてが》われていた。

ある意味で岡っ引の仕事は待つのが仕事だ。二日、三日と辛抱強く待つこともある。待つことには慣れている。途中で総菜屋《そうざいや》に立ち寄り、むすびとお菜《かず》を竹の皮に包んでもらい、兵糧の用意はしてある。

待った。ただひたすら、じっと待った。日が落ちかけて、がらっと障子戸が開く。きた、帰ってきたと思ったら、なんのことはない山川頼母で、

「待ち人来らずでござるか」

といいながらも、下戸だといったのを覚えていないのか、

「差し入れでござる」

と酒を入れた瓢《ふくべ》をおいていった。ちびりと嘗《な》めた。付き合いで一、二合は飲むが美味《うま》いと思って酒を飲んだことはない。花より団子ではないが酒よりむすび。むすびを齧《かじ》った。

火口箱《ほくちばこ》と油皿は手許に引き寄せている。灯心《とうしん》に火をつけたところで、すとんと日が落ち、入相《いりあい》の鐘が鳴りはじめた。左近は御大名のお子のようだから、殺されるとしたら、下屋敷か控え屋敷でこっそりだ。あるいはもう、殺されているかもしれない。鐘は弔《とむら》いの鐘のように聞こえた。

まんじりともせずに待った。五つ（午後八時）の鐘が鳴りはじめた。このところ、毎日帰ってきているということだったが、左近を引き渡して相応の金を懐にしたとすれば、今日は特別。吉原か深川辺りに繰りだして、馬鹿騒ぎを決め込んでいるのかもしれない。

うん？　あの鼻声は？

〽月は山ア、風ぞオ時雨《しぐれ》に鳰《にお》の海イ、風ぞオ時雨に鳰の海イ、波も粟津の森見えてエー、ウーミ越オしのかアーすかに、アレ。

声が止まる。

「なぜ、明かりがついている？」

泥酔《でいすい》とまではいってないようだ。

「ご機嫌ですねえ」

半次は冷ややかに声をかけた。

「断りもなしに上がり込みやがって」

お志摩殿、お志摩殿と鼻を鳴らして、断りもなしに上がってくるのはどこのどいつだといいたいところだが、そんなことを言い争いにやってきたのではない。半次はいった。

「左近さんを返していただきましょう」

「左近？　ああ、あの若造のことか。あいつは引き渡した」

「引き渡されたら殺されると、左近さんがいったのを、また追っ手の田島某が、不始末を仕出かした償いをしてもらわねばならないといったのを横で聞いておられたはず。なのに、よくもまあ、いけしゃあしゃあと」

「お前には関わりのないこと」

「それをいうならあなたにだって関わりはない」

「人助けでやったのだ」

「人助け？　笑わせやがる。金儲けのためでしょうが。連中に左近さんを売り飛ばして、いくら懐に入れたのです？　守銭奴《しゅせんど》の我利《がり》我利《がり》亡者《もうじゃ》の乞食も同然、匹夫《ひっぷ》下郎《げろう》の下種野郎だとは思っておったが、そこまでやるものですかねえ」

「よくもまあ、ぐだぐだと並べやがった。俺はこれまで何度もお前を手打ちにしようと思ったが、情けをかけてこらえてきた。聞き捨てにならぬ。もはやこれまで。そこへ直れ」

「敵わぬまでも一太刀、二太刀、お手向かいします」

こういうこともあろうかと懐にしのばせている匕首《あいくち》に、半次は手をやった。

「よし、かかってこい」

「その前に一つだけ、聞かせてもらいましょう。一体、左近さんをいくらで売り飛ばしたのです？」

「売り飛ばしてなんかいねえ」

「金にならねえことを、てめえがするものか」

「て、てめえだと？　誰に物申しておる？」

「守銭奴の我利我利亡者の乞食も同然、匹夫下郎の下種野郎にだ」

「このオ！」

「それともなにか。手違いがあって金にならず、吉原、深川辺りに繰り出すつもりが、四文一合《しもんいちごう》湯豆腐一盃のやけ酒ですごすご帰ってきたか」

「冥土《めいど》の土産に聞かせてやろう。耳の穴をかっぽじってよーくきけ。おっ、洒落《しゃれ》たもんが転がってるじゃねえか」

小三郎はめざとく瓢を見つけ、ごくりとやる。

「遠国の御大名は一年おきに参勤交代をなさる。一年を江戸で過ごし、つぎの一年を国許で過ごす」

「わけの分からぬことを口走りやがって。安酒で頭が捩《よじ》れたか」

「黙って聞け。されど奥方はだ。ずっと江戸に住まっていなければならない」

いわば人質だから、奥方や奥方が産んだお子は江戸住まいを義務づけられている。

「歳のころ十八歳くらいのさる遠国のお殿様がお人形のようにかわいいお姫様を迎えられ、それはそれは深く愛されたと思え。一年が経った。国に帰らなければならない。切ない思いを胸に秘め、お殿様は断腸《だんちょう》の思いで国に帰られ、一年を待った。一日千秋の思いというが、それはそれは長い月日に思われたようで、ようやっと一年が経って江戸に戻られた。ところが、あれほど愛し、愛されたお姫様の態度が微妙に変わっている。よそよそしい。はじめのうちは、一年も離れて過ごしていたからだろうと考えた。だが、半月経っても、一月経っても、よそよそしさは変わらない。何事がお姫様の身に起きたのだろう？　と当然、お殿様は考える」

「まさか、左近さんが」

「そのまさかだ。左近さんはお殿様の弟君《おとうとぎみ》で、これまた江戸住まい。弟君はもともと奥で育っておられるから、奥へはのべつ顔をだしており、お姫様とちょくちょく顔を合わされているうちに、互いに思い思われる仲になった。お姫様には実家《さと》から付き添ってきていた女中がいて、お姫様は女中に取り持ちをたのみ、二人は深い仲になった。ふとしたはずみにお殿様はそのことに気づき、左近さんを追っかけ、おのれ、手打ちにいたすと相成った。左近さんは慌てて逃げ、潜り込んだ先が、御成門から入るとたまたま門が開いていて入りやすかった立雲院というわけだ。それでも、一方的に左近さんの肩を持つか？」

そうか、そうだったのか。それなら合点がいく。殺すの殺さないのの騒ぎにはいろんな背景や事情があるというのには思いをめぐらさなかった。まだまだ未熟というわけか。

「それで、左近さんは手打ちに」

「さあ、そこでこの蟋蟀様が知恵を絞ったというわけだ」

ありそうには思えないがどんな知恵だ？

「左近さんには頭を丸めてもらった」

「出家させるというわけですか？」

「そうだ。そうすればお殿様の顔が立つ、かどうかはともかく、気持ちはいくぶんおさまる」

なるほど。

「お姫様は?」

「許すか、実家に戻すかはお殿様の心次第だが、家中に知れ渡ったとなれば、実家に戻すしかないだろう」

「一体、どこの御家中なのです?」

「そうやって穿鑿《せんさく》する馬鹿がいるから、俺がこっそり誰にも悟られないようにまとめてやったのだ。どこの家中かは知らなくていい」

「おっしゃるとおりなら、あなたがいくらせしめたかは穿鑿しますまい」

「いくらにもならなかったがな」

といって小三郎は懐に手をやり、懐中物を手にして、上下にゆらす。ずしりずしりと重みのある音がする。三十両か、五十両か。

小三郎のいうとおり、小三郎にとって、どういうわけかおのれは〝福の神〟のようだ。

第三話　天網恢恢疎にして漏らさず

一

「ただいま」

と声をかけておいて、半次《はんじ》は下駄と手桶を片手に井戸端にまわった。真冬でも素足の半次の足は、家に帰ったころには土埃まみれ。雨の日は泥まみれ。釣瓶《つるべ》をたぐって水を汲み、手桶に満たして洗った。

「お帰りなさい」

志摩が近づいてきていう。

「さっき、おかいさんが訪ねてみえておっしゃるのに、乗物町河岸《のりものちょうがし》の煙草屋の隣、仕舞屋《しもた》の前で、お宅の恒次郎《こうじろう》さんが怪しげな男に頭をぽかりとやられていましたよと」

相長屋のおかいねをはじめ近所の女房《かみ》さん連中は、恒次郎が神童といわれはじめているのを知って、恒坊とか恒ちゃんとかいうところを、恒次郎さんと敬称をつけている。

「ぽかりだと？」

半次は雑巾《ぞうきん》で足を拭きながら聞いた。

「そうです」

「なぜだ？」

「質《ただ》したのですが、恒次郎はなんでもありませんと」

半次は下駄を履いていった。

「なんでもありませんはないだろう」

「わたしもそういったのですが、たいしたことではないのです、どうか、ご心配なくと、おませな口調で。わたし、馬鹿にされてるのかしら」

家に向かいながら、

「そんなことはない」

「万引きかなんかやらかしたのかしら」

「恒次郎にかぎって、そんなことはあるまい」

「だったらいいけど、なにがあったのか、あなたから聞いてくださらない」

「もちろん聞くが、恒次郎はどうしてる？」

「素読《そどく》とやらです。金龍《きんりゅう》先生から声をだして読みなさいといわれたそうで、それまでは黙って読んでたのですが、今日はなにやらお経《きょう》を読むようにやってます」

そういえば声が聞こえる。

「お美代《みよ》は?」

「なにが面白いのか、側《そば》でじっと聞いてます」

「変わった子供たちだ」

子供のころの半次は辺りが真っ暗になるまで遊びまわった。遊びの種はつきなかった。金龍こと金田龍之助の手習塾《てならいじゆく》にもむろん通ったが、手習塾でも遊んだ記憶しかない。

家にあがり、長火鉢を前に腰をおろして一服つけていると、足音がして、敷居の向こうで止まる。

「恒次郎です」

ひざまずいて声をかける。恒次郎が畏《かしこ》まるので、半次の口調もつい畏まる。

「入ってきなさい」

「失礼します」

恒次郎は入ってきて、長火鉢から一間《けん》ばかりも間をおいてすわる。

「話がしにくい。もちっと前に」

「はい」

一尺ばかり進む。

「もちっと」

また一尺ばかり。

「今日、乗物町河岸で、怪しげな男に頭をぽかりとやられたそうだな?」

半次は切りだした。

「頭をぽかりとやられたのはたしかです」

「どうしてなのと志摩が聞いてもいわなかったとか。なぜだ?」

「ご心配をおかけしたくなかったのです」

「一つ屋根の下に住んでる者が怪しげな男に頭をぽかりとやられたのだ。聞き流すわけにはいかない。話してくれるな」

「申します。子細はこうです」

　恒次郎とお美代は毎朝、カルガモの親子よろしく縦に並んで金龍の手習塾に向かうが帰りは別々。お美代は昼前に帰り、恒次郎は弁当を遣った後、午後も一刻《いっとき》(二時間)ばかり孝経《こうきょう》、四書《しょ》、五経《ごきょう》などを教わっているそうで、この日も、いつものように授業が終わって家路につき、乗物町河岸の煙草屋の辺りにさしかかった。隣の間口二間ばかりの仕舞屋に人だかりがしている。

　恒次郎はこれまでずっと三縁山増上寺《さんえんざんぞうじょうじ》の塔頭《たっちゅう》、立雲院《りゅううんいん》の中で暮らしており、世間を知らない。目に入る物ことごとくが珍しく、何事だろう? と人だかりを掻《か》き分けて前にでた。

　下駄、雪駄《せった》、鼻緒、団扇《うちわ》、扇子、反物《たんもの》、帯、半衿《はんえり》、櫛《くし》、笄《こうがい》、煙草入、紙入、人形、おもちゃなどがごちゃごちゃと台の上に並べられていて、売人《ばいにん》二人がそれらを大きな紙袋に突っ込みながら、弁舌もさわやかに口上を述べ立てている。見かけぬ風景で、なにをしているのだろうと恒次郎はそのまま見つづけた。

　福袋という言葉を恒次郎は知らないが、袋はいわば福袋で一袋五十文。

「憚《はばか》りながらお立ち会い。袋変われば品変わる。どの袋にもお宝一杯」

　立て板に水の口上で、売人の一人が袋を持ちあげていう。

「二百文から三百文、なかには四百文《しひやく》ものお宝が詰まっている。お買い得だよ。さあ、どうだ」

「買った」

客の一人が声をかけ、五十文を台の上におく。ヒイ、フウ、ミイと数えて、売人は銭を天井から吊るした笊《ざる》の中に放り投げて袋を渡す。客は袋を開ける。

「なんだろう?」

と客は赤い反物を袋から取りだし、売人はいう。

「百五十文はするかあちゃんの腰巻用の反物だ。捲《まく》って顔を突っ込むのもおつなもの。妬《や》けるぜ」

男はそう冷やかしたと、意味が分かっているのかいないのか、恒次郎はたんたんとしゃべる。

「おや、まだこんなのが入ってらあ」

客は煙草入をとりだす。

「お客さんは運がいい。そいつは千住河原町《せんじゆかわらちよう》丸屋安兵衛特製の紙煙草入。二百文はする代物だ」

煙草入はおおむね革製だが、安価な紙製の煙草入というのも出廻っていた。

「合わせて三百五十文か。こいつは大儲けだ」

客は相好《そうごう》をくずす。

「さあ、さあ、ただ見てたんじゃ、はじまらない。見上げたもんだ屋根屋のふんどし。田《て》へしたもんだ、蛙のしょんべん。買わなきゃ損、損。買った、買った」

「おれも」

「わたしも」

客は五十文を握りしめて手を差しだす。男たちは金額を確かめ、笊に放り投げて袋を渡す。

「なんだ、こりゃあ」

男の客は下駄を一足とりだす。

「松でできた、どう見ても十文てえ代物だ」

女の客も、

「なによ、これ」

と口を尖らせる。

「安ものの櫛がそれもたった一つ」

売人は言い返す。

「その櫛は百文もする代物だ」

「馬鹿お言いでない。十五文が一杯さ」

「おお！」

客の一人が嘆声をあげ、野次馬のように群がっている連中はいっせいにそちらに目をやる。

「こいつは豪的《ごうてき》、博多の帯だぜ」

「運がいいねえお客さん。それは使い古しだけど四百文はする」

「擦り切れたんで、新しいのを買わねばと思ってたんだ。こりゃあいい」

「聞いたかい、お客さん。袋の中にはお宝満載。買わなきゃ損だよ。買った、買った」

売人二人に煽《あお》られ、隣の客が五十文を握りしめた手をだそうとする。その袖を引いて、恒次郎は首を振った。さくらという言葉も知らないが、運がいいねえといわれて喜んでいる客はみんなさくらだと、恒次郎は見てとったのだ。さくら以外の客はかすを掴まされている。だから、お止めなさいと思わず袖を引いたのだが、見知らぬ男がすっと近づいてきて恒次郎の手を千切れんばかりに引き、群れの外へ連れだし、頭をぽかりとやっていう。

「ガキのくるところじゃねえ。帰んな」

それを相長屋のおかねは見ていたというわけだが、

「なるほど」

といって半次は苦笑いしていった。

「そいつらが怒るのも無理はない」

恒次郎はむきになる。

「でも、あの人たちがやってるのは悪いことです」

「そのとおりだが、だったら、なぜ、お志摩に質されたとき、かようかようと打ち明けなかったのだ?」

「道草を食っていたのがばれてしまうからです」

「お前は優等生だからなあ」

恒次郎は顔を赧《あか》らめてうつむく。

「それはともかく、そいつらはおれがきっちり懲らしめてやる」

といったところへ声がかかる。

「いるか?」

半次は顔をしかめた。三十両か五十両か知らないが、大金をせしめてから四、五日ばかり顔をださなかったのでほっとしていたのだが、疫病神《やくびょうがみ》がまた顔をだしやがった。

「おッ、久しぶりだな、坊主。元気にしてるか」

蟋蟀《こおろぎ》小三郎は恒次郎を見て声をかける。

「おかげさまで元気にしております」

恒次郎は頭をさげる。

「しかし、それにしてもすごい形《なり》だなあ。さしずめ宿なし三界坊《さんがいぼう》か」

くりくりだった恒次郎の髪の毛は一寸五分ばかりに伸びたが、結《ゆ》うにはまだまだだ。

「さがって、よろしい」

小三郎は与太話をはじめるに違いなく、恒次郎に聞かせることもない。

「失礼します」

恒次郎がさがって、小三郎は話しかける。

「折り入って聞かせたいことがある。ちょっと付き合え」

「どうせ、碌でもないことでしょう」

小三郎は意味ありげにいう。

「恒次郎についてだ」

「なにか分かったのですか？」

「まあな」

「なにが分かったのです？」

「それを話すから付き合えといってるのだ」

「どこへ？」

「花村」

花村がある安針町《あんじんちょう》は魚河岸につづく町で、辺りには魚を小売りする店や乾物屋が軒を並べており、花村は生きのいい魚を食わせて安くて美味《うま》いと評判をとっており、仕事を終えた諸職人や商家の番頭、手代、小僧、ときには家族連れなどもやってきて、一、二階合わせて三十ばかりの席はいつも込み合っている。そこを小三郎は馴染みにするようになり、日本橋に巣くう不良御武家、病犬《やまいぬ》の虎こと丹後《たんご》田辺牧野家の家来朝倉虎之介らと鉢合わせして退治した。そのことでも小三郎は名を挙げたのだが、江戸へでてきてまた通いはじめたらしい。

「さあ」

小三郎は腰をあげてうながす。

「しかし、やがて夕飯」

「馬鹿。飯は花村ですませればいい」

「それにあそこはいささか遠い」

「聞きたくないのか。恒次郎についてのことを」

「それは聞きたい」

「だったら、つべこべいわずについてこい」

「あら、いらっしゃい」

おさんどんのおよねは夏風邪をこじらせて寝込んでおり、お美代の手を引いて夕飯のお菜《かず》の買物にでかけていた志摩が勝手口から戻ってきて、小三郎に声をかける。

「志摩殿、申しわけないが、ご亭主をしばし借りる。よろしいなあ」

「よろしいもなにも」

「奥方の許しも得た。さあ、でかけよう」

小三郎に急《せ》かされて表にでた。

日はまだあり、花村は縄暖簾《なわのれん》をかけていなかったが、小三郎はかまわず、

「おっす」

と声をかけて中に入る。中では四、五人が開店の支度に追われている。ふつうなら、たとえお馴染みでも、まだですと木戸をつくところだが、

「あら、先生。いらっしゃい」

店の者は機嫌よく迎え、小三郎は小上がりにどっかとすわる。

「酒はいつものを。お菜はまかせる」

「はい、はい」

店の者は従順に応じる。

「恒次郎のことについてなにが分かったのです?」

半次は聞いた。

「急《せ》かせるな」

酒ととりあえずのお菜にやっことネギの味噌和《あ》えがでてきて、半次が下戸《げこ》なのを知っているから、小三郎は手酌で飲《や》りながら、ちらりちらりと目をやる。半次は小三郎の視線のいきつく先を追った。雑巾掛けに忙しい仲居に留まる。歳のころ三十二、三。相長屋の女房さん連中とはちょ

っと違う。垢抜けした御内儀風《おないぎふう》だ。そんな女がこんな店で働くにはそれなりの事情があるのだろうが、さては？　と感づいたとおりだった。

恒次郎のことについてなどというのは嘘っぱちもいいところ。ちよという名の御内儀風の仲居が目当てだった。毎晩一人で通うのも気が引ける、だからおのれを誘ったということのようで、まったくもっていつものことながら小三郎には意表を衝《つ》かれるが、そうと分かると長居は無用。

「待て」

と小三郎が止めるのもかまわず、

「真っ平、御免」

半次は腰をあげた。

「分かった。それなら」

小三郎は背中に追い討ちをかける。

「てめえの分は払っとけよ」

「奢《おご》ってもらうつもりは端《はな》っからありません」

半次は勘定をすませて、夜の帳《とばり》がおりたばかりの町にでた。

二

通りすがりの者を呼び込み、さくらを使って煽りに煽り、かすを摑ませて荒稼ぎするなどというのはむろん違法である。御用とお縄にかけられればそれまで。だから連中は、地元の顔役とか地元を縄張りにする岡っ引とかに話をつけて〝仕事〟にとりかかる。でなければ仕舞屋とはいえ、なにがしか家賃を払って借りるのだ。たちまち御用とやられて稼ぎにならない。

それで、一帯の岡っ引というとおのれだが、声はかかっていない。すると、中村座と市村座があって賑わっている堺町《さかいちょう》と葺屋町《ふきやちょう》を縄張りにする顔役、堂守安《どうもりやす》こと相撲取り崩れの安五郎に声をかけたのだろうが、堂守安から、しかじかだ、目こぼししてやってくれという断りはない。断りがない以上、召し捕って、あれこれいわれる筋合いはない。

半次は子分の、弥太郎、三次、平六、千吉、伝吉らを通わせて、誰と誰がさくらなのかを突き止めさせた。そのうえで、手勢は多ければ多いほどいい、北の定廻《じょうまわ》り岡田《おかだ》伝兵衛《でんべえ》から手札をもらっている岡っ引仲間、上野山下の助五郎、深川門前仲町の辰次ら五人に声をかけて手伝ってもらう段取りをつけ、下っ引も合わせると総勢二十人で、

「御用！」

と踏み込んだ。売人は二人。さくらが四人。こちらは二十人。一人逃さずふん捕まえることができたのだが、なんと、さくらの中にここ一年ばかり追っかけていた、色がどす黒いところから〝烏の〟と異名をとる勘三郎がいた。

「久しぶりだなあ」

半次がいうと、勘三郎はむっと顔をゆがめていう。

「堂守の安五郎さんに話は通してあります。こんなことをなさってよろしいんですか」

安五郎と揉めることになるぞと脅しているのだ。

「あいにく、おれはなにも聞いちゃあいねえ」

「じゃあ、申しあげます。安五郎さんに話は通してあります」

「だから、なにも聞いてねえといってるだろう」

「よろしいんですね」

「いいも悪いもあるものか。番屋でゆっくり聞かせてもらう」

上野山下の助五郎らに礼をいい、身内の弥太郎ら六人で、お縄にかけた勘三郎ら六人の腰縄をとり、八丁堀に向かった。

一年ほど前のことになる。日本橋の南伝馬町《みなみでんまちょう》三丁目は半次の縄張りではないが、北の定廻り岡田伝兵衛を通じて、南伝馬町三丁目の油問屋和泉屋の主人茂左衛門《もざえもん》からこんな話が持ち込まれた。

油問屋和泉屋にはかよという名の十六の惣領娘がいた。かよはお三味線のお稽古友だちと連れ立ち、浅草の観音様にお参りがてらの行楽にでかけた。

「申オし」

境内《けいだい》で五十くらいの商人《あきんど》風の見知らぬ男に呼び止められる。

「なんでしょう？」

かよは怪訝《けげん》に首をひねった。男は聞く。

「あなたが挿しておられる笄ですが、どこで手に入れられたのですか？」

「どういうことです？」

かよはなおも首をひねる。

「盗まれた家内の笄にそっくりなのです。どこで手に入れられました？」

かよはきっとなっていった。

「わたしが盗んだとでもおっしゃるのですか？」

「そうは申しておりません。どこで手に入れられましたかと申しておるのです」

「言い掛かりをつけられるのですか？」

「家内の笄はほぼ真ん中に丸に桔梗《ききょう》の紋を、その真裏に裏紋の梅鉢《うめばち》を彫っております。念のためです。見せていただけませんか」

かよの顔がみるみる青ざめるのだが、お稽古友だちは構わず交互にいう。

「言い掛かりをつけられて黙っていることはないわ」

「見せておあげなさいよ」

一人がひょいと抜いて、見る。なんと、両側にいわれたとおりの紋がついている。

「近くの番屋までご同行願えますね」

男が今度は有無をいわさぬ口調でいう。番屋にしょっぴかれるなど、想像を絶することで、かよはがたがた震えていう。

「勘弁してください」

「いいえ、なりません」

お稽古友だちはおかしな成り行きに、

「わたしたちはお先に」

とかよを見捨てて立ち去り、かよはべそをかきながら浅草並木町の自身番屋に連れていかれ、並木町を縄張りにする半次の同業、岡っ引から調べられることになった。

かよを呼び止めた五十くらいの商人風の男は、麴町《こうじまち》一丁目のまあまあの規模の綿屋の主人《あるじ》で七兵衛といい、七兵衛はこういう。

七兵衛の女房は外出先から帰ってきて、頭が痒《かゆ》いので、笄を抜き取って掻いた……とそこまでは覚えているのだが、女房にあとの記憶はなく、笄は姿を消してしまった。店先かどこかにおいていたのが盗まれたと思ったが、どこかで落としたか掏《す》られたかしたのかもしれず、あきらめるしかないのだが、おっ母さんの形見分けの高価な鼈甲《べっこう》の本物だから、いかにも悔しいと女房は思いだしてはこぼした。その女房の笄と形がなんとなく似ている笄を、観音様の境内で見かけた年端のいかぬ娘が挿している。失礼だとは思ったが声をかけた。

かよはこういう。

娘たちは寄ると触ると、着物、帯、簪《かんざし》、紅、履物、それに芝居や役者の話をしているが、まだ通っている手習塾の仲間が、いい物を安く売っている店があると聞き込んできて、横山町の裏通りの仕舞屋を訪ねた。がらくたもあるが、噂どおりいい品もあり、とくに目を引く鼈甲の笄を手にとった。

熱帯、亜熱帯地方の海に分布するウミガメ科の玳瑁《たいまい》という名のカメがいて、これの背甲が江戸時代の初期、櫛、笄などの装飾用に輸入され、その名もずばり玳瑁と呼ばれていた。江戸も中期になると、代り物といった輸出品に事欠くようになり、輸入が制限されるようになって、玳瑁は贅沢品とされ、輸入禁止となった。

櫛、笄の需要がなくなったわけではない。鼈《すっぽん》の甲が玳瑁の代用品となり、鼈の甲だから鼈甲といわれるようになって、名称も玳瑁から鼈甲へと変わった。

時は経ち、やがて鼈の甲にも事欠くようになり、牛の角《つの》、馬の蹄《ひづめ》などが代用品としてもちいられるようになり、馬の蹄に鼈の甲を被せるという器用な工夫をする者まであらわれたのだが、いずれにしろ江戸も後期のこの時代、玳瑁は市中に流通していず、名称さえも忘れられ、かつて輸入され、母親から娘へと伝えられている玳瑁は本鼈甲などといわれていたのだが、七兵衛の女房の笄はまさしく玳瑁で、玳瑁には鼈甲にはない輝きがあって一目瞭然、見ればすぐにそれと分かった。いや、だから、形もなんとなく似ていることでもあり、七兵衛はかよを呼び止めた。

かよも玳瑁という名は知らないが本鼈甲という名は知っている。仕舞屋にあった鼈甲を手にとり、矯《た》めつ眇《すが》めつ眺め、やはり本鼈甲は違う、本物はいい、なんとしてでも手に入れたいと思った。値段を聞いた。五両だという。こういう店だ、値切っても恥を掻くことはなかろうと、かよは値切りに値切った。相手は根負けして、三両二分（三・五両）で話がついた。大店の娘だ。十両やそこらの臍繰《へそく》りはある。とって返して臍繰りを叩《はた》き、本鼈甲、玳瑁の笄を手に入れた。

この時代の十五、六、七の娘たちは〝銀のびらびら簪〟や〝白硝子のびらびら簪〟など、娘むすめした、さして高価でない簪を身につけた。そんななかにあって、十五、六、七の娘にはちょっと手がでない、大人びた本鼈甲、玳瑁の笄を挿してかよは得意だったのだが、思いがけなく番屋に連れていかれた。明かさないわけにはいかない。横山町裏通りの仕舞屋の店で、三両二分で買いもとめましたといった。

岡っ引はすぐさま下っ引を横山町に走らせた。仕舞屋の店は跡形もなかった。かよが本当にそこで買ったのかどうか、明らかにしてくれる者はいない。横山町の仕舞屋で買ったというのは逃げ口上で、あるいは道で拾って猫ばばしたのかも知れず、またあるいはどこかでくすねたのかもしれない。岡っ引の追及はきびしかった。

岡っ引はもとよりかよに、どこの何者かと質した。かよは南伝馬町三丁目の油問屋和泉屋の惣領娘ですと答えた。和泉屋は人も知る油問屋で、いま一人の下っ引が和泉屋まで走った。主人茂左衛門はびっくりして駆けつけ、氏素性《うじすじょう》が分かって、かよは家に帰ることは許されたのだが、疑いが晴れたわけではなかった。良家の子女であろうが、手癖の悪いやつは悪いからだ。

人はとかく他人の不幸を喜ぶ。一緒だったお三味線のお稽古仲間は、かよがかねてからいいおべべを着て、いい物を身につけていたのをやっかんでいて、ここぞとばかりに、かよが観音様の境内で御用とやられたことを言い触らした。

おかよさんは、拾って猫ばばしたかくすねたかした笄を得意げに頭に挿していた。

こういう噂が、隣近所にぱっと広まった。

日本橋の南伝馬町三丁目という目抜きに店を構える大店、油問屋和泉屋主人茂左衛門にとって、これほど情けない話はない。笄は無償で、麴町一丁目の綿屋七兵衛に引き渡し、並木町の岡っ引には相応の心付けをしたからかよへの追及は幕が引かれたのだが、かよにかけられた汚名はそのままになっている。なんとしてでも雪《そそ》がなければならない。沽券《こけん》にかかわる。目の前に差し迫っている縁談にも差し障る。

北の定廻り岡田伝兵衛様はたよりになります。人伝《ひとづて》にそう聞き、茂左衛門は岡田を訪ねて、しかじかです、娘の冤罪を晴らしてくださいとたのんだ。分かったといって、岡田は半次を呼び、半次に託した。

かよが笄を買った横山町の裏通りの仕舞屋の店はたしかに一月ほど店開きをし、店に並べていた品物を売り捌くとさっと店仕舞いをした。盗品を売っているという噂はそのころ立っており、誰が売っていたのかと探ると、烏の勘三郎で、もとより一帯を縄張りにする岡っ引に話をつけてのことだった。

烏の勘三郎は掏摸《すり》が掏ってくる盗品を売り捌くのをおもな稼業にしていた。綿屋七兵衛の女房は、店先かどこかにおいていたのが盗まれたか落としたか掏られたかしたといっていたが、烏の勘三郎が絡んでいるのなら、掏られたに違いなく、まわりまわって、横山町の裏通りの仕舞屋の店に並べられているのをかよは勘三郎から買ったことになる。

半次は烏の勘三郎を一度、お縄にかけたことがある。ちょっとした喧嘩のもつれでお縄にし、これ幸いと、噂になっている、勘三郎と仕入れ先の掏摸との関係を暴こうとしたのだが、喧嘩に仲裁が入り、手打ちになって調べをつづけることができなくなり、中途半端にお縄を解いた。顔はよく知っている。一石二鳥、今度こそお縄にして吐かせてやると意気込み、勘三郎を追った。

勘三郎は追われているのを知ったかして、以来ぷっつり消息を絶った。勘三郎についてはなにも聞かなくなり、なんとも頼まれ甲斐のないことになっていたのだが、まさか自分の縄張り内で、弾みで捕まえることができるなど、半次には思いもよらなかった。

三

三四《さんし》の番屋、五六《ごろく》の番屋と、八丁堀の周辺には泣く子も黙ると恐れられた、名を知られた調べ番屋がいくつかあるのだが、半次はだいたいいつも坂本町二丁目の調べ番屋を利用した。お縄にかけたのは六人と大勢なので、勘三郎以外の五人はとりあえず仮牢大番屋に預け、勘三郎だけを土間に引き据えた。

「一年ほど前のことだ。横山町一丁目の裏通りの仕舞屋を一月ばかり借りて、盗品を売ってたことがあるな？」

半次は糺《ただ》した。

「盗品じゃなく、ちゃんとした物を売った記憶ならあります」

勘三郎はぶすっと答える。

「そのとき、十六、七の娘に玳瑁の笄を売っただろう？」

勘三郎はなぜそんなことを聞かれるのか考えている風で、やがていう。

「売ってません」

「五両といったのを値切られ、根負けして三両二分に負けて売った。覚えてないなどということがあるものか」

「売ってないものは売ってねえ」

「白を切りとおすのか？」

「なんといわれても売ってねえ」

玳瑁の笄をかよに売ったと認めると、つづいて、どこの誰から仕入れたのかと追及される。掏摸にも仲間がいて、親分子分の世界をつくっており、勘三郎は何人かの親分と通じて、掏った品物を仕入れている。かよに売った玳瑁の笄を〝どこの誰〟から仕入れたと白状するということは、掏摸の親分の誰々から仕入れたと白状するということで、仁義の上からもできることではなく、だから売っていないと言い張るのだろうが、半次としては、一年も追っかけていたのだ、はい、そうですかと、引き下がるわけにはいかない。

「おめえたちが、乗物町河岸の間口二間の仕舞屋でやっていたことは、どんな罪になるのか知っておるのか？」

「さあ、それです」

勘三郎は食ってかかる。

「お代を頂戴して物を売っておったのです。そのどこが悪いのです。なんで、こんなところにしよっぴかれなければならないのです」

「悪いと思っていたから、堂守安に話をつけていたのだろう？」

「うっ！」

と勘三郎は詰まるがまたも開きなおる。

「地元の顔役に挨拶しておくのは当然のことじゃないですか」

「どうつべこべ御託《ごたく》を並べようと、おまえたち六人は全員、入墨《いれずみ》の上、中追放だ」

江戸時代の民刑典ともいうべき『御定書《おさだめがき》』は、御奉行以外は見てはならないということになっているが、いまでは半次ら岡っ引でも、気の利いたやつなら写しを所持して、内容をそらんじている。半次もそんな一人で、六十四条にこんな条が挿入されているのを知っている。

「売人買人《うりにんかいにん》を拵《こしら》え、似せもの（偽物）を商い候もの、入墨の上中追放」

『御定書』が制定されるちょっと前の元文《げんぶん》五庚申《かのえさる》の年、浅草花川戸《はなかわど》町《まち》の嘉右衛門ら五人が真鍮《しんちゅう》の目貫《めぬき》（刀剣類の柄の側面につける飾り金具）を拵え、売人とさくらの買人とに分かれ、往来で道行く人を誘い、金の目貫だと偽って高値に売りつけ、検挙された。そのとき、五人が言い渡された刑が〝入墨の上中追放〟で、さくらを使って物を高く売りつけたら文句なしに、入墨の上中追放とされた。

「おまえたちに御赦《ごしゃ》はなかろうから、入墨されたうえに、二度と江戸の土は踏めぬ」

「あっしらはただ、物を売っていただけです」

「そこで、物は相談だ。娘に玳瑁の笄を売ったと認めたら、今度の件には目をつぶってやる。どうだ」

アメリカでいう司法取引というやつで、半次らもしばしばこの手をもちいた。

「あっしのことを、そう安く踏まねえでもらいてえ」

勘三郎は太い眉を吊りあげる。

「売ってないといったら売ってねえんです。石を抱かされたって、売ったなんていうもんじゃねえ」

玳瑁の笄の仕入れ先である掏摸の親分の名は〝入墨の上中追放〟にされたって明かさないということのようだ。

油問屋和泉屋の惣領娘かよは明るいじゃじゃ馬のような娘だったのだが、後ろ指を差されるようになって人前にでるのを嫌がるようになり、家に閉じ籠もって、性格もがらり変わった。十七になったことでもあり、婿をとれば昔の明るさをとり戻すかもしれないと、茂左衛門と女房がどうだい？　とすすめるのだが、まるで話に乗らないということで、茂左衛門がたまに訪ねてきてぼやく。

「どこの誰から買ったと、はっきりさせてやってください。お願いします」

売ったのは間違いなく烏の勘三郎で、せっかく捕まえたというのに手も足もでない。うーん。腕を組んでうなっていると、

「半次」

疫病神だ。

「鰻芳《うなよし》の鰻を奢る。付き合え」

「ほおー」

半次はしげしげと蟋蟀小三郎を見つめた。知り合って何度も奢らされたが、奢ってもらった記憶がない。この前だって「てめえの分は払っとけよ」だ。

「どういう風の吹き廻しです？」

「奢ってやろうといってるのだ。つべこべいうな」

「魂胆がありますね？」

「いいからついてこい」

一緒だった千吉と平六に小銭を渡していった。

「こいつを牢に放り込んで、おめえたちは蕎麦《そば》でも食ってろ」

調べ番屋にもちっちゃいが牢はある。

一膳飯屋は昼の盛りが過ぎるといったん暖簾をおろすが、新場《しんば》の鰻芳は繁盛しており、客はのべつだから、午後から夜までぶっとおしで営業している。とはいえ、やはりこの時刻は店も空いていて、二階の窓際で向かい合った。

「頼みがある」

小三郎は膝を乗りだす。どうせ碌なたのみじゃないだろうが、

「聞ける頼みなら聞きましょう」

「簡単な頼みだ」

「なんです?」

「この書付をちよ女に渡してもらいたい」

「ちよ女?」

半次は首をかしげた。〝朝顔に釣瓶とられて〟の加賀の千代女がとっさに浮かんだのだが、というの昔の人のはず。

「花村のちよ殿だ」

「あーたがちらりちらりと視線を送っていたあの……」

「さよう、あの婦人だ。あの婦人にこの書付を渡してもらいたい」

「毎晩、通っているのでしょう?」

「それがどうした?」

「だったら、自分で渡せばいい」

「それができないからたのんでおる」

「すると、もしやその書付は……付文《つけぶみ》」

「シイー、声が大きい」

「蟋蟀さんねえ」

半次は口をへの字に曲げていった。

「あなた、いくつです」

「なぜ歳を聞く？」

「付文などというのはガキのすることです。いい大人のすることじゃありません」

「してはいけないという理屈はなかろう」

「そりゃあそうですが、丸岡表には奥方様もお子様もおられる。恥ずかしいとは思われないのですか？」

「女房の話はするなといってるだろう」

「少しは世間体というものを考えたらどうなのです」

「あのなア、おれは真剣なのだ。真剣にちよ女に恋をしておるのだ。おれは男。男が真剣に女に恋をしてどこが悪い」

「だったら、直接、自分でいえばいい。わたしはあなたに惚れてますと」

「それがいえないから、おまえにたのんでいるのだ。付文を渡して、蟋蟀さんと付き合ってやっていただけませんかといってもらいたい。たのむ」

「嫌です」

「どうあってもか」

「十五、六のガキがするようなこと、できるわけないじゃないですか」

「このオ！」

「お待たせしました」

鰻が運ばれてきて、半次は聞いた。

「勘定は割前《わりまえ》ですか？」

「奢るといったら奢る」

半次は箸をとっていった。

「いただきます」

四

「こんばんは」

声がかかって障子戸が開けられる。

「でましょうか」

志摩が聞く。聞き馴れない声で、どうせ仕事にかかわる話だ。

「おれがでる」

半次は寄付《よりつき》にでて聞いた。

「どちら様でしょう？」

「楽屋《がくや》新道《じんみち》の安五郎と申します」

堂守安だ。相撲取りあがりだけに図体はでかい。歳のころはほぼおなじ。ともに稼業は十何年になるのだが、どういうわけか、これまで顔を合わせたことがない。

「これはわざわざのお出ましで……」

といって半次は聞いた。

「お上がりになりますか。それとも外で」

「できたら外で」

「着替えてきます」

半次は外出着に着替え、外へでていった。

「お待たせしました」

「ちっちゃな店ですが、気楽に話し合えるところがいいと思いまして」

と堂守安は先に立つ。

粋な黒塀に見越しの松がある、囲われ者がひっそり住んでいるような家の前で堂守安は足を止める。暖簾も下がっていなければ提灯も掛けられていない。一見《いちげん》の客を相手にしない、筋のいい客を持つ店か、あるいは堂守安が囲い者かなんかにやらせている店なのだろう。

堂守安は格子戸をガラリと開ける。奥で鳴子がカタカタ鳴る。格子戸を開けると鳴子の紐が引っ張られる仕掛けになっているのだ。鳴子の音で気がついたのだろう。女がいそいそとでてきていう。

「あら、親分、いらっしゃいませ」

「座敷は空いているかね」

堂守安は聞く。

「空いております。どうぞ」

女は先に立つ。座敷で向かい合ったところで、堂守安は女にいう。

「しばらく二人きりにしてもらいたい。用がすんだら手を叩く」

「お茶は？」

「お茶も後にしてもらおう」

「承知しました」

女が下がって、堂守安は、

「勘三郎の件だがねえ」

と切りだす。

「若い者に任せておったところが、手抜かりがあったようで、親分のところに断りを入れていなかったのだと。申しわけねえ。このとおりだ」

堂守安は手をつく。半次は顔をしかめていった。

「手をつかれることはねえ」

つかれたところで、どうなるものでもない。

「ここは一つ、おれの顔に免じて、何事もなかったということにしてもらいてえ」

お縄にかけてから二日目で、まだ小伝馬町《こでんまちょう》には送っていない。目こぼししてもらえると思ってのことだろうが、

「二十人がかりのちょっとした捕物だったのでねえ」

難しいと首を振った。

「そこをなんとか」

「といわれても」

「ぶっちゃけた話、勘三郎から断りを入れられていたのに、小伝馬町に送られたとあっちゃあ、おれの顔が潰れる。聞き分けてもらいてえ」

「困ったなあ」

「お願えだ」

堂守安は今度は頭を下げる。

「南伝馬町三丁目に和泉屋という聞こえた油問屋がある。知っておられるね」

「ああ」

「そこのかよという惣領娘がねえ」

と半次は事情を打ち明けていった。

「勘三郎に会う段取りをつけるから、かよという娘に玳瑁の笄を売ったといわせてもらいたい。そうすれば、なにもなかったことにしよう。勘三郎をはじめ六人はその場で縄を解く」

「仕入れ先の掏摸の親分の名を明かしたくないから、勘三郎はかよという娘さんに玳瑁の笄を売ったといわないわけだね？」

「さよう」

「ということは、明かしたが最後、勘三郎は掏摸仲間に仕返しをされるし、稼業もつづけられなくなる。そいつは難しい」

としばし腕を組んで、堂守安はいう。

「こういうのはどうだい。勘三郎はかよさんという娘さんに笄を売ったのを認める。笄はどこの誰と知らないやつから持ち込まれたものということにする」

「弁がどう動いたのか流れがはっきりしてはじめて、おかよさんは冤罪を晴らすことができる。勘三郎が売ったと認めるだけでは、世間は信用しない」

「じゃあ、こうしよう。勘三郎から仕入れ先の掏摸の親分に、誰がと明かさなくていいが、綿屋の女房さんの弁をいつどこで掏ったのかを明かすようにと問い合わさせる。そうすれば、綿屋の女房さんも、ああ、あのときと、思い当たるだろうし、弁がどう動いたのかの流れははっきりする」

勘三郎を吐かせて、御白洲ではっきりさせるのがいちばんなのだが、流れがはっきりすれば、横山町の仕舞屋の店でたしかに買ったのであって、拾って猫ばばしたり、くすねたりしたという冤罪は晴らすことができる。それに堂守安の顔も立てねばならぬ。半次はいった。

「いいだろう。明日、正午から、坂本町二丁目の調べ番屋で、勘三郎と話し合うがいい。四半刻《しはんとき》(三十分)もあれば十分だろうから、頃合いをみて顔をだす」

「恩に着る」

五

蕎麦屋で昼をすませて、半次は坂本町二丁目の調べ番屋を覗いた。堂守安は憮然《ぶぜん》と立ちあがり、勘三郎に視線をやっていう。

「掏摸の親分に問い合わせると仁義を欠かします、問い合わせるわけにはまいりません、覚悟はできております、小伝馬町に送っていただいて結構です……だと」

文芸書
案内

3.3

筋違い半介

犬飼六岐

筋のとおった話の大嫌いな岡っ引き・半介の活躍をユーモラスに描き、小説現代新人賞を受賞した表題作他、面白くて味わいのすべて異なる7編を収録した時代短編集。

定価1,890円
ISBN4-06-213336-9

千代を盗め

三四二

忍術は算術だ！　甲賀忍びの頭領・伴与七郎の武器は、そろばんと銭。値四百貫文で、駿府に囚われた松平元康の妻子を奪還せよ。新感覚の長編忍者小説。

定価1,890円
ISBN4-06-213333-4

戸妖美伝

輔

狐が「コーン！」目覚めたところは江戸の家。姿絵の不思議が誘う文政年間に転時した洋介と、辰巳芸者いな吉の長閑な江戸暮らし。大江戸神仙伝シリーズ最新刊！

定価1,785円
ISBN4-06-213281-8

カス市場

堅気の人間は決して近づかない大都市の死角、失踪した妻の唯一の手がかりを追って男はそこへ足を踏み入れた——江戸川乱歩賞作家

1,785円
-06-213301-6

大人に
とびっきりの興奮を、
子どもに未来の夢を―

全巻書下ろし

ミステリーランド

MYSTERY LAND

［最新刊・定価各2,100円］

怪盗グリフィン、絶体絶命

法月綸太郎　絵＝本 秀康

「あるべきものを、あるべき場所に」が信条のグリフィンがとった大胆不敵な行動とは！

びっくり館の殺人

綾辻行人　絵＝七戸 優

「びっくり館」で、奇怪な密室殺人事件が発生した。十年以上がすぎた今も、犯人は捕まっていない……。

ISBN4-06-270579-6

講談社文庫最新刊

鳴風荘事件 殺人方程式Ⅱ

定価800円
ISBN4-06-275311-1

価1,500円
N4-06-212914-0

価は変更になる場合が
ご了承ください。
価は税込です。

785円
SBN4-06-213296-6

の性

定価1,68
ISBN4-06-213

講談社の文芸書

2006 3

みんな大好

渡辺淳一

アフリカの動物たちのささやきを渡辺淳一がしなやかに描く

サバンナを睥睨する
ライオンの雄々しい姿。
一見気楽そうに見えている動物たちも
じつは結構たいへんなんです。
チーターだって、ハイエナだって、
ヌーだって、そしてあのライオンだって……。

大人にも、子どもにも、男と女にも
人間世界を彷彿とさせる新しい発見がある。

パラパラ・アニメ付き
感動エッセイ

室

マ

懸命生きているのに、
ないんだ。ほら、
息子を奪いにやってくる!?
児童相談所

定価1,575円
ISBN4-06-213341-5

二〇世紀
れた幻の傑作、遂に刊行!

プラスティック・ソウル

阿部和重

巻末特別付録

構造、妄想――世紀末東京を舞台に描かれた狂
『シンセミア』、『グランド・フィナーレ』へと至る
阿部和重の創作、その転換点上に位置する傑作小説!

定価1,680円
ISBN4-06-210260-9

「お手間をとらせて申しわけありません」

勘三郎は深々と堂守安に頭をさげ、堂守安は半次にいう。

「そんなわけだ。えらく世話をかけた。この礼はいずれさせてもらう」

「いいってことよ」

一緒だった伝吉に勘三郎を見張っているように目で指図して表まで見送りにでた。

「掏摸の親分は誰と明かさなくていい、いつどこで掏ったと明かすだけ。ああも仁義を立てることもないと思うんだがねえ」

分からぬとばかりに首をひねって、堂守安はいう。

「それじゃあ、これで」

「また」

といったところへ、

「半次」

疫病神だ。半次は無視して調べ番屋に戻ろうとした。

「待て」

鋭く声がかかり、足を止めて振り返った。小三郎は話しかける。

「昨日のことだがなあ」

長生きするよ、あんたは、と憎まれ口を叩こうとして止めた。こんなところで言い争うこともない。

「思い切ってちよ女に付文を渡した。するとだ、ちよ女のいうのに、たしかな仲人《ちゅうにん》を立てていただければ、お付き合いしないでもありませんと」

「はあ？」

小三郎は意表を衝くことばかりやっているが、小三郎が目をつけた相手の女までもが意表を衝きやがる。

「お付き合いするのに仲人など聞いたことがない」

「それだけちよ女は堅いお人なのだ。今度ばかりはおれのたのみを聞いてくれ」

「仲人になれとおっしゃるのですね？」

「そうだ」

「おっしゃいますがねえ、わたしはちよ殿について、なにも知らない」

「知らなくていい。おれが何者かは教えてあるから、このお方は間違いのないお人ですとちよ女にいってもらえばいいのだ」

「丸岡表に奥方とお子がおられるということは？」

「わざわざ明かすこともなかろう」

「先方が、一緒になってくださるのね？　といったらどうなさるのです？」

「望むところだ」

「人別《にんべつ》（戸籍）を入れてもらいたいといったら、どうなさるのですかと聞いているのです」

「そこらはまあ適当に？」

「そうはいきません。御武家様方はどうなっているか知りませんが、あっしら町人は、去り状を遣わさないで後妻をもらった場合、所払《ところばらい》ということになっているんですよ」

「難しく考えることはない」

「お妾《めかけ》さんとして世話をしたいということなのですか？」

小三郎は頭を掻きながらいう。

「有り体にいえばそうだ」

「ちよ殿はそのこと、承知しておられるのですか？」

「分からぬ。そこら辺りは適当にごまかせばいい」

「仲人になるのです。そうはいかない」

「とにかく、これから家を訪ねることになっている。たのむ」

「わたしも一緒に？」

「そうだ」

「ちよ殿がお妾でもいいということだってなきにしもあらずか……」

「そうだ。そのとおり」

なぜこうなるのか分からないがいった。

「お供しましょう」

調べ番屋に戻り、伝吉にいった。

「勘三郎を大番屋に預けて、後は好きにするがいい」

「へい」

「家は知ってるのですか？」

半次は小三郎に聞いた。

「聞いている。安針町のすぐ近く、瀬戸物町の裏長屋だ」

海賊橋を渡り、江戸橋広小路の広場を通り過ぎて瀬戸物町に向かった。

「ここだ」

小三郎は足を止めていう。

「たのんだぞ」

「分かりました」

半次は答え、

「ご免くださいませ」

声をかけて、障子戸を開けた。

な、なんだ、こりゃあ。

女の右側に男の子が二人、左側に女の子が一人。三つから六つという年頃で、三人ともにもみじのような手を膝の上に乗せている。

「さあ、ご挨拶しましょう」

女がうながし、四人は両手をついていう。

「いらっしゃいませ」

たいしたこぶつきだ。

「これが長太郎、これが大三郎、これがよう。わたしはちよと申します。あなた様は？」

「新材木町の半次と申しますが、ちょっと待ってください」

半次はそういい、外から様子を窺《うかが》っている小三郎に小声で聞いた。

「ご存じだったのですか？」

「あ、いや」

小三郎は目を白黒させている。

「そんなところで立ち話などなさっていず、どうぞお上がりください。ご遠慮なく」

上がると、ちよは膳を用意しており、

「心ばかりの持て成しです」

といってすすめる。さすがの小三郎も思いがけない成り行きに言葉を失っている。

小三郎と半次の猪口《ちょこ》に酒を注いだあと、ちよは子供たちにいう。

「このお方がやがて父上になられるお方です。ご挨拶なさい」

三人は小三郎に向かって手をつく。

「よろしくお願いします」

成り行きに任せるしかない。

「おちよさんとおっしゃいましたねえ」

半次は声をかけた。

「はい」

「わたしはお上《かみ》の御用を承っている、世間でちいとは信用のある者です。仲人を、たしかに引き受けました。国見さんについてはいろいろ武勇伝を聞いておられることと思うのですが、武勇伝どおりのご立派な御武家さんです。どうか、ご安心なすってお付き合いください」

「有り難うございます。そう、させていただきます」

「じゃあ、わたしはお先に」

「ま、待て」

一緒に腰をあげようとする小三郎を制して半次はいった。

「頼りがいのある本当にいい方です。おちよさん、決して放してはなりませんよ」

半次は外へでると舌をぺろりとだして腹を抱えた。

「うわっはっは。胸がすく」

六

「親分」

三次だ。ただならぬ様子というのは声で分かる。ひょっとして？　半次は期待に胸をふくらませた。

「捜し当てました」

三次は上がってきていう。

「そうか。よくやった」

「勘三郎は質屋の家尻《やじり》を切っておりました。例の笄は家尻を切って手に入れた物です」

「飯は？」

「すませました」

「それじゃあ、詳しく聞かせてもらおう」

弥太郎も平六も千吉も伝吉も聞き耳を立てる。

「あっしの受け持ちは芝口橋《しばぐち》から向こうです」

勘三郎は堂守安にこういったのだという。

「掏摸の親分に問い合わせると仁義を欠かします。問い合わせるわけにはまいりません、覚悟はできております、小伝馬町に送っていただいて結構です」

堂守安は別れ際に首をかしげていった。

「掏摸の親分は誰と明かさなくていい、いつどこで掏ったと明かすだけ。ああも仁義を立てることもないと思うんだがねえ」

たしかに不思議で、玳瑁の笄はひょっとしたら掏摸が掏ったのではなく、勘三郎がおかしなことをやって手に入れた物ではないかと思えてきた。このままだと、勘三郎らは入墨の上中追放ですむが、もっと重い罪に該当することをやって手に入れており、そのことを隠蔽《いんぺい》するために、掏摸の親分から手に入れたということで押しとおして、明かせないといっているのではないかと思いなおした。

大番屋に入れられる者は所持品をすべて預けさせられる。大番屋の中で強請《ゆす》りたかりに遭うかもしれないからで、勘三郎はこれまた輸入禁止になっていた象牙《ぞうげ》に七福神を丁寧に彫って金銀をちりばめた、身分不相応不似合いな印籠を所持していて預けさせられていた。それの特徴を紙に写しとらせ、麴町一丁目の綿屋の女房に返した笄の特徴をも紙に写しとらせ、供に連れるのは伝吉だけにして、弥太郎、三次、平六、千吉の四人に江戸市中を分担させて走り廻らせた。三次は芝口橋から向こうの受け持ちで、質屋、古着屋、古道具屋など八品商《はっぴんしょう》をくまなく当たった。

「北から順に当たっていったものですから今日まで辿《たど》りつけなかったのですが、一年半ほど前に、三田四丁目の質屋が、火事のどさくさに家尻を切られたことがあると耳にして、もしやと思って訪ね、帳面を見せてもらうとぴったし。玳瑁の笄も象牙の印籠もともにその質屋が預かり、家尻を切られて盗まれた物でした」

三次は茶で喉をうるおして語を継ぐ。

「質屋が預かるのは古着とか帯とか布団とかと鍋釜の類が多く、それらは盗まれてもいかようにも話がついたそうなのですが、象牙の印籠の持ち主は赤羽橋の有馬様のお偉方だったものですから話がつかず、質屋はえらく往生したそうで、玳瑁の笄も厄介なことになったら困るなと心配していたら、置き主が請け戻しにこないまま流れてしまったのでほっとしましたと」

「いくらで預けていた」

「一両と二分だそうです。正味の値段は五両はするそうで、質屋の親父は、ここだけの話ですが助かりましたといってました」

「置き主は？」

「近くの布団屋」

「被害に遭っているのは麹町の綿屋だ。当たってみる必要があるな」

「明日、当たります」

綿屋七兵衛の女房が店先においていた玳瑁の笄を失敬したのは綿屋の手代で、仕事の関係で知り合った、麹町からは遠く離れている布団屋の親父をたよって質入し、謝礼として二分をはずみ、一両を懐に入れた。盗っ人を捕らえてみればわが子なりではないが、なんのことはない、自分の店の手代がくすねてのことだった。

　もとより、火事のどさくさに質屋の家尻を切ったのは勘三郎とその子分ら三人で、四人は捕まえた六人の中にいた。家尻を切っての盗みは死罪。さくらを使っての商いは入墨の上中追放。そっちのほうがずっといい。なにより生きていられる。勘三郎らは息を殺して、入墨の上中追放とされるのを待っていたのだが天網恢恢疎《てんもうかいかいそ》にして漏らさず、悪事は白日の下にさらされてしまった。

第四話　疫病神が福の神

一

「半次《はんじ》親分」

　階下から声がかかる。ここは引合茶屋《ひきあいちゃや》、高麗屋《こうらいや》の二階。いつものように「引合を抜いてもらいたい」「いくらだす?」の遣り取りをしていたときのことだ。声をかけたのは手代で、

「あいよ」

　と返事をしながら半次は階段をおりた。手代は目をやっていう。

「お客さんです」

　足の踏み場もないほど履物がおかれている土間に、蟋蟀小三郎《こおろぎこさぶろう》が突っ立っている。用があれば我が家を訪ねてきているのに、仕事場へわざわざのお出ましとは?

「ちょっと」

小三郎は手招きする。履物は棚にも何十足と乗っかっている。間違わないように半の字を丸で囲んだ焼き印を押してある裏付《うらつけ》を突っかけて外にでた。小三郎は手をだしていう。

「三両、貸してくれ」

半次は顔をゆがめていった。

「藪から棒にまたなんです？」

「おぬしはこの時刻、たいがい高麗屋にいる」

そのとおり。

「頼みがあって、楓川《かえでがわ》沿いをこちらへ向かっておった」

どうせ碌《ろく》な頼みじゃなかろう。

「松平越中守《まつだいらえっちゅうのかみ》殿の屋敷の手前、松なんとか町……」

「松屋町《まつやちょう》ですね？」

「そうだ。松屋町に羅漢堂《らかんどう》というがらくたを並べている店がある」

骨董屋《こっとうや》ということになっているが、たしかにがらくたも少なからず並べてあった。

「なにげなく目をやると、親父があぐらをかいて、褌《ふんどし》からふぐりがはみだしているのにも気づかず、グースカグースカやっておる。注意をしてやるつもりで話しかけた。その金玉も売り物かと」

小三郎らしい。

「親父はむっくと目を覚まし、ぬけぬけとぬかしやがる。いかにも売り物でございますと。金玉のことだぞと念を押すと小癪《こしゃく》にも、ずいぶんと売りますと。売り言葉に買い言葉。いくらで売ると聞いたら三両ですと。よし分かった、いま持ち合わせがない、すぐに都合して買いにくる。それまでよく洗って待っておれというような遣り取りがあって、三両を借りにきた。貸してくれ」

「どこの御大名の弟さんかは存じませんが、左近《さこん》さんとおっしゃるお方に引導《いんどう》を渡してせしめたお足が三十両ですか、それとも五十両ですか？」

「五十両だ」

「残りがたっぷりおありのはず。三両貸せはない」

「今度は無駄遣いせず、四十両ばかり残っておったのだが、ち、ちよ殿に巻きあげられてしまった」

「どういうことです？」

「ち、ちよ殿はしっかりした御女中で、ただ持っているのはもったいのうございます、たしかなところに預ければ年に一割五分にはまわしていただけます、六両になります、そうなされませといわれてのことだ」

「じゃあ、いまは文なし？」

「そういうことになる」

「さっきわたしに、頼みがあってとおっしゃった。頼みというのは？」

「そんな次第で、当座の小遣いを貸してもらおうというのが頼みだ」

やはりこいつは疫病神《やくびょうがみ》だ。

「それより、いま申した次第だ。三両、貸してくれ」

「あいにく三両などという大金、持ち合わせておりません」

あったとしても鐚《びた》一文貸すものではない。

「そういわず」

「ないものはしようがない」

「ここのべっぴんの女将《おかみ》とか仲間から借りるという手がある」

冗談じゃない。

「材木町のオ」

上野山下の助五郎が背後から声をかける。半次は新材木町に住まっているが、仲間は新を略して材木町のオと呼びかける。

「芝居の台詞《せりふ》の、〝子細は洩《も》れなくあれにて聞いた〟じゃないが、立ち聞きさせてもらった」

それで？

「このお方が有名な蟋蟀小三郎さんだね？」

「さよう、それがしが蟋蟀小三郎だ」

〝有名な〟という形容が気に入ったのだろう、小三郎は胸を張る。

「あっしは半次親分の、おっしゃるとおり仲間の一人で、上野山下の助五郎と申します。以後、お見知りの程、願いあげます」

「覚えておこう」

「それで、三両を都合してもらいたいということでしたね」

「そのとおり」

「わたしが、用立てましょう」

「そいつは有り難い」

「ちょっと」

半次は助五郎の袖を引いた。

「まず、返ってこない。止めといたほうがいい」

「半次！」

盗み聞きしたようで小三郎が割って入る。

「よけいなことを、ごちゃごちゃいうでない」

「いいってことよ」

助五郎はにっこり微笑《ほほえ》み、紙入から小判三枚を摘まみとる。助五郎は金にしわい。打ち解ける仲になったいまも本性は変わっていない。なのに、見ず知らずに三両も叩《はた》く。なにか魂胆があるに違いない。

「一筆入れようか？」

小三郎が聞く。

「よしてくだせえ」

助五郎は苦笑いをして半次に話しかける。

「材木町のオ」

「なんだい？」

「おれはこのあと、のっぴきならねえ用がある。かわりにといっちゃあなんだが、このあとの蟋蟀さんと羅漢堂の親父との遣り取り、おれにかわって見届けてもらうわけにいかないだろうか」

「かわって見届ける？」

「そうだ。生きた人間の金玉の売買なんて、天地開闢《かいびゃく》以来のことだろうからなア。成り行きが気になる」

いわれてみればそのとおり。

「見届けさせてもらおう」

「いくら払う？」

小三郎だ。

「なにを？」

「見料《けんりょう》」

「とるのですか？」

「ただ見はないだろう」

「分かりました。あとで十文ばかりも」

「ふん」

小三郎は鼻でせせら笑っていう。

「上野山下の親分とはえらい違いだ。所詮《しょせん》、お前は小者よ」

小者でけっこう。

「では助五郎殿、たしかに三両、拝借つかまつった」

小三郎は慇懃《いんぎん》に礼をいって歩を南に向け、半次は後につづいた。

「どうです。新婚生活は？」

半次は横に並んで話しかけた。

「悪くない」

「こぶつきでも？」

「三人ともよく慕ってくれておる。まるで自分の子のようだ」

「おちよさんはわけありのお人のようですが、どんな素性のお人なのです？」

「稼業が稼業とはいえ、お前は本当に穿鑿《せんさく》好きにできているなあ」

「わたしは仲人《ちゅうにん》です。気になります。どんな素性のお人なのです」

「知らぬ」

「知らぬって？」

「聞いておらぬ」

「気にならないのですか？」

「そのとおり」

半次はなんとなく気になっている。

「こぶつきということは亭主がいて、生き別れたか死に別れたかしたということで、それも気にならない？」

「聞いたところではじまらぬ」

「おちよさんはなんともおっしゃらない？」

「いわぬ」

「そんなものですかねえ」

「おかしいか？」

「というわけでも」

破鍋《われなべ》に綴蓋《とじぶた》で、二人とも頭に釘でも刺さっているのかもしれない。

二

暑さ寒さも彼岸《ひがん》までというが、彼岸を過ぎたというのに残暑がきつい。あるいはだから、羅漢堂の仁兵衛《じんべえ》という親父も金玉を虫干しすることになったのかもしれない。それとも……。

白い眉毛が垂れさがっていて、奥にある目がらんらんと光っている仁兵衛は、界隈《かいわい》では臍曲《へそま》がりの天《あま》の邪鬼《じゃく》でとおっている。「いいお天気ですねえ」と挨拶する。「いつまでもつづくものではない、そのうち雨になる」と返ってくる。「鬱陶《うっとう》しい雨がつづきますねえ」と挨拶する。「降り止まぬ雨はない、それしきのことが分からぬのか」。素直な挨拶が返ってきたことがなく、いままでは誰も相手にしない。小三郎はそうとは知らずに相手になってしまったのだろうが、あるいは仁兵衛は、誰にも相手にされずに退屈を持て余していたものだから、わざとふぐりをさらして、引っかかる相手を探していたのかもしれない。ありえなくもない。

「ご免」

小三郎は声をかけて羅漢堂の敷居をまたぐ。仁兵衛は手ぐすねを引いて待ち構えていたかのように、框《かまち》にどっかと腰をおろしていていう。

「これはようこそ、お待ちしておりました」

小三郎は指をさしていう。

「そこな金玉、三両と申したな」

「いかにも申しました」

「貰い受けにまいった。小判が一、二、三枚。三両だ。受け取れ」

小三郎は差しだす。

「たしかに」

仁兵衛は押しいただいて懐に入れる。

「渡してもらおう」

「お待ちくださりませ」

仁兵衛は褌に手を突っ込み、やおら、手の平に乗るほどの毛むくじゃらなのを取りだしていう。

「どうぞ」

小三郎は覗き込んで首をひねる。

「なんだ、これは？」

「正真正銘の、狸《たぬき》の金玉でございます」

「なにイ！」

小三郎は顳《こめかみ》をぴくぴく震わせて鯉口《こいぐち》を切る。

「下郎《げろう》！」

はや、目が血走っている。正気でない、なにをするか分からない小三郎がそこにいる。

「待った」

半次は間に入って手を広げた。

「邪魔だ。どけ！」

「どきません」

「どけと申すに」

「落ち着いて」

「おのれも一緒にあの世にいきたいか？」

「おちよさんが悲しみますよ」

小三郎の肩からすうーっと力がぬけ、目に正気が戻った。

「親父、頭をさげろ」

親父は平蜘蛛《ひらぐも》のように這いつくばる。その頭を手で押さえつけて半次はいった。

「ほんの座興だったのです。このとおりです。勘弁してあげてください」

小三郎はふうーと息を吐いていう。

「すんでのところでその素っ首、刎《は》ねるところだった」

仁兵衛は首に手をやっていう。

「くわばらくわばら」

「だが、退屈しのぎにはなった」

「恐れ入りましてございます」

仁兵衛は懐にしまった三両を取りだし、捧げるように小三郎に差しだしていう。

「お詫びの印にといってはなんですが、結構な酒の摘みがございます」

「酒を馳走すると申すのだな」

「そのとおりでございます」

「おれは飲ん兵衛だぞ」

「憚《はばか》りながら、五升や一斗飲まれてもこの羅漢堂、びくともするもんじゃございません」

「大きくでたなア。じゃあ馳走になろう」

「わたしはこれで……」

半次は踵《くびす》を返そうとした。

「あなた様もぜひ」

親父は袖を摑《つか》む。

「あいにく、わたしは下戸《げこ》だ」

「結構な摘みと申しました。めったと口にできる物ではございません」

「河豚《ふぐ》、なんてんじゃないだろうなあ」

「魚じゃございません」

「卵は珍しくもなし。ももんじいか？」

猪や鹿の肉をももんじいという。

「いいえ」

「それとも鰻《うなぎ》が化けた山の芋」

「山の芋は酒の摘みにはなりません」

「じゃあ、なんだ？」

「食されれば分かります。調理に手はかかりません。すぐに出来上がります」

「その前に酒だ」

小三郎がうながす。

「この春、婆さんがくたばっちまったので、それじゃあ、酒の支度を先に。冷やですか、燗《かん》ですか」

「下り物か」

「そうです」

「新酒の時期ではなし、熱燗にしてもらおう」

「少々、お待ちを」

火はなかったらしく、仁兵衛は台所にいって熾《おこ》しはじめた。小三郎は台所に向かっていう。

「待てぬ。冷やでいい」

「どのみち火を熾さねばなりませんが、それじゃあ冷やを持参します」

二合徳利が二本も運ばれてきた。

「お前も飲《や》れ」

「結構」

「無理にはすすめぬ」

小三郎はそういい、手酌ではじめた。

「そうだ」

小三郎は思いついたようにいう。

「そんな次第で懐に三両が残った。上野山下の助五郎にいっといてくれ。当座の小遣いに借りておくと」

「借りをつくると難題を吹っかけられたり、厄介なことになりますよ」

「難題？　大いに結構」

「返す当てなどないんでしょう」

「お前にへばりついていると、どういうわけか金になる」

「これまではそうだったかもしれませんが、いつもそうとはかぎらない」

「いいや、お前はおれにとって福の神だ」

どうでもいい話をしていると、ウン？　あの、物が焼ける匂いは？　小三郎もクンクン鼻を鳴らしていう。

「松茸《まつたけ》ではないのか」

そうだ、あれは松茸だ。

「結構な酒の摘みといいおったがそのとおり」

小三郎も半次も立ちあがり、台所に素っ飛んでいった。四寸ばかりの結構な長さの松茸を縦に五つばかりに切り裂いたのが、七輪の網に乗っけられている。団扇《うちわ》でばたばた扇《あお》いでいた仁兵衛が振り返っていう。

「いい匂いでしょう」

半次はいった。

「聞きたいことがある」

「なんでしょう?」

「その松茸、どこで手に入れた?」

「そんなこと、どうでもいいじゃないですか」

「よかアない。御用の筋で聞いているのだ」

「旦那はもしや、その筋のお人?」

「そうだ」

「ちょっと、待ってください」

仁兵衛は制していう。

「焼け具合はこんなところでしょう」

仁兵衛は縦に切り裂いた松茸を一切れまた一切れと箸で摑んで皿に盛る。

「美味《うま》そうだな、どれ」

小三郎がぬっと手を伸ばして三切れを鷲摑《わしづか》みに摑む。

仁兵衛がいう。

「醬油《しょうゆ》をつけられたほうがいい」

「おっと、そうだった」

口に運ぼうとしていた手を止めて小三郎は急《せ》かせる。

「はやく」

仁兵衛は小皿に醬油を注ぐ。待ちかねるように、小三郎は手にしていたのに醬油をつけてほおばる。

「うーん、美味い。松茸は二度目だが、本当に美味い」

一切れ、最後の一切れと、五切れをあっという間にたいらげて小三郎はいう。

「一本分のようだなあ」

「そうです」

「もっとないのか」

「一本きりです」

「そうか。残念。でも美味かった」

半次もさすがに生唾《なまつば》がでるのを押さえきれず、ごくりと飲み込んで繰り返した。

「どこで手に入れた?」

「御用の筋でとおっしゃいましたねえ」

「そうだ」

「どういう御用の筋なのです?」

「詳しいことは話せぬ」

「じゃあ、わたしも申せませぬ」

「おぬしは臍曲がりの天の邪鬼でとおっているのだったな?」

「そのとおり」

「そういうやつにはまたそれなりの致し方がある。五六《ごろく》の番屋まできてもらおう」

楓川の向こう、本材木町五丁目と六丁目の間に五六の番屋という調べ番屋がある。

「松茸ごときで、なんで番屋なんかにいかなければならないのです?」

「じゃあ、素直に申せ。申さねば番屋だ」

「理不尽な！」

「理不尽も糞もあるか。立て！」

岡っ引は〝鳥渡《ちょっと》こい！〟の一言で、誰彼構わず番屋にしょっぴいた。

「分かりましたよ。いいます」

小三郎はじっと様子を窺《うかが》っている。またなにか金儲けのタネになるかもしれないと考えているのだろうが、今度ばかりは金儲けのタネになどならない。

「三日前、明日がお彼岸という日に、嫁いでいる一人娘がやってきて、あちらでも法事がございます、お墓参りにはいけません、申しわけありませんと線香代に添えて、宅（亭主）からこれをと差しだしたのが、いま御武家様に食していただいた松茸でございます」

「嫁ぎ先というのは？」

仁兵衛は胸を反《そ》り返らせる。

「神田鍋町《かんだなべちょう》の表通りの、五間《ごけん》間口の海苔《のり》問屋でございます。大森屋という屋号で、世間ではちいとは名を知られております」

「わかった。ではおれは、松茸にもありつけなかったことだし、ここで失礼する」

「おれも」

小三郎も腰をあげようとする。

「五升や一斗飲まれても、びくともするもんじゃないということだから、あんたはもっと馳走になるといい」

「そうもいかぬ」

勝手にするがいい。

「邪魔をした」

羅漢堂を後にすると小三郎ものこのこついてきたが、肩透かしを食わせるようにその日は大森屋を訪ねず、まっすぐ家に帰った。

三

上州《じょうしゅう》太田に、下剋上《げこくじょう》の時代に辺りを威圧した金山《かなやま》城なる城があった。この時代は大小さまざまの峰からなる赤松が生い繁るだけの山だったが、赤松と松茸は性に合うところから松茸が採れ、いつしかここの松茸はすべて将軍家に献上されるようになった。したがってむろん山の管理は厳重で、苗字帯刀《みょうじたいとう》を許された御林守《おはやしもり》という役人、その下に目代《もくだい》などと称する小役人がおかれた。

金山は周囲六里余。山への入口は九口あり、松茸が採れる季節ともなると九口すべてに番小屋が建てられて番人がおかれた。ほかにも本番小屋、仮番所、遠見番所などが七十三ヵ所に設けられ、番人は猫の子一匹、中に通すものかと目を光らせた。もとより目を光らせるだけではない。番人は三組に分かれ、東回り、中回り、西回りと、三方向を巡回巡視した。それが何年もつづいている。松茸が自生する場所はどことどことおのずと分かるようになり、数えると四十三ヵ所もあった。三組は四十三ヵ所を重点地域として毎日巡回巡視した。

土の色が赤く変化する。三日くらい経つと松茸が顔を覗かせる。それから三日くらい経つという具合に育ち、採れごろになる。気づかずに放っておいてさらに三日も経つと傘が開きはじめて反り返り、腐りはじめるので、小役人や番人はそれこそ一本も見逃すものかと目を皿のようにして山を見てまわった。

採れる本数は多い年で千五、六百本。少ない年で二百五、六十本。ならして七、八百本。これを初納、二納、三納……といって、六、七度に分けて江戸へ送った。

松茸ももちろん鮮度が重要視される。虫食い、腐れなどを取り除き、一本ずつ松葉にくるみ、磨《みが》き青竹を細く削って編んで作った縦が二尺、横が尺五寸余の、柔らかい松葉を敷き詰めた籠《かご》の中に入れ、黒染麻縄《くろぞめあさなわ》で梱包《こんぽう》し、太い磨き青竹の棒に二籠ないし三籠、多いときは四籠を括りつけ、麻の屋根を被せ、献上松茸と認《したた》めた板札をつけて、御林守が封印した。

松茸役所にはあらかじめ江戸から老中の、通行手形のような「この松茸、上州太田より江戸の御台所まで急度《きっと》相届けるべきものなり」と書かれて署名捺印された証文が送られてきている。松茸の籠にはその証文と、合計で何本入っておりますと認めた御林守の送り状が添えられて継ぎ送りされた。

継ぎ立ては、太田から古戸《ふると》村、利根川を渡って妻沼《めぬま》、以後、中山道の熊谷《くまがや》、鴻巣《こうのす》、桶川《おけがわ》、上尾《あげお》、大宮、浦和、蕨《わらび》、板橋宿でおこなわれ、最後の板橋宿の人足は江戸の金山を支配する代官の屋敷に立ち寄り、到着しましたと報告したあと、御城の御台所に運び込んだ（関東近郊の代官はおおむね江戸の自分の屋敷を代官所にして、江戸に常駐していた）。太田を出立するのは朝の五つ半（午前九時）。御台所着は翌朝のおよそ七つ半（午前五時）。全行程二十時間という早さだった。

江戸城にはむろん公方《くぼう》様といわれていた将軍がいて本丸《ほんまる》に住まっている。将軍には内府《ないふ》（内大臣）様といわれていた跡取りがいて、西丸に住まっている。そこで、献上松茸は本丸の御台所のほか西丸の御台所にも送られたのだが、この秋、本丸に送られる二納の松茸が送り状では九十六本となっていたのに六十八本しかなく、二十八本も不足していた。

松茸は御林守が何度も本数を確認し、封印したうえで送られてくる。過去一度たりとも本数に齟齬《そご》をきたしたことはなかった。あるいは本丸に送られるのが西丸に、西丸に送られるのが本丸にと間違って送られたのかもしれない。本丸の御台所役人はそう考え、西丸の御台所役人に問い合わせた。西丸の御台所役人は、こちらは送り状どおり六十八本が届いておりますという。すると、どういうことが考えられるか。

思い違いということは得てしてあるもので、籠詰めしたり確認したりする者、御林守らが、本丸に送る分も西丸に送る分も、本丸への送り状には九十六本と認めたのに、どちらも六十八本と勘違いして送った。これが一つ。そう勘違いしたと思わせるように、誰かが本丸に送る分九十六本から二十八本を抜きとった。これがいま一つ。そこで、代官はすぐさま、真相を調べに使いを太田に送った。御台所役人はかくかくしかじかのことがございましたと上に報告をあげ、事の次第は将軍の耳にも入れられた。

松茸は丹波《たんば》を中心とする畿内《きない》や中国地方でよく採れる。珍しい物ではない。だが、畿内や中国地方から江戸へ輸送するとなると、継ぎ送りで夜を日に継いでも、山奥からのこととて何日もかかり、鮮度が落ちる。また継ぎ送りは宿場宿場の負担だから、太田から江戸へ送るだけでも誰彼にたいそうな厄介をかけるのに、畿内や中国地方からだと、厄介は途方もないものとなってしまう。

だから将軍家へのは江戸近郊の松茸となるのだが、江戸の近郊ではそうそう採れず、一山《ひとやま》がそっくり松茸山になっている上州金山の松茸は将軍家にとってとても貴重で、将軍家の膳を賑わせていただけでなく、将軍からの下賜品《かしひん》としても珍重された。老職（老中）、御用御側《ごようおそば》ら側近、大奥の老女、嫁がせたり養子にやったりした大勢の子らへの、松茸は重宝がられる贈り物となっていた。

それゆえにといっていい、将軍は、今年はおよそ何本採れそうだと知らされると、自分用に何本、奥方（御台様）やお妾さん（御部屋様）用に何本、御城に残っている小さなお子さん用に何本、贈答用に何本とあらかじめ心積もりしていて、送られてくる松茸を割り振った。天下の将軍ではあるが、こと松茸に関しては一本一本に細心の注意をはらった。なのに、なんの手違いでか、二納の二十八本が未納になった。

手違いならともかく、ひょっとしたらと将軍は考えた。本丸の御台所の役人が考えたように、誰かが本丸に送る分九十六本から二十八本を抜きとったのではないかと。かりに抜きとられた場所が太田であったにしても、太田では目につく。売れない。売るとしたら江戸だ。江戸へ持ってきて売る。二十八本はかなりの量だ。売れば足がつく。こう考えて、切れ者と評判の北の奉行を呼んでいった。

「しかじかである。松茸を大量に売り捌《さば》く者に目を光らせるよう」

ただし、と将軍はつけくわえた。

「事は松茸で、松茸で余がめくじらを立てているなどと噂を立てられたくない。そのほうどもは岡っ引という手先を使っているそうだが、腕がよくて口の堅い岡っ引を選び、口外無用と念を押して申しつけるよう」

というわけで、北の御奉行榊原主計頭《さかきばらかずえのかみ》から定廻り《じょうまわ》岡田《おかだ》伝兵衛《でんべえ》に話はおりてきて、半次に白羽の矢が立った。

「わたし以外には？」

半次は聞いた。

「御奉行によると、大勢は洩れる、一人に任せるのがよかろうとのことで、おぬしだけに申しつけることになった。おかしな噂が立ったら、おぬしの口から洩れたことになる。よくよく心をくばって事に当たるよう」

弥太郎など下っ引にも明かしてはならないと釘を刺されている。以来、昨日まで五日。松茸を大量に売り捌くとなると青物《あおもの》市場がある神田多町《たちょう》ということになり、朝が早い青物市場に三日連続で通ったがなんの収穫もなく、自分の仕事もあることとて、昨日は多町ではなく坂本町二丁目の引合茶屋高麗屋へ顔をだし、ひょんなことから、足許の八丁堀で、たった一本だが松茸に出くわした。

「ご免ください」

半次は大森屋の敷居をまたいで声をかけた。

「どちら様でしょう？」

手代が尋ねる。

「お上の御用を承っている新材木町の半次と申します。こちらの旦那にお伺いしたいことがあってまいりました」

「大旦那のほうですか、若旦那のほうですか」

仁兵衛の娘が嫁いだということだから、

「若旦那です」

「お待ちください」

歳のころ三十いくつの男が奥からやってくる。

「当家の跡取りです。新右衛門《しんえもん》と申します」

といって男は首をかしげる。

「御用は？」

「お伺いしたいことがあるのですが、ここでは……」

「お上がりください」

すすめられて半次は奥の座敷に案内された。

「御用は？」

うながされて半次はいった。

「つかぬことを伺います。八丁堀松屋町の羅漢堂は御内儀《おないぎ》の御実家《おさと》でございますね」

「そうです。それがなにか？」

と新右衛門は語尾をあげる。

「四日前、明日がお彼岸という日に、御内儀は羅漢堂に御実父の仁兵衛さんを訪ね、あちらで、つまりこちらですね、法事がございます、お墓参りにはいけません、申しわけありませんと線香代に添え、あなたからこれをといって松茸を差しだしたということですが、相違ありませんか」

「そのとおりです。たった一本ですがね」

「失礼ながらあの松茸、どこで手に入れられました？」

「なぜ、そのようなことをお聞きになるのです？」

「詳しいことは憚りがあるので申せませんが、松茸が三十本ばかり盗まれたのです」

ということにでもしておかなければ、相手も納得しない。

「家内の実家に送った松茸がその一本だとでも？」

「かもしれないと思ってお尋ねしているのです」

「お尋ねの趣旨はよく分かりました」

と新右衛門がいったとき、廊下をこちらへ歩いてくる足音がして止まり、

「失礼します」

声がかかって女が茶を運ぶ。

「家内です」

新右衛門が引き合わせる。鳶《とび》が鷹《たか》を生んだか、仁兵衛の娘とは思えない美人で、だったら、大店の海苔問屋とがらくたも売る骨董屋とは釣り合いがとれる。

「新材木町の半次と申します」

というに止《とど》めた。素性と用件はどうせ後で、新右衛門が説明するに違いない。

「ごゆっくりなさってくださいまし」

一礼して内儀はさがり、新右衛門はいう。

「うちはご承知かどうか海苔問屋です」

「よく承知しております」

「関八州はいうまでもなく、奥州各地にも得意先があるのですが、野州《やしゆう》の足利《あしかが》にも得意先があって、もうだいぶん前のこと、傾きかけたところを親父が力を貸して助けるということがございました。足利でもそこそこ松茸が採れます」

上州太田で採れるのだ。近くの足利で採れても不思議はない。

「それを恩にきて足利の得意先は、松茸山を持っておるものですから、毎年季節になると五本、十本と送ってくれ、今年も十本送ってくれました。家内の実家に届けたのはそのうちの一本です。足利の得意先の屋号は津村屋。なんでしたら、お問い合わせください」

話に嘘偽りはないようだ。

「そうでしたか。よく分かりました。お騒がせして申しわけありません。失礼します」

期待はしていなかったが、そのとおりになった。

四

「蟋蟀さんのこと、耳にされましたか?」

部屋に入ってくるなり弥太郎が切りだす。半次が使っている下っ引は代貸し格の弥太郎、以下、三次、平六、千吉、伝吉の五人で、一日に一度、夕刻に茶の間で顔を合わせ、あれこれ話し合って翌日の打ち合わせをする。

「疫病神の唐変木《とうへんぼく》がなにか仕出かしたのか?」

長火鉢を前にすわって半次は聞いた。

「上野山下に巣くいはじめて、助五郎親分の縄張りを荒らしはじめた浪人者など破落戸《ごろつき》五人を、蟋蟀さんは退治したそうです」

「なるほど」

だから助五郎は三両を用立てて蟋蟀小三郎に近づいたのだ。

「助五郎親分はですねえ、前渡しの三両で十分と値踏みしていたそうなのですが、もちっととさらに二両をふんだくられて、えらく高くついたとぼやいておられるそうなのですが、それでも大掃除がすんでよかった、さすが蟋蟀さんだと感謝はしておられるのだと」

一文なしだったのに五両がとこ入って、小三郎も一息ついていることだろう。

「今晩は」

声がかかって戸がガラリと開けられる。

「あの声は?」

弥太郎に半次は呼応した。

「岡田さんとこの若い衆だ。おれがでる」

半次は寄付《よりつき》にでた。若い衆はいう。

「旦那様がすぐにきてもらえないかと」

「支度をしてすぐに追っかけます」

半次は茶の間に戻っていった。

「聞いてのとおりだ。でかける。弥太」

「へい」

「おれにかわって話をまとめ、明日の段取りをつけておいてくれ」

「明日のご予定は？」

「いつものように朝一《あさいち》に高麗屋を訪ねる」

「わたしも朝一に高麗屋を訪ねます。変わったことがあったらそのときに」

「そうしてくれ。じゃあ」

秋の日は釣瓶《つるべ》落《お》としとはよくいったもので、またたく間に日が暮れる。また彼岸が過ぎたこのころ、お月様は姿を消す。半次は提灯を手に八丁堀へ急いだ。

「今晩は」

庭の垣根越しから声をかけた。岡田伝兵衛は縁側で茶をすすっていて聞く。

「飯は？」

「まだです」

「一緒しよう」

「足が汚れております」

できたら、上がらずにすませたい。

「すすぎを運ばせる」

岡田伝兵衛はそういって声を張り上げる。

「すすぎだ」

「へーい」

さっきの若い衆が水を張った小ぶりの盥《たらい》と雑巾《ぞうきん》を持ってくる。

「どうぞ」

すすめられて半次は足を洗った。

「上がれ」

座敷には手廻しよく膳が用意されている。

「おぬしは下戸だから酒はすすめぬ」

「助かります」

「膳の上にあるものを適当にやっつけてくれ」

「いただきます」

岡田伝兵衛は切りだす。

「今日、御奉行に呼ばれた」

真相は分かった、もう手を引いていい、と伝兵衛が語を継ぐのを期待して、半次は箸をとった。

「お代官が太田に問い合わせたところ、封印した太田の御林守は本数など間違えておりませんと断言した。立ち会った目代も、わたしどもに落ち度があってのことなら腹を切りますと逆に食ってかかった。だったらやはりどこかで抜かれたということになり、江戸で売り捌かれたというのは大いにありうるわけで、まだ突き止められぬのかと」

「たしかに江戸で売り捌かれたというのは大いにありえます。ですが、盗んだ者が腹に納めたということもありうるわけで、また松茸は中山道の街道筋を運ばれてきておりますから、街道筋で売り捌かれているということだってなきにしもあらず。となると、わたしの手には負えない」

「おれも御奉行にそういった。御奉行のいわく。江戸で売り捌かれていないと決めつけることもできない。話は公方様からおりてきておる。もうよいと仰せがあるまで最善をつくせと」

「ないものをないとはっきりさせるほど難しいことはございません」

西洋ではそれを〝悪魔の証明〟という。不可能に近いからだ。

「最善をつくしたと態度で示すのもまた大事なことではないのか」

どうあっても消えた松茸を追わねばならぬということのようで、こういうしかなかった。

「分かりました。最善をつくします」

五

手がかりはやはり神田多町ということになり、この日も朝早くから、多町の青物問屋を虱《しらみ》潰しに当たった。二十八本と露骨に本数を明かすわけにはいかない。五本、十本と松茸を売りにきた、取引のない素人同然の者がおりませんでしたかと聞いてまわった。反応はこの前とおなじ。松茸を売りにくる者はそうそういない。いれば分かるはずで、あいにくとみんながみんないませんでしたねえと声をそろえた。

事件があって八日が経つ。江戸で売り捌いたとして、多町の青物問屋ではなく、市中のいたるところにある料理屋に直接かけあって売り捌いたとなると、気の利いた料理屋だけでも二百や三百あるわけで、一人ではとても当たりきれず、抜きとったやつを誰と探し当てるのは雲を摑むように難しくなる。さりとて、尻は叩かれても、もういいとはいわれていない。「最善をつくします」ともいっている。半次は重い足を引きずりながら、どこへ行く当てもなく家路についた。

「ただいま」

戸に手をかけようとすると、

「お前さん」

井戸端会議の仲間にくわわっていたらしい志摩《しま》が声をかけて近寄ってくる。

「なんだ?」

「いましがた、増上寺《ぞうじょうじ》の塔頭《たっちゅう》、立雲院《りゅううんいん》の寺男です、権兵衛《ごんべえ》と申しますと名乗られるお方が見えて、恒次郎《こうじろう》さんのことで旦那のお耳に入れたいことがございますと」

いつか高麗屋に訪ねてきたことがある。

「宅は留守にしておりますと申しますと、沈念《ちんねん》さんはと聞く。手習塾にというと、時間もあまりないこととてこれで失礼します、旦那にも沈念さんにもよろしくといって帰っていかれました」

恒次郎の父の消息が知れたのかもしれない。

「立雲院に権兵衛さんを訪ねる」

「お帰りは?」

「夕刻には帰れるだろう」

「いってらっしゃい」

このまま恒次郎が家にいてもいっこう差し支えはないのだが、父は遠島者《えんとうもの》だというし、小三郎がいうように穿鑿好きではなくとも、どこの何者か気になる。とはいえいまは、松茸のほうがもっと気になる。通り道のところどころで青物屋を見かけると、つい店先を覗き見た。むろんやたらな青物屋に松茸などおいてあるわけがなく、一本たりとも見かけなかった。

「権兵衛さんに」

門をくぐって声をかけると、相手はこの前の所化《しょけ》で、胡散臭《うさんくさ》げに一瞥《いちべつ》していう。

「お待ちを」

待つほどに権兵衛が顔をだしていう。

「外で」

門をでると塀際に立ち止まって権兵衛はいう。

「どこか水茶屋ででもと思うのですが、あいにく近くになく、時間をかけるとお小言を食うものですから」

「わたしはどこでもいい」

「洞海《どうかい》さんを一度訪ねてみえた御武家さんが、またまた訪ねてみえました」

「洞海さんと両敬《りょうけい》で、九州訛りのある御武家さんですね？」

「そうです。それで、洞海に会いたいといわれるので、洞海さんは修行にでられましたというと、しきりに首をひねっておられて、沈念は？　とお聞きになる。沈念さんは行く当てがなく途方に暮れていたのですが、捨てる神あれば拾う神ありで、新材木町のしかじかというお方に世話になっておりますと申しますと、しばし考えておられて、ではしばらく預かっておいてもらうかと」

「わたしに預けたままにしておくということですね？」

「そのようです」

御武家も沈念こと恒次郎と関わりがあるのだ。

「宿は？」

「聞いたのですがおっしゃいませんでした」

「じゃあ、名前も」

「はい、おっしゃいませんでした」

結局は手がかりはなかったにひとしいが、

「御武家さんはどうやらまたお出でになるようだ。今度はしっかり宿を質《ただ》しておいてください」

といって半次は懐から南鐐《なんりよう》一枚を摘まみとり、権兵衛の手の平に握らせた。

「そんな」

といいながらもしっかり握っている。

「有り難うございます。今度は必ず宿を聞きだします」

「じゃあ」

右と左に別れてはっと気づいた。

そうか。そうだったのか。父が大久保姓の遠島者と聞いて、御旗本や御家人に大久保姓は多いから、てっきり幕臣だと思った。そうではなかった。恒次郎の父の大久保某は九州のどこかの家中のお人で、遠島といっても伊豆七島ではなく、五島とか壱岐《いき》とか九州のそのまた西や北に浮かぶ島に流されたのだ。

　恒次郎の父の大久保某、立雲院に洞海を訪ねてきた御武家、そして洞海の三人はおなじ家中で、なにかがあって、大久保某は五島とか壱岐とかに流され、御武家と洞海は国を追われるか逃げるかして洞海は立雲院に身をひそめた。そういうことに違いない。あるいは大久保某が遠島になって、恒次郎を託された浪々の身の御武家は自分で養うことができなくなって洞海に預けた。洞海はそれを迷惑に思い、なにかと恒次郎に辛く当たった。

　おおよそそういうことではないのか。すると、背景にあるのはなんらかの御家騒動ということになるが、九州のどの御家でどんな御家騒動があるかなど知る由もなく、ふたたび御武家が立雲院に姿をあらわすのを待つしかないということになる……。

「おい」

　半次には聞こえない。

「おいといってるだろう」

　今度は聞こえた。蟋蟀小三郎だ。半次は聞いた。

「こんなところでなにをしているのです？」

「馬鹿、ここはおれが本拠にしている屋敷のすぐそばだ。お前こそこんなところでなにをしておる？」

「なにをって、別に」

「下を向いて歩いたって、銭など落っこってないぞ」

「銭といえば、助五郎から五両をせしめたそうですねえ」

「十両はもらわねば合わない。しみったれたやつで五両しか寄越さなかった」

「それでも一文なしだったから大助かりじゃないですか」

「おれにとっては端金《はしたがね》だ。とはいえ、たしかにお前の側にいると銭になる。お前は、おれにとって福の神だ」

「わたしにとって、あなたは疫病神」

「わからんぞ。意外や意外、福の神かもしれぬ」

間違ってもそんなことがあるわけがない。

六

「ただいま」

家に帰り着くと志摩が寄付に迎えていう。

「海苔問屋大森屋の新右衛門という方が見えて、留守にしておりますというと、それじゃあ、またと」

「本人だな?」

「そうです」

神田多町でうろうろして、芝まで足を運んだ。足は棒になっている。しかし、新右衛門が訪ねてきたとなると、松茸に関してのことに違いない。足を引きずってでも、でかけなければならない。

「大森屋に」

といって半次は表通りにでた。さすがにもう歩けない。辻駕籠《つじかご》を拾った。エイ、ホウ、エイ、ホウ。揺られながら、用件はなんだろう？　と考えるが、なにも思いつかない。

「着きました」

駕籠をおり、代を払って、大森屋の敷居をまたいだ。

「若旦那がお待ちです」

手代はそういって奥へ案内する。

「お宅の近くに用があったものですから立ち寄ったのですが、思えばわざわざ立ち寄るほどのことでもなかったのかもしれず、親分には無駄足を踏ませたのかもしれません」

新右衛門は恐縮して迎える。

「なんでも結構です。聞かせてください」

半次は藁《わら》にもすがる思いでいる。

「昨日、いつかお話しした足利の得意先津村屋さんが見えて挨拶していかれたのですが、七、八日も前でしょうか。神田多町の青物問屋に松茸を一本、売りにきたお人がいたと」

「一本？」

二十八本とはえらい違いだが、

「津村屋さんはまたなんでそんなことをご存じなのです？」

「この前も申したように、津村屋さんは松茸山をお持ちで、毎年七、八十本は採れる。江戸へ送ればそこそこいい値で売れる。というわけで、ほとんどを多町の青物問屋野方屋さんに送られ、集金をかねて江戸にでてこられるのですが、今年は七十九本を送られた。松茸は珍しく、毎年七、八十本も集めることのできる野方屋さんは、こと松茸に関しては大きな顔をしていて、お蔭さまで今年は八十本も集めることができました、それもこれも津村屋さんのお蔭ですという。送ったのは七十九本、八十本ではありません。津村屋さんがこういうと、野方屋さんはそうそう、そうでした、あとの一本は別口でしたと。そこで津村屋さんは首をひねって聞かれた。わずか一本を売りにくる人がいるんですかと。野方屋さんは、大きな声ではいえませんが、西丸の御台所の御役人です、例によってくすねたのを金に困って売りにこられたんでしょう、こっちは商売、儲かりさえすればいいことなので、ええ、買いましたと」

どうということはない。くすねたのは灯台下暗《とうだいもとくら》し、御台所の役人だった。連中が山分けしたに違いない。

「お役に立ちましたでしょうか」

大いに役に立ったが、ここはとぼけておいたほうがいい。

「わたしが探しているのは三十本ばかりも盗んだやつなのです」

「そうでした。つまらぬことでお呼び立てして、申しわけありません」

「なにをおっしゃいます。無駄足を厭《いと》っていたら商売になりません。有り難うございました。失礼します」

半次は心から礼をいって引きあげた。

七

早朝わが家にということで、訪ねると岡田伝兵衛は切りだす。

「献上松茸にはそうと認めた板札をつけるだけでなく、絵符《えふ》もつけるそうだ」

公用の公儀役人、おなじく公用の公家《くげ》、末端では諸大名の家来なども、旅をするとき、荷物に身分を証明する絵符をつけた。絵符をつけると、継ぎ送り賃が公用の公儀役人や公家の場合はおおむね無料、諸大名の家来でも何割引と割り引いてもらえたのだが、献上松茸にも本丸へのは「御本丸　上納松茸」、西丸へのは「西丸　上納松茸」なる絵符がつけられた。むろん送り賃は継ぎ送りする村や宿場が負担する。

二納の松茸を送ったその日、大宮を過ぎた辺りで雨が降りはじめた。献上松茸の輸送は雨が降ってもつづける。そのときにそなえて、桐油紙を用意していて荷に被せるのだが、絵符は縦一尺、横三寸で、一尺くらいの棒に括りつけて真っすぐに立ててあるものだから邪魔になる。本丸のを継ぎ送りしている人足も、西丸のを継ぎ送りしている人足も絵符を外した。本丸の人足がたまたま風呂敷を一枚持っていた。絵符が濡れるのをいくらかでもふせごうと一緒に包んだ。雨は止まない。献上松茸は浦和、蕨と継ぎ送りされ、板橋に着いてようやく雨があがった。

板橋宿の人足は、荷とは別に風呂敷包みに包まれた絵符を受け取った。どちらが本丸の絵符でどちらが西丸の絵符か分からない。こうではなかろうかと勝手に推測をつけて、本丸の荷に西丸の絵符を、西丸の荷に本丸の絵符を立てて送り届けた。

御台所役人の不正は目に余るものがあった。魚、野菜、果物、乾物《かんぶつ》、菓子、酒などを必要とする量の二倍も三倍も、物によっては五倍も買いつけ、残り物を山分けして持ち帰った。支払い担当の勘定所の役人はそのことを知っていたが、みみっちいと思われるのが嫌で、長年にわたって見逃し、御台所役人の神経はいつしか麻痺していた。

季節が到来して、西丸に二納の松茸が届いた。数えてみると二十八本も多い。少ないというのであれば騒ぎ立てる。多いのだ。文句はない。送るほうが間違えたのだろう。構うものかと山分けした。

半刻《はんとき》（一時間）ばかり経って、本丸の御台所から間違っていないかと問い合わせがあった。夜勤の者はすでに松茸を懐に帰宅していた。あるいはもう腹に入れているかもしれない。覆水《ふくすい》盆に返らずどころではない。また不正を働くということでは、本丸の御台所役人もおなじ穴の狢《むじな》。こうなったらとぼけようということになった。本丸にも西丸にも六十八本しか送られてこなかったことにした。

御台所役人の不正には、かねて将軍も苦々しい思いでいた。自分たちの膳にのぼる物を横取りされるのだ。当然だ。だが勘定所の役人とおなじ。みみっちいと思われるのが嫌で知らぬ顔をしていた。そこへ、松茸二十八本が抜きとられるかどうかしたらしいと耳に入った。将軍は松茸に敏感だ。なにやらおかしいと思って北町奉行を呼び、売り捌く者はいないか、目を光らせるようにと指示した。

将軍はその後、太田の御林守らに手違いはなかったと知らされた。また、板橋の人足が絵符を付け違えたらしいというのも知った。すると、西丸の役人が猫ばばして山分けしたとしか考えられないとなり、糺《ただ》させたのだが西丸の御台所役人は白を切る。認めると大変なことになる。彼らとしては白を切りとおすしかない。

　将軍は怒り心頭に発した。北町奉行を呼んで、そっくり御台所役人の腹に消えたかもしれないと思ってはいるが、それでも売り捌いたはず、突き止めるようにと、無理を承知でうながした。そんな背景など知る由もない。半次はただおろおろと青物市場をうろつきまわった。

　西丸の御台所役人は、たった一本ずつの山分けである、全員家に持ち帰って食った。証拠はない。そう思っていた。御台所の下っ端は御台所小間遣《こまづかい》という御役で、役高わずか十五俵。百俵六人泣き暮らしという。御家人は百俵でも、泣き暮らさなければならないほど暮らしは楽でなかった。なのに役高わずか十五俵。彼らが恒常的に不正を働いたのも無理はなかったのだが、御台所小間遣の一人がいくらかでも銭になればと、もっとも一本でも日傭《ひようと》取りの日当の一日分くらいにはなるから、多町の松茸を扱う青物問屋としては大手の野方屋に持ち込んで売った。

　半次は神田多町でこう聞いてまわった。

「五本、十本と松茸を売りにきた、取引のない素人同然の者がおりませんでしたか」

　もとより野方屋にもつごう三回足を運んで聞いた。松茸を野方屋に売った御台所役人は、野方屋にしょっちゅう野菜を買いつけにきていた。取引のない素人同然の者ではない。また五本、十本と松茸を売りにきた者でもない。野方屋は深く考えることなく「そんなお人はおりません」と答えた。半次が、西丸の御台所小間遣が野方屋に松茸を売ったのを知ったのはひょんなことからで、でなければ何年かかっても辿りつけなかったろう。

「公方様は」

と岡田伝兵衛はいう。

「西丸の御台所役人が松茸二十八本を猫ばばした動かぬ証拠を摑めずにいらいらしておられた。摑めないままでいると、ご機嫌はなおらず、御奉行は面目をなくされた。それはおれもおなじ。雲を摑むような頼みだったのによく働いてくれた。礼をいう」

　半次は聞いた。

「御台所役人に御咎《とが》めはあったのですか」

「まだらしいが、真実を突き止めておいて咎め立てしないという手もある。少なくとも連中はしばらく不正を働かなくなる。公方様としても松茸にめくじらを立てたとおかしな噂を流されたくはないからなあ」

　ご苦労だったとねぎらわれて、半次は岡田伝兵衛の家を後にした。

　羅漢堂の仁兵衛がふぐりを虫干ししていたことから事ははじまったのだが、小三郎が仁兵衛の挑発に乗ったことがきっかけになっている。それで、どうにかこうにか仕事をやり終えることができ、少なくとも岡田伝兵衛の顔は潰さずにすんだ。小三郎は疫病神とばかり思っていたが、今度ばかりは福の神だったのかもしれない。

第五話　小三郎の無念

一

「今日の稼ぎは二分と二朱だ」

半次《はんじ》とその身内、代貸《だいが》し格の弥太郎、三次、平六、千吉、伝吉の六人は夕刻、いつものとおり茶の間に集まり、半次はその日の稼ぎをみんなに報告したあと神棚に載せ、ぱんぱんと柏手を打った。

「変わったことは？」

半次がみんなに誘いをかける。

「南小田原町《みなみおだわらちょう》の……」

と千吉が口を切る。世間の出来事は何事によらず知っていると仕事の役に立つ。半次はふむふむと耳を傾ける。

「面白い話を耳にしました」

三次だ。

「どんな？」

「蟋蟀《こおろぎ》さんが皆川道場で誰とかと立ち合って敗れたそうです。面《めん》！　と打たれて倒れ、おでこに大きな瘤《こぶ》を作ったとか」

「まさか」

ありえない。

「花村、ご存じですよねえ」

「もちろん」

安針町《あんじんちょう》の一杯飲屋だ。

「あそこの板場で働いているぐず鉄から聞いたのです」

板前のくせに万事動作がのろいからぐず鉄といわれている。

「花村といえば、ちよとおっしゃる小三郎《こさぶろう》のお女房《かみ》さんというか、そんな婦人が働いておられた」

ちよは蟋蟀小三郎と夫婦の真似事をするようになって、花村を辞めている。

「ぐず鉄はちよ女から聞いたのか？」

「客から聞いたのだそうです」

「皆川道場の者か？」

「たまにくる客で、また聞きのまた聞きで、嘘か本当かはたしかめてないが、そんな話を耳にしたと。ぐず鉄に」

「あの人が面をとられるなんてことはありえない」

弥太郎。

「そうですとも」

平六。

「おれもそう思う」

半次。

「わたしも信じていってるわけじゃないんです」

三次が弁解するようにいう。

「江戸橋広小路見世物小屋の……」

と伝吉がどうでもいい話をして、そのあともてんでにその日、目にしたこと耳にしたことを語り、話が途切れたところで、半次はいった。

「この辺にして、飯にしよう」

「それじゃあ、あっしらは」

所帯持ちの弥太郎と三次が引き揚げ、平六、千吉、伝吉が配膳にとりかかる。台所ではお志摩《しま》とおさんどんのおよねが夕飯の支度をして待っている。

「飯だよ」

伝吉が二階に声をかけ、

「はーい」

声が返って恒次郎《こうじろう》が下りてくる。

「ご飯です」

志摩が居間に声をかけ、

「はーい」

お美代《みよ》も返事をする。およねが給仕して、

「いただきます」

七人は声をそろえて箸をとり、半次も黙々と箸を動かした。

ある事件を追っていて、半次は三次と深川の門前仲町を縄張りにしている辰次との三人で、深川富《とみがおかはちまんぐう》岡八幡宮門前ガタクリ橋の向こう、アヒル（岡場所だ）を縄張りにしている狐目の女の賭場に押しかけたことがあり、蟋蟀小三郎ものこのこついてきた。

「ご免よ」

と賭場に上がり、相手が逆らうものだから成り行きで、半次ら三人は八人を相手に立ち廻りを演じることになった。小三郎はというと入口近くの壁に張りついて、我関せずを決め込む。喧嘩は度胸だが三人対八人では勝負にならない。揉み合っているうちに、腕、腹、腰と刃物がかすり、えぐる。

もはや、これまで。

観念したところへ、まるで能楽師《のうがくし》が能を舞っているようだった。いや、蝶が花から花へ舞っているといったらいいのか。小三郎が八人の男の間を擦り抜け、擦り抜けるたびに、一人また一人と倒れていった。刀を振りまわしてはいない。脇差で鳩尾《みぞおち》を突いてまわり、そのたびに男たちは、「うっ」「うっ」と息を詰まらせてうずくまった。あのときの光景を、半次はいまでも忘れない。

目撃したわけではないが、花村での武勇伝も語り草になっている。ちょっとした揉め事があって、日本橋に巣くう病犬《やまいぬ》の虎こと丹後《たんご》田辺牧野家の家来朝倉虎之介の心の臓を脇差で貫き、相棒の田村浩四郎の右腕を肩口からばさりと落とした。

剣術遣いの世界のことは知らないが、小三郎は日の本一の遣い手ではないかと、半次は思っている。なのに、なにゆえ面をとられて倒され、おでこに瘤をつくったなどという噂が立っている？

「いるかい」

上野山下の同業、助五郎だ。助五郎が家に訪ねてきたことは……ない。岡っ引は八丁堀のあちらこちらにある引合茶屋や寄合茶屋のどこかを本拠にしており、朝早くに訪ねると、たいがい捕まえることができる。なぜわざわざ訪ねてきたのだろうと、ほんの瞬時思案している間に、伝吉が応対にでて戻っていう。

「山下の親分です」

「分かった」

飯は中途だったが半次はおよねにいった。

「たぶん、でかけることになる。飯はしまっていい」

寄付《よりつき》にでて、半次は聞いた。

「なにか？」

助五郎は猪口《ちよこ》を傾ける真似をしていう。

「軽く飲《や》りたい。付き合ってくれ」

込み入った用があるのだろう。半次はいった。

「いいとも」

裏付《うらつけ》を突っかけ、通りにでて腕を組んだ。

「下戸《げこ》だから、これといった店を知らない」

「どこでもいいんだ」

「じゃあ、蕎麦屋《そばや》で」

この時代の蕎麦屋は居酒屋もかねていた。

「結構」

「ご免よ」

最寄りの蕎麦屋に入った。

「いらっしゃいませ」

小女が注文をとりにきててんでにたのみ、半次も形ばかり猪口に口をつけた。

「どうという話ではないんだが、耳に入れておこうと邪魔をした。飯どきだったようなのに、悪いことをした」

「すませたところだった」

適当なことをいって聞いた。

「仲間内のことかい？」

半次も助五郎も北の定廻《じょうまわ》り岡田伝兵衛《おかだでんべえ》の屋敷に出入りしている手先、通称岡っ引で、仲間は二十人ばかりいる。どういう話ではなくとも、わざわざ訪ねてきての話なら仲間内のごたごたに違いない。

「そうじゃない」

じゃあ、なんだ？

「蟋蟀さんが皆川道場で立ち合い、負けたのだと」

「その話か」

「耳にしていたのか？」

「信じちゃいないがね」

「それが、本当らしいんだ」

「誰から聞いたんだ？」

「弁慶橋《べんけいばし》を縄張りにしている久兵衛《きゅうべえ》からだ」

大門《おおもん》通りを神田川に架かっている和泉橋《いずみばし》に抜ける通りの左側手前が岩本町、向こうが松枝町《まつがえちょう》というところは、藍染川《あいぞめがわ》が鉤型に流れて通りを遮っており、その昔、弁慶小左衛門なる大工の棟梁《とうりょう》が川に蓋をするように、橋を二つ、縦横と繋げて架けた。形が奇異だから、弁慶橋は江戸で誰知らぬ者ない橋となり、一帯の通称ともなった。

「それじゃあ、たしかな話ということになる？」

「うむ。蟋蟀さんの腕はおれもよく知っている」

助五郎はこの前、小三郎に、自分の縄張りに巣くいはじめた浪人者など破落戸《ごろつき》五人を退治してもらいたいとたのみ、小三郎はあっさり五人を追っ払った。

「日の本一と思っていたが、上には上がいるということなのだろうか」

「誰と立ち合って、どんな風にやられたんだい?」

「こうらしい」

刀法指南《とうほうしなん》皆川一心斎《いっしんさい》は中西派一刀流をまなび、武者修業にでて、上州《じょうしゅう》、信州《しんしゅう》、三州《さんしゅう》、遠州《えんしゅう》、駿州《すんしゅう》をまたにかけておよそ十年、悟るところがあって無念無心流という流派を打ち立て、江戸に戻って弁慶橋の近くに道場を開いた。

武者修業時代、上州、信州、三州、遠州、駿州では一人として敵うものがいなかった。遺恨を含んで一心斎を闇討ちにしようとした五人と死闘を演じ、物の見事に討ち果たした。浪々の身というのにいつしか二百人もの弟子を抱えるようになった。等々、一心斎は数々の逸話が語り伝えられていたが、なにより、江戸の道場主の中では際立って腕が立ち、それを万人が認めるところとなって、みるみる門人を増やし、孫弟子まで入れると、いまでは三千人を超えるのではないかといわれている。

剣術というと、とかく実体がなく、聞けば、なあーんだ、そんなことか、分かりきったことではないかなどという秘伝を売り物にする者がいるが、皆川道場に秘伝などというのはない。あるのはただ、腕を磨き合うことだけ。それで、毎年秋に、勝ち抜き戦がおこなわれ、勝ち残った者に免許皆伝の切紙《きりかみ》ならぬ、そのものずばり〝達人〟という号が授けられ、一心斎から諸大名家の刀法指南に推挙された。推挙された者はここ三十年余の間で十指に余る。あいにく口が塞がっていて、推挙の栄に浴さない者は江戸で、あるいは故郷《くに》で、道場を開いた。太平の世で、門人を獲得するのが難しく、道場の経営にはみんなが苦労したが、〝達人〟なる金看板があるから、達人号の取得者はそれなりに成功していた。

ということは、達人という称号を取得さえすればとりもなおさず飯が食えるということで、全国各地の微禄《びろく》の侍の子弟、浪人者やその子弟、なかには百姓、町人までもが、年にたった一人しか選抜されない達人号の取得を目指して鎬《しのぎ》をけずった。

ただし、素質のない者にいつまでも号の取得を目指させるわけにはいかない。三十にさしかかろうというのに、号の取得を目指して稽古に励んでいるというのは本人のためにもよろしくない。素質のない者には早く見切りをつけさせたほうがいい。というわけで一心斎は、挑戦できるのは二十五歳までとした。稽古に道場に通うのはいっこう構わないが、二十五歳を過ぎれば、達人号取得の挑戦権を失うということにした。それゆえ、これまでに夢破れて道場を去っていった者は数知れず、死屍累々《ししるいるい》といっていいかもしれない。

そんな、二十五歳を過ぎて挑戦権を失った一人に、浪人者の伜《せがれ》宮川周五郎なる者がいた。周五郎はなんとしてでも達人号を取得するのだと、十三の歳から皆川道場で稽古に励んだ。筋もよく、いずれは達人号を獲得するものと自他ともに認めていたのだが、いざ本番となるとがちがちに固まり、肝心なところでぽかをやって負け、達人号を取得できないまま二十五の歳を迎えた。規約は規約である。周五郎は達人号取得の資格を失った。

ところが、それからというもの、周五郎は瘧《おこり》が落ちたように、水を得た魚のように、のびのびと剣を遣うようになり、皆川道場では誰一人として宮川周五郎に敵う者はいなくなった。達人号を取得している者で、たまに皆川道場に稽古にくる者もいる。そんな者をも、周五郎はあっさり負かしてしまう。もとより寄る年波で力の衰えている一心斎も周五郎には敵わない。

だから、特例をもうけて達人号をと、周五郎は暗に要求するのだが、一心斎は周五郎のことを陰険だからと毛嫌いしていて、やつは急所でがちがちに固まる、肝心なときには負ける、そんなやつに達人号を与えることはできないと無視した。周五郎は面白くない。暇さえあれば、道場にやってきて、兄弟子や弟弟子をぽかすか打ち負かす。怨念がこもっているだけに竹刀《しない》とはいえ太刀先は鋭く、怪我人が毎日のようにでて、一心斎は頭を抱えた。

そこへ、ふらりとあらわれたのが蟋蟀小三郎である。五両も弾んでもらえれば、宮川周五郎が二度と顔を見せないよう、こてんぱんに叩きのめしてみせましょうという。一心斎が頭を抱えているというのを聞き込んでの売り込みだ。皆川道場は来る者を拒まずで、他流との仕合を禁じていない。道場破りだってなんだって、どうぞどうぞと迎える。ならば腕の程を拝見と一心斎は小三郎にいい、小三郎は高弟と立ち合った。勝負にならない。小三郎は高弟五人に竹刀を触らせなかった。これなら、宮川周五郎を打ち負かすことができる。よかろう、五両をお支払いいたそうと一心斎がいい、小三郎は周五郎と対決することになった。

皆川道場では面、小手、胴を着用して竹刀で叩き合う。

「面、小手、胴をつけず、木刀《ぼくとう》ということにいたさぬか」

小三郎は挑発するようにいった。

「いいでしょう」

周五郎はひるむことなく応じた。

二人は木刀を手に正眼《せいがん》に構えた。小三郎は余《よ》裕綽綽《ゆうしゃくしゃく》。諸手《もろて》右上段に構えなおす。宮川周五郎もおなじく諸手右上段と応じる。

「トオー！」

「エイ！」

掛け声もするどく、両者はぶつかりあった。ズデン！　音を立てて引っ繰り返ったのは小三郎だった。気を失っている。

「濡れ手拭を」

一心斎がいって、弟子が濡れ手拭を小三郎の額に載せる。

「うん？」

小三郎は気づき、身体を起こして喚《わめ》く。

「卑怯者！」

「なにが卑怯者だ」

「おぬしの額を割る恐れがあったから、おれは寸止めにした。おぬしはそのことに気づいて勢いを止め、恐れ入りました、負けましたといわなければならない。未熟者ゆえ、それができず、そのまま振りおろしおった。これほど卑怯な振る舞いはない」

「負け犬がなにをほざく」

周五郎は勝ち誇る。小三郎は頭に血がのぼった。

「よおし、だったら真剣で立ち合おう」

と刀架けに向かう。道場を血濡らされてはたまらない。一心斎をはじめ弟子が必死に止める。

「一昨日《おととい》きやがれ」

周五郎はせせら笑って道場を後にし、小三郎は一心斎をはじめ弟子の冷たい視線にさらされた。

「事実はどうなのだ。小三郎のいうとおりなのだろう?」

半次が聞き、助五郎は答える。

「一心斎によるとそうでもないらしい。蟋蟀殿は悔し紛れにそういっていると。かりに、蟋蟀殿のいうとおりだったにしても寸止めにするほうが間違っていると」

「小三郎は無法者でとおっており、小三郎のいうとおりだったとしたら、焼きがまわったというしかない」

あるいはちよ女に毒を抜かれたのかもしれない。

二

「こんばんは」

夕飯どきにまたも声がかかる。助五郎ではなさそうだし、はて、誰だろう? と首をひねっていると、応対にでた伝吉が戻ってきていう。

「堂守安五郎《どうもりやすごろう》さんです」

市村座のある葺屋町《ふきやちょう》と中村座のある堺町《さかいちょう》は地続きになっており、芝居茶屋も櫛比《しっぴ》している。賑やかな一帯で、そこを縄張りにしている相撲取りあがりの顔役だ。半次は葺屋町や堺町をも縄張りにしている。縄張りは重なり合っているが、堂守安こと堂守安五郎とは稼業が違う。縄張りが重なり合っていることで揉めたことはない。

「分かった」

おなじく飯は中途だったが、およねにいった。

「飯はしまっていい」

寄付にでて聞いた。

「なにか?」

「願い事があって訪ねた。恐縮だが、この前の店にお運び願えないだろうか」

「承知した」

半次は提灯をぶら下げて堂守安の後につづいた。

粋な黒塀に見越しの松。囲われ者がひっそり住んでいるような佇《たたず》まいの店で向かい合った。

「この前はいろいろとお世話をおかけした」

ちょっとした頼まれ事をした。

「なんの」

「またまたの願い事ということになるんだが、は組の若者と小網町《こあみちょう》の若者とが喧嘩をはじめ、睨み合って一触即発の状態にあるというのはご存じだね」

「ああ」

九月十五日の神田祭りの日、半蔵門から城内に入り、通り抜けて、常盤橋《ときわばし》御門から廓外《かくがい》へでた御練《おね》りは本町《ほんちょう》通りにさしかかった。本町通りが日本橋通りと交差する角に丸角《まるかど》という老舗《しにせ》がある。小網町の若者五、六人が丸角の前で、御練りを眺めていた。小網町という町は、上方《かみがた》や伊勢湾沿岸など各地から船で江戸へ運ばれてくる様々な物資のいわばターミナルとでもいうべき町で、若者のほとんどは茶船、荷足《にたり》など瀬取り船の水夫《かこ》となって働いていて威勢がよく、口も悪い。一人が木遣《きやり》を聞き咎《とが》めていった。

「下手糞」

いま一人が口をそろえる。

「糠味噌《ぬかみそ》が腐るというのはこのことだ。恥ずかしくないのかね」

唄っていたのははは組の若者で、こちらも威勢のよさでは引けをとらない。

「なにを！」

列を乱して飛びかかる。

「どぶ浚《さら》いがしゃらくせえ」

祭り見物の人が足の踏み場もないほどに群れている。

「よせ、よせ」

「よしな」

「せっかくの祭りになにをする」

大勢がどっと割って入って喧嘩を収めた。収まらないのは、下手だのどぶ浚いだのと罵《ののし》られたは組の若者だ。火消しは縄張り内のお金持ちにたよっておまんまを食っており、ジャンと鐘が鳴ればそれよとばかりに飛び出すのだが、鼻をつまんでやるどぶ浚いも義務づけられており、そのことを情けなく思っていただけに、小網町一丁目の櫓《ろ》や櫂《かい》を扱っている店川勝《かわかつ》の倅留吉《とめきち》が頭分《かしらぶん》だったものだから、川勝をぶっ壊せとばかりに、その夜、十五、六人ばかりが鳶口《とびぐち》を片手に川勝に押しかけた。

小網町の若者は馬鹿ではなかった。連中が押し出してくるだろうと予測して、長脇差《ながどす》、竹槍、鳶口を用意して二十人ばかりが待ち構えていた。アレレ、とは組の若者は足を止める。

「ぶちのめせ！」

小網町の若者は逆襲し、予想外のことで、は組の若者はほうほうの体で逃げる。

「どぶ浚いに町内に踏み込まれた。このままにしておくわけにはいかぬ」

小網町は一丁目から三丁目まである。若者に総動員をかけ、四十人ばかりが俗に人形町《にんぎょうちょう》といっている一帯の、新乗物町《しんのりものちょう》へ押しかけた。は組の若者の発頭人《ほっとうにん》（首謀者）は新乗物町の一膳飯屋の裏に住む梯子《はしご》持《もち》の辰五郎《たつごろう》だというのを、小網町の若者は知っている。四十人ばかりが辰五郎の家を取り囲んだ。辰五郎は恐れをなして姿をくらましており、二間《ふたま》の長屋の家には誰もいない。

「ぶち壊せ！」

川勝の伜留吉が叫び、家の中に入って、手にしていた長脇差、竹槍、鳶口でさんざんに打ち壊した。

重ね重ねの不首尾である。仕返しをしなければ火消しの名折れ。大きな顔をして町をのし歩けない。夜更けというのに、は組の若者はおなじ一番組のい、に、よ、万、四組の若者に触れを廻し、さんざんに打ち壊された辰五郎の家に集まって、これから夜討ちをかけようと気勢を上げた。

小網町側は物見《ものみ》を配していてそのことを知った。船の歩み板という、洗い張りをする板のようなのを五十枚、六十枚と掻《か》き集めた。連中がやってきたら、川勝の二階から連中をめがけて突き落とそうという算段だ。さらには漆喰屋《しっくいや》から石灰《せっかい》を取り寄せて川勝の屋根に上げ、湯屋の小桶、留桶《とめおけ》を掻き集めた。石灰は目潰し。周到に用意し、手ぐすねを引いて待ち構えた。

いは組の側も物見を配していて、そのことを知った。夕刻の負け戦が思いだされる。ほかにも仕掛けがしてあるかもしれないと思うと、口ばかりで腰が上がらず、そうこうしているうちに、とうとう朝を迎えてしまった。

翌日十六日、一番組五組の連中は新乗物町一帯でわいわいがややっている。これはいかぬと、町役人《ちょうやくにん》は先手を打ち、小網町への道の通称乗物河岸《かし》といわれている河岸の、葺屋町のところの木戸を閉め切った。そうと知って、一番組五組の連中は木戸に押しかけ、昨夜は腰が引けて押しかけることができなかったくせに、

「開けろ、開けろ」

と騒ぎ立てる。どうあっても押しかけるというのなら廻り道をすればいいのに、連中にそこまでの根性はない。

勢いは小網町のほうがある。連中が木戸で騒いでいるというのを知って、だったらこっちから押しかけ、木戸を破って叩きのめそうと葺屋町の木戸に向かう。まずいと町役人は、手前の通称芳町《よしちょう》の木戸を閉める。どっちも木戸を前にわいわいがやがやっていて、一番組側は退いて新乗物町の寄席《よせ》を、小網町側も退いて川勝を本陣に、互いに相手の出方を窺《うかが》った。堂守安は一触即発というが、互いに手を拱《こまね》いていると半次は聞いていた。堂守安はつづける。

「小網町の名主さんとはご縁があって親しくしている」

小網町もまた半次の縄張りであり、半次も名主はよく知っている。

「名主さんが見えて、小網町の若い連中はわたしが押さえます、仲裁してもらえませんかと」堂守安にそれだけの貫禄があっての頼みだ。堂守安はつづける。

「おれもは組の連中を知らないわけではない」

葺屋町も堺町もは組の縄張りだ。火消しの世界ではは組の、男を売る稼業では堂守安の、盗っ人などを捕まえるということでは半次の縄張りということになっており、堂守安だけでなく、半次もは組の連中はよく知っている。

「頭《かしら》の仁左衛門《にざえもん》さんもだ。それで、仁左衛門さんに、実は……と話を持ちかけたところ、仁左衛門さんのほうがかっかと頭に血がのぼっていてむしろ若者をけしかけている。とりあってくれない。聞けば、あーたは、一番組の頭取《とうどり》政右衛門さんと親しくしているとか」

い、は、に、よ、万の五組が寄り集まっている一番組はに組の頭の政右衛門が頭取になっている。半次は両国広小路に本拠をおく江戸で一、二の侠客《おとこだて》英五郎と懇意にしており、英五郎の引き合わせで、政右衛門と知り合った。

「親しくといわれるとおこがましいのだが、それなりのお付き合いはさせてもらっている」

「頭取に口を利いてもらえないだろうか。なんなら添状を書いていただくだけでいい」

「喧嘩が収まればなにより。口を利くくらいお安い御用だ」

「恩に着る」

そのあと酒をすすめられて、下戸だといったのだが、無下にも断れず、一杯、二杯と受けているうち茹《ゆ》でた海老のように真っ赤になり、赤い顔で半次は家に帰った。

三

半次は朝が早い。この日も夜明けとともに起き、井戸端で洗面を遣った。九月の半ば過ぎとはいえ、この時代の暦は一月《ひとつき》を大きくずれることがあり、西暦では十月の下旬。秋も深く、今日もまた青々と空が澄み渡る気持ちのいい一日になりそうだと見上げたところへ、小走りにやってくる者がいる。堂守安で、手を合わせて頭を下げる。

「申しわけない」

昨夜の今朝だ。

「どうしたってんだ？」

「手打ちどころではなくなったのだ。昨日の頼み事は願い下げにする」

「というと？」

「おれとは別口で、河岸と新場《しんば》の若者が仲裁に入っていたらしい」

「ここではなんだ。上がってもらおう」

「朝の支度で忙しいだろう。おれはここで構わない」

「それじゃあ、杉森稲荷《すぎのもりいなり》の境内《けいだい》の腰掛にでも腰をおろしてということに」

「結構」

お美代の遊び場になっている杉森稲荷は歩いてすぐだ。腰掛に腰を下ろして半次はいった。

「つづけてもらおう」

「おれはさっき、おれとは別口で、河岸と新場の若者が仲裁に入っていたといった」

河岸というのは日本橋川左岸にある魚河岸のこと。新場というのは八丁堀の北、本材木町にある魚河岸のこと。小網町の若者やは組の若者が威勢がいいように、河岸と新場の若者もまた威勢がいい。おなじ若者どうし。水に流してはどうかと仲裁に入った。仲裁は時の氏神《うじがみ》。氏神様のように有り難いもので、両者ともに話に乗った。

ふつうこのような喧嘩の場合、手打ちは両国か向う両国の料理屋を使う。そのための式次第も決まっている。盛大な手打ちになると、式次第が一番から二十四番まであって、酒宴が最後の二十五番。朝の五つ（午前八時）からはじまって午後の七つ（午後四時）までかかった。官許《かんきょ》の吉原はいうにおよばず、深川七場所など江戸の岡場所という岡場所、柳橋の万八《まんぱち》、浮世小路《うきよこうじ》の百川《ももかわ》楼《ろう》、深川の平清《ひらせい》など名だたる料亭、蕎麦屋、鰻屋、はては一膳飯屋などまでが、式に顔こそださないものの酒樽、肴を送り、ご祝儀を届けた。式には何千という人が集まり、表にはいまならさしずめハイヤーということになろうか、駕籠が何百と待機した。

若者同士の喧嘩ということもある。もたもた手間取っていると異変が生じるということもある。だから、両国や向う両国などで大袈裟にというのではなく、手っ取り早く、夜更けの四つ（午後十時）に江戸橋広小路に筵《むしろ》を敷いてということになった。

河岸も新場もともに魚を扱っている。値の張る鮪《まぐろ》を五分の厚さの刺し身にして山盛りにし、酒樽を六本用意し、下戸には餅菓子を五両分も用意しと、河岸と新場の若者は入念に支度をして待っていた。そこへ、小網町の若者がやってきていう。

「いましがた、一番組の連中が殴り込みをかけてきた。申しわけねえが、仲裁はなかったことにしてもらいたい」

仲裁を受け入れた一番組の代表はは組の纏持《まといもち》勘兵衛で、一番組の者全員に諮《はか》ったうえでのことだったのだが、

「もともとは向こうが売った喧嘩」

「なのに、やられっぱなし」

「このまま仲裁を受け入れるのは火消しの名折れ」

こうまたがやがやわいわいとやりはじめ、これまでの自分たちの不甲斐なさに忸怩《じくじ》たる思いもあるところから、

「仲裁なんかどうでもいい。こうなりゃあ、命をかけてとことんやるまで」

と手に手に長脇差、鳶口、竹槍を持って、五つ（午後八時）過ぎに小網町へ押しだした。小網町側はそうとは知らず、みんながみんな家に戻って江戸橋広小路にでかける支度をしている。川勝はがら空き。そこへどっと乗り込み、手当たり次第に打ち壊しはじめた。留吉は逃げるのが精一杯。親兄弟もなす術《すべ》がなく、打ち壊されるのをただ眺めるだけ。一番組の連中はそそっかしく、見物している荒物屋の番頭を若者の一人と勘違いして背中に竹槍を突き刺し、重傷を負わせるという一幕もあった。

怒ったのは河岸と新場の若者だ。仲裁を受け入れていながら裏切った。顔を潰された。勘兵衛に詫びを入れさせ、ぐずぐずいうようだったら腕の一本もへし折らねばと、勘兵衛が住む瓢箪《ひょうたん》新道《じんみち》に向かった。勘兵衛の家は戸が開け放ってあって行灯《あんどん》に火は灯っているのだが誰もいない。

「空き屋の家を打ち壊したところで手柄にもならぬ」

河岸と新場の若者はそういい、すごすご引き返した。殴り込みをかけられた小網町側は喧嘩支度をととのえて、勘兵衛宅へ急いだ。着いたのは河岸と新場の若者が引き揚げた後のことで、彼らも、勘兵衛の家は戸が開け放ってあって行灯に火は灯っているのだが誰もいないという光景を目撃した。だが、こちらは怒り心頭に発している。

「構うことはない。ぶち壊せ」

と家に押し込もうとしたところへ、ビュンと瓦が飛んでくる。つづけてビュン、ビュン、ビュン。屋根から瓦や礫《つぶて》が矢継ぎ早に投げられる。一番組の連中が待ち構えていたのだ。さらに、細い新道の両側から挟み撃ちするように大八車二台を横並びに押してくる。上からは瓦や礫、両側から大八車と攻められ、今度は小網町側がほうほうの体で逃げた。

「そんなわけで、小網町側の名主さんはかんかん。仲裁をと願いましたが、とりさげさせてくださいと。おれも自分から買ってでたことではない。承知して、一番組の頭取に口を利いてもらえないだろうかとあーたにお願いした件、願い下げにしてもらおうとまいった次第だ」

「ご丁寧なご挨拶、痛み入る」

「子供の使いのようで、お恥ずかしい」

「よくあることだ」

「それじゃあ、これで」

四

小網町もまた火消しの世界ではは組の縄張り。あいにくこの月の当番は小網町で、組の象徴ともいうべき纏は小網町におかれていた。偶然ということはあるもので、騒動の後、小網町の連中がほうほうの体で引き揚げた後だ、神田佐久間町辺りで出火した。ジャンと鐘が鳴ればそれよとばかりに飛び出さなければならない。纏は小網町にある。纏は火消しのシンボル。纏なしには飛び出せない。

小網町にもは組の者はいるが、今度の争いでは人形町の一帯に身を寄せている。纏を持ち出す者はいない。取りにいかなければならない。小網町では逃げ帰った者たちが巻き返しをはかろうとしている。危なくって近寄れない。

「よし、だったら、おれが」

と元気者が死を覚悟して、諸肌《もろはだ》になって駆けだした。たった一人で纏をとりにきた。敵ながらあっぱれと、小網町の者は見逃した。そんな一幕もあったと語って聞かせる者もいて、この朝は引合茶屋高麗屋《こうらいや》でも昨夜の喧嘩で話はもちきりだった。

飯のタネを探してまわるのは三次、平六、千吉、伝吉、指揮をするのが弥太郎、引合茶屋や寄合茶屋で集金するのが半次という大まかな仕組みになっていて、引合茶屋や寄合茶屋での集まりはほぼ昼に終わる。半次はそのあと、仲間と飯を食ったりして用がなければ家に帰る。この日も、八つ（午後二時）前に家に帰った。

「ご免」

声がかかって障子戸が開く。〝ご免〟というと御武家。小三郎なら、〝いるか？〟で〝ご免〟ではない。はて？　誰だろう。

お志摩はお美代を連れて近所へ油を売りにいった。恒次郎は手習塾《てならいじゆく》から帰っていない。およねは買物にでかけている。半次は腰をあげて寄付にでた。

「なにか？」

ひざまずいて聞いた。

「半次殿でござるな」

「さようでございます」

「それがしは貴殿に預かっていただいちょる大久保恒次郎の知辺《しるべ》で真部金五郎《まなべきんごろう》と申す」

洞海《どうかい》と両敬《りょうけい》の九州訛りの御武家に違いなく、ようやく姿をあらわしたということのようだ。それで？

「真部金五郎というのは仮の名で、本名もどこの家中の者かも打ち明けることができ申さぬ。お許しくだされ」

やはり御家騒動めいたことがあるのだ。

「まことに勝手な言い分でござるが、時期がくるまで恒次郎をこのままお預かりいただきたい。よろしくお願いいたす」

「時期がくるまでとおっしゃいました。いつです？」

「それが分からんとです」

「お伺いしますが、恒次郎はどういうわけで洞海さんとやらに預けられていたのです？」

「洞海は同志の一人で、預けたのはそれがしです」

「あなたと恒次郎の関係は？」

「恒次郎は同志大久保某の倅で、大久保某が島に流されたゆえ、それがしが引き取っておったとです」

「手を焼いて洞海さんとやらに預けられた？」

「というわけではなかですが、それがしは江戸と国許を往き来しておって、なにぶん忙しかったばってん」

「洞海さんとやらが恒次郎をどんな風に育てておられたか、ご存じなかったのですか？」

「うすうすは知っちょりましたが、ほかに預ける先がなかでしたけん。恒次郎にはすまんことばしたと思うちょります」

「洞海さんはどこにいかれたのです？」

「仲間から抜けました。というより逃げました。行方は分かっちょりません」

「悲願がおありのようですねえ？」

「そういうことになりますたい」

「達成できそうなのですか？」

自称真部金五郎はうつむく。

「ということは、恒次郎を引き取り損ねることもあるということですね」

「そんとおりです」

「だったら、恒次郎の身が立つよう、よく考えてこの先育てなければなりません。またそのためにも、どこの何者かを知っておきたい。本人だって、やがては知りたくなる。母御《ははご》がどうされているのかも知りませぬが、死んでおられるのなら墓参りだってしたいはず。打ち明けてくださいますね」

「知れば、恒次郎も、長じて争いにくわわることになる。知らぬがよかと思うとです」

「どうあっても」

「うむ」

「当分、わたしの腹に納めておくということでは？」

「うーん」

とうなって自称真部金五郎はいう。

「詮索しないと約束してくれるとなら」

「よそ様の御家騒動めいたことになど興味はありません」

「分かりました。申しましょう。それがしゃ恒次郎の父大久保某は対馬府中宗家《つしまふちゆうそうけ》の者ですたい」

対馬は検地していないため、何万石と石高表示ができず、「十万石以上格」などと称しており、それでも対馬一国の国持だから、当主は国持大名が詰める大広間に席を与えられていた。

「母御は？」

「亡くなられた」

「よくぞ、教えてくださいました。恒次郎になりかわって礼をいいます」

「それではご免」

自称真部金五郎は戸を閉めてでていく。そこへ、

「いるか」

と声がかかって戸が開く。小三郎だ。小三郎は真部金五郎の背中に目をやりながらいう。

「何者だ?」

「何者でもありません」

「侍だ。何者でもないということはなかろう」

「あなたには関係のないこと」

恒次郎はもともと小三郎が連れてきた。関係は大いにあるのだが、いって聞かせてもはじまらない。

「まあ、いいか。それより上がるぞ」

すたすたと茶の間に向かう。向かい合って、半次はいった。

「話には聞いてましたが見事な瘤ですねえ」

青痣《あおあざ》が額の正面に盛り上がっている。

「誰から聞いた?」

「誰って、みんな知ってます。もっとも、ここ一両日のは組の若者と小網町の若者との喧嘩騒ぎで、関心はうすれたようです。よかったですねえ」

「なにがいいものか」

小三郎は吐き捨てるようにいって、

「おれが寸止めと情けをかけてやったのに、宮川周五郎という野郎が構わず打ち込んだというの

は聞いておろうな」

「お伺いしますが、なぜ寸止めと情けをかけたのです？」

「額が割れて、間違いなくあの世へいくからだ」

「もしそのとおりなら、蟋蟀さんらしくない。焼きがまわったという人もおります」

「なんとでもいえ。それより頼みがあってきた」

「なんです？」

「あれからというもの。宮川周五郎を必死になって探した。真剣の立合だったら寸止めなどと容赦はしない。野郎は真っ二つ。真っ二つにするためにだ。野郎、それを恐れて、逃げまわりやがって行方がつかめぬ。それで今日も、皆川道場に顔をだして、どこへ逃げたか分からぬのかと聞いたら、なんとは組に助っ人して、本陣にいやがると。はっと閃《ひらめ》いた。おれは小網町の助っ人になる。助っ人同士が真剣で決着をつける。おれが勝つに決まっている。おれは汚名を晴らせる。喧嘩も丸く収まる。小網町の大将の留吉とやらに引き合わせろ」

「そんな面倒なことなどしないで、は組の本陣に直接乗り込めばいい」

「それも考えた。だが、おれだって仁王様でもなければ天狗でもない。宮川周五郎もまたそこそこ腕は立つ。は組の連中五、六人に加勢されたら危ない。負ける。一対一なら絶対に負けぬ。だから、助っ人同士の真剣勝負というのを考えたのだ。留吉を引き合わせろ」

「嫌です」

「なぜ？」

「他人の喧嘩です。かかわりたくない」

「名誉を回復するためだ。そういわず」

「真剣勝負といきたければ、宮川周五郎さんとやらに果たし状を突きつければいい」

「そうするつもりだったが、野郎は逃げまわっておった」

「居場所が分かったのでしょう。でかけていって突きつければいい」

「つべこべと。本当にお前は情《じょう》のないやつだ」

「お言葉を返しますが、あなたにも情があると思えない。少なくともわたしは迷惑なら山ほどかけられたが、情などかけてもらったことはない」

「もういい。お前なんかに金輪際《こんりんざい》たのむものか」

小三郎は席を立ち、でていこうとするところを出合い頭に恒次郎にぶつかる。

「無礼者!」

小三郎が怒鳴る。

「無礼者はどっちです」

恒次郎がやり返す。

「お、お前は……」

小三郎は恒次郎と気づく。

「この家の者はどいつもこいつも」

相手は恒次郎だから振り上げた拳のやり場に困り、小三郎は憤然と家を後にした。

五

「耳に入っておりますか？」

八つ半（午後三時）に帰ってきて弥太郎がいう。

「なにをだ？」

「蟋蟀さんが自身を小網町側に軍師の格で売り込んだのだと」

「連中、まさか受け入れたというんじゃないだろうなあ」

「皆川道場での小三郎さんの相手宮川周五郎がは組の側についたというので、だったらうちもと受け入れたのだそうです」

「人の褌《ふんどし》で相撲をとろうなんて、まったく、は組の連中も小網町の連中も江戸っ子の風上におけねえ」

「それで、蟋蟀さんはこういったそうです。おれと宮川周五郎との真剣勝負で決着《かた》をつけることにしないかと。小網町側は、そんなんじゃあ、かりにあなたが勝ったとしても、うちの名誉にはならないと」

「そのとおり」

「ただ、小網町の名主さんがその話に、考えてみる価値はあると」

「名主さんが？」

「そうです」

「仲裁をないがしろにされて、河岸と新場の若者は小網町側についた。火消しは一番組だけではない。二番組から十番組まであり、負けたら火消しの名折れと加勢が集まりはじめ、放っておくと、江戸中の若者がくんずほぐれつになる。いまのところ死人がでていず、町役人が手をまわしているから、お上は見て見ぬ振りをしているが、くんずほぐれつということになると、死人も怪我人もでるだろうから、若者はしょっぴかれ、死罪、遠島、追放と犠牲者は数知れずということになる。それで、名主さんは一番組の頭取政右衛門さんのところに掛け合いにいかれたのだと」

「結果は？」

「耳にしておりません。おっつけ分かるんじゃないんですか」

「ただいま」

つづけて伝吉が帰ってくる。

「蟋蟀さんと、宮川周五郎さんの真剣勝負、耳に入っておりますか？」

部屋に入ってくるなり伝吉はいう。

「決まったのか？」

弥太郎が聞く。

「小網町の名主さんが一番組の頭取政右衛門さんを訪ねられたという話は？」

弥太郎が答える。

「耳にしておる」

「互いに名誉な話ではありませんなあ、と政右衛門さんはためらっておられたそうなのですが、同席されていた何番組かの頭取が、皆川道場での蟋蟀さんと宮川周五郎さんの立合の話も、蟋蟀さんが寸止めをした、卑怯だと喚かれたこともご存じで、天下分け目の戦いといってもいい、面白い勝負になります、喧嘩を終わらせる口実にもなるし、やらせてみましょうよといわれた。名主さんも頭取も皆川道場での話をご存じなく、へえー、そんなことがあったのですか、そりゃあ面白い、ということになって、すぐに、宮川周五郎さんにどうですと問い合わされた。宮川周五郎さんも蟋蟀さんに負けず劣らず鼻っ柱は強いそうで、望むところだと」

「しかし」

と半次。

「真剣勝負などというのは聞いたことがない。はるか昔の荒木又右衛門をはじめ、真剣を持って立ち合った者は少なからずいるが、あれらはみんな敵討《かたきう》ち。真剣勝負というのではない。お上も真剣勝負など認めておられない。かりに真剣を持って立ち合えば、それは単なる殺し合い。負けたほうは当然命を失うし、勝ったほうは人を殺したということで下手人《げしゅにん》(死罪)。小三郎にとっても、宮川周五郎さんにとっても、こんな間尺《ましゃく》に合わぬ話はない」

小網町の名主も、一番組の頭取も、蟋蟀小三郎も、宮川周五郎もそのことに思いをいたした。そこで、場所も日にちも時刻も極秘。立ち会うのは小網町の名主と一番組の頭取だけ。死骸はこっそり片づける。宮川周五郎が負ければい組が、蟋蟀小三郎が負ければ小網町が詫びを入れて喧嘩は収める。こう話がついた。それでも、小三郎にとっても宮川周五郎にとっても、十露盤《そろばん》は合わないのだが、小三郎は周五郎と立ち合いたくてうずうずしている。周五郎は小三郎のことをどこにでもいる田舎の剣術遣いと嘗《な》め切っており、い組が三両の助っ人代に十両を乗せるということで承知した。

小三郎は江戸の名物男。宮川周五郎はかの皆川道場の誰もが敵わない遣い手で、小三郎を倒したこともある。その二人が真剣で立ち合うというのだ。喧嘩のことはそっちのけで、話題は二人の真剣勝負にと移った。賭けをはじめる者もいて、影富《かげとみ》（いわゆる〝ノミ屋〟が発行する闇の宝くじのようなもの）を売る連中が、どっちだどっちだと駒を揃えはじめた。

場所と日にちと時刻は極秘とされている。場所は昼間でも人気のないところでなければならない。高田馬場ではなかろうか。いや、深川十万坪だろう。昼間でも人気のないところというと、追鳥狩《おいとりがり》がおこなわれる駒場野《こまばの》に違いない。人はあれこれ噂をして、小網町の名主、一番組の頭取、蟋蟀小三郎、宮川周五郎の四人の挙動に目を光らせた。四人は、自分たちの挙動に目が光っていることを知ってか知らずか、さりげなく日を送っている。おそらく深夜、世間が寝静まったころ、四人は起きて、決めた場所に向かう。それには木戸を通らなければならない、だからと、番太郎に頼み込んで、木戸番小屋で張り込む者もでてくる始末。小網町の名主と一番組の頭取にとっては、それが狙いだったのだが、喧嘩のほうの熱はすっかり冷めてしまった。

六

「親分」

朝飯を遣っているところへ声がかかる。

「でます」

伝吉が立ち上がって寄付へ向かい、戻ってきていう。

「小網町川勝の留吉さんです」

小網町側の頭分だった男だ。小網町もまた半次の縄張りで、川勝からは盆暮に付け届けもあるから、顔もよく知っている。半次は立ち上がって寄付にでた。

「朝《あさ》っ早《ぱや》からなんだい？」

「蟋蟀さんが荒れて手がつけられないんです。親分とはかねて入魂《じっこん》にしておられた。宥《なだ》めてもらえませんでしょうか」

「荒れてる？」

「はい」

「なぜ？」

「真剣勝負の相手がいなくなってしまったのです」

「どういうことだ？」

「道々ということでよろしいでしょうか」

またも飯は中途だったが、

「分かった」

半次は支度をして家をでた。

「蟋蟀さんと宮川周五郎が真剣勝負をするという話、ご存じですね」

「もちろん」

「相手の宮川周五郎がいなくなっちまったんです」

「逃げたのか？」

「いいえ。宮川周五郎も蟋蟀さんと真剣で立ち合おうというだけあって柔《やわ》な男ではありません。ただ、癖がある。陰険で威張りちらす。は組を代表しての真剣勝負というので、気が昂《たか》ぶったということもあったのでしょう。は組の連中をオイ、コラ呼ばわりして、顎でこき使う。女を連れてこいといわれてカッとなり、連中はとうとう頭にきて、四人がかりでのしかかり、ポカスカやっていたら、周五郎はふにゃんと、紙袋《かんぶくろ》に押し込まれた猫が踏んづけられたような声を立てて、あっけなくあの世に。それで、真夜中に新大橋の上から大川にドボンと。川流れの死体は構わなくていいことになってます」

幕府は変死は念入りに検死したが、川流れの死体はほったらかすという方針をとっていた。

「引き潮に乗って、いまごろは本牧《ほんもく》の沖辺りをぷかりぷかりと流れているんじゃないんですか」

「真剣勝負の相手がいなくなり、小三郎は名誉回復ができなくなったというのだ？」

「へえ。それで蟋蟀さんは、冗談じゃないと荒れまくっているのです」

「なるほど」

半次も留吉も足は達者だ。スタスタスタスタと小走りに歩を進める。

「どうぞ」

川勝の前で留吉が足を止めていう。商家だから表戸は開け放ってあり、中に足を踏み入れた。なるほど。あちらこちらが見るも無残に打ち壊されていて、修理の手はまだ入っていず、打ち壊しのすさまじさが容易に想像できた。

「奥の座敷です」

留吉の父親留蔵がいう。唐紙《からかみ》を開けた。小三郎がうずくまってうなだれている。

「どうしたんです？」

半次は声をかけた。顔をあげた小三郎はとたんに、

「うおーん」

声をあげて泣きはじめた。まるで子供だ。

「いい大人が……。みっともない」

「うるさい。お前なんかに俺の気持ちが分かってたまるか」

「真剣勝負の相手がいなくなり、名誉が回復できなくなって、悔し泣きしておられるんでしょう？」

「おれは誰もが認める日の本一の遣い手だ。なのに、寸止めと情けをかけてしまったばっかりに後れをとった。あんなのは、宮川周五郎のことだ、相手じゃない。真剣だったら、薪《たきぎ》を割るように真っ二つ。なのに……」

「そうですとも。この世で蟋蟀さんに勝てる遣い手はいない」

「おちよさんも心配しておられるでしょう。帰りましょう」

「お世辞をいうな」

「うおーん」

半次はうながした。

「さあ」

「うおーん」

小三郎は動かない。半次は様子を見ている留吉に耳打ちした。

「へい」

留吉はでていき、やがておちよをともなって帰ってきた。おちよは泣き疲れてまだうなだれている小三郎にいう。

「あなた、帰りましょう」

小三郎はこくりとうなずいていう。

「うん」

小三郎はおちよに手を引かれるようにして帰っていった。

第六話　泣く子と小三郎

一

「いるか？」

声がかかって障子戸ががらりと開けられる。蟋蟀《こおろぎこ》小三郎《さぶろう》だ。黙っていてもずかずかと上がってくる。半次《はんじ》は返事をせずに煙草の火玉をコンと灰吹《はいふき》に叩きつけた。秋は深くなったが陽気はいい。寄付《よりつき》から居間への障子は開け放っている。

「いるならいると返事くらいしろ」

相も変わらずでかい口を叩きながら入ってきて、長火鉢の前にどっかと腰をおろす。手には一升徳利。下戸《げこ》で酒の買い置きはないというのを知っていての一升徳利持参ということらしい。

「湯飲みを」

小三郎は台所に声をかける。

「は、はーい」

夕飯の支度にとりかかるには早く、のんびりと身体を休めていたに違いないおよねが返事をして、

「どうぞ」

と持ってくる。

「お菜《かず》はないか」

小三郎はねだる。

「すぐなら煮物の残りとやっこくらいです」

「それで結構」

小三郎は湯飲みに酒をとくどくとくどくと注いでぐびりと飲《や》る。半次は話しかけた。

「あれ以来ですが心の傷は癒《い》えたようですねえ」

名誉回復の真剣勝負の相手宮川周五郎がつまらぬことが原因で仏にされ、汚名を晴らせず、小三郎は川勝《かわかつ》の奥の座敷でうおーんうおーんと泣き喚《わめ》いた。半次は小三郎の内縁の妻おちよを呼びにやらせ、小三郎はおちよに手を引かれて帰っていった。小三郎に会うのはそれ以来だ。

「いつまでもくよくよしていてもはじまらぬ。おれが六十余州で一番の遣い手ということに変わりはないのだからのォ」

「自信を持たれるのは結構なことです」

「自信ではない。事実だ」

「逆らいはしません」

逆らったところで一文の得にもならない。

「耳寄りな話があってまいった」

「片棒は担ぎません」

どうせ、金になる、手伝えなどというろくでもない話に違いない。

「おかしな話ではない。先廻りするな」

ほかにどんな話があるというのだ。

「恒次郎《こうじろう》のことだ」

「おや、そうでしたか」

「恒次郎を養っていた立雲院《りゅううんいん》の納所洞海《なっしょどうかい》は対馬府中宗家《つしまふちゅうそうけ》家中の者だった」

それは知っている。自称真部金五郎《まなべきんごろう》から聞いた。だが初耳のような顔をしていった。

「へえー、そうでしたか。どうしてそうと分かったのです?」

「立雲院にすっとぼけた所化《しょけ》がおる」

沈念《ちんねん》こと大久保恒次郎のことについて糺《ただ》すため、立雲院を訪ねてご住職にお取り次ぎくださいとたのんだらああでもないこうでもないと御託《ごたく》を並べ、沈念は当院となんの関わりもありませんと逃げを打った所化のことだろう。

「その所化が界隈の地獄《じごく》と揉めた」

吉原は官許の遊所、深川七場所は官許ではないがお上がお目こぼししているまあまあの格の岡場所、ほかにも岡場所は江戸の各地にあって女は色を売っていたが、人通りのない河岸《かし》や辻々でこっそり客を引く女もいて、夜鷹《よたか》、船饅頭《ふなまんじゅう》、地獄などと呼ばれていた。

「百文でどう？　と地獄が所化を誘って、いいだろうと話ができた」

腕のいい大工の日当が三百五十文から四百文。百文でも五人、六人と相手にすると、かなりの稼ぎになる。

「近くの裏長屋の空き家でそそくさと事をすませると所化は、これしかないのだ、勘弁してくれといって、半額の五十文ですませようとした」

引手茶屋《ひきてぢゃや》や妓楼《ぎろう》の主人《あるじ》が間に入っての遣り取りではなく、相対だからそんな揉め事はよくある。

「地獄にも地廻《じまわ》りがついている」

地獄は毎日五十文、六十文と地廻りにショバ代を払い、かわりに地廻りは用心棒役を果たした。

「地獄はナントカさーんと地廻りを呼んだ。地廻りは駆けつけ、ふざけるなと所化の胸倉を摑んだ。所化は本当に五十文しか所持していず、不届きなやつだ、どこのどいつだと地廻りが問い詰めているところへうちの若い者《わかもん》が通りかかった」

「うちの若い者って、有馬様の御家中、蟋蟀さんの御同輩ですか？」

「そうだ」

火消し仲間でもあるまいに、うちの若い者とは小三郎も相当江戸の色に染まっている。

「そいつも沈念のことで何度か立雲院を訪ねておって所化の顔を知っており、五十文を立て替えてやって近くの酒場に連れていき、沈念をこき使っていた洞海が何者かをこれ幸いと聞いた。所化はしぶる。だったら、五十文しかないのに、地獄を買って揉めたと住職に知らせると脅した。

所化はしぶしぶ、あのお方は対馬府中宗家家中の方ですと打ち明けた。これでもおれは毎日、門限を守っているわけではないが、宇田川町の上屋敷に帰っておる」

勤番者《きんばんもの》はどこの家中でもだいたい門限を暮れ六つと定められているが、小三郎は特例で勝手に四つということにしている。

「若い者からそうと知らされ、今度はおれが所化を呼びつけて糺した。洞海の本名は若林又三郎《わかばやしまたさぶろう》。なにかがあって国許対馬を出奔《しゅっぽん》。京の知恩院《ちおんいん》に身を寄せた。知恩院は浄土宗《じょうどしゅう》の総本山。三縁山増上寺《さんえんざんぞうじょうじ》は浄土宗の関東十八檀林《だんりん》の筆頭。知恩院から添状を貰って増上寺の塔頭《たっちゅう》、立雲院に身を寄せていたのだそうだ」

その若林又三郎に、自称真部金五郎は恒次郎を預けた。

「だから恒次郎も対馬府中宗家の者ということになるのだが、恒次郎の親が島流しに遭っていることといい、宗家家中に御家騒動めいたことがあるに違いなく、わが有馬家の留守居《るすい》に、なにか聞いておられませぬかと尋ねた」

留守居はいわば御家（藩）の外交官。ほぼ同格の御家の留守居と仲間組合を作り、情報を交換し合って御家のために働いた。留守居はおおむね情報通だった。もっとも情報交換や親睦を口実に、仲間が連れ立ち、吉原や市中の高級料理屋で飲み食いし、法外な交際費を使うことでも留守居は知られていた。

「対馬宗家の内情は留守居仲間でそこそこ知られておって、大ざっぱだが、こういうことが分かった」

幕府は江戸時代鎖国をしていた。どこの国とも交わりを持たなかった。だがただ一国、朝鮮と、通信《つうしん》という名目で、朝鮮に隣接する対馬を窓口にかすかながらも国交を持っていた。

対馬は物成《ものな》りの貧しい、自前では成り立たない国だった。しかしそれでも対朝鮮の窓口。幕府は放っておくわけにいかず、金銭面で援助しつづけた。土地も早くに、肥前田代《ひぜんたしろ》に一万三千三百余石、その後文政元年に肥前松浦郡《まつうらごおり》、筑前怡土《ちくぜんいと》郡、下野都賀《しもつけつが》・安蘇《あそ》の両郡に二万余石を分け与えた。

朝鮮との通信では、朝鮮通信使という名の慶賀《けいが》の使節が将軍の代替わりごとに江戸までやってくるという重要な行事があった。それはたいそうな行事で、日本側の警護の役人も含めると一行は数百人にものぼり、対馬から江戸への往復の道中では宿だけでなく、昼や休憩に立ち寄る先々でも丁重に接待することになっていて、道筋の諸大名に多額の出費を強いただけでなく、幕府自身もそのつど六、七十万両もの巨費を負担させられた。

たかが使節を迎えるのに、なにゆえそんな大金を遣わされなければならないのだ？　おかしい、といつしかこの行事は疑問視されるようになり、中止すればいいとか、きてもらうのは対馬まででいいとか、折りにつけ論議されるようになった。

天明の末年に十代将軍家治《いえはる》が亡くなり、家斉《いえなり》が十一代将軍となった。恒例によって朝鮮通信使を迎えなければならない。時の宰相、寛政の改革をおこなった松平定信《まつだいらさだのぶ》もまた、使節を迎えるのに、なにゆえそんな大金を遣わされなければならないのかと考えていた一人で、江戸まできてもらうにはおよばぬ、きてもらうのは対馬で十分と場所を変更しようとした。

そのころ、対馬の家中で重きをなしていたのは首席家老の杉村直記《すぎむらなおき》。杉村は主君の初参勤を、通信使の護衛をかねておこなえば参勤のための巨費が浮くと考え、通信使を迎えるのは恒例どおり江戸でと運動をはじめた。松平定信は、杉村が宿敵でもあった田沼意次《たぬまおきつぐ》と懇意にしていたこともあり、杉村を忌避《きひ》し、家老の平田隼人《ひらたはやと》と勝手方御郡《おこおり》支配佐役《すけやく》（のち家老）大森繁右衛門《おおもりしげえもん》を対馬から江戸に呼び寄せ、通信使聘礼《へいれい》を対馬でおこなうように取り運べと指示した。

これが、対馬家家中が杉村派と反杉村派とに分かれて対立するそもそものきっかけだった。当初は平田・大森が率いる反杉村派が優勢だった。反杉村派はその後、幕府の老中牧野忠精《まきのただきよ》や寺社奉行脇坂安董《わきさかやすただ》を後ろ盾にしてなおも権勢をふるった。だが、文化の末年に脇坂、牧野が相次いで失脚すると、公費の私用・濫費《らんぴ》などが暴かれて杉村派が盛り返し、大森繁蔵《しげぞう》（繁右衛門の倅）は京で出奔し、平田隼人は下谷《したや》の上屋敷で服毒自殺した。杉村派は杉村主税《ちから》（但馬《たじま》）、伊織《いおり》の兄弟（いずれも直記の倅）が家老になって実権を握り、以来杉村派が権力を掌握していたのだが、もとより反杉村派とて座視しているわけではなく、虎視眈々と失地回復を狙っていた。

「だからきっと」

小三郎は酔いがまわったようで、

「ういィー」

とやってつづける。

「洞海こと若林又三郎も、恒次郎の親の大久保某も反杉村派で、大久保某は島流しに遭い、若林又三郎は出奔して、立雲院に身を寄せていたということなのだろう」

たぶん、そうだろう。

「とはいえ、反杉村派が失地回復できるのは程遠いことだろうし、するとお前はずっと、赤の他人の恒次郎を預かって面倒を見つづけなければならないということになる」

もとはといえば小三郎がきっかけをつくっているのだが、

「覚悟はとっくにできてます」

「それは結構なことだ。ういイー」

とやったかと思ったら、小三郎はどたっと仰向けに倒れて、グースカ、グースカやりはじめた。邪魔だ。半次は隅に引きずり、それでも風邪を引かないように、押入から掻巻《かいまき》をとりだして被せた。

二

「ただいま」

弥太郎らが帰ってきて、一様に小三郎に目をやっていう。

「どうなさったんです?」

「見てのとおり。一升徳利持参でやってきてごくりごくりと飲っておったら、どたっと仰向けに倒れおった」

「ただいま」

最後に三次が帰ってきて、いつものように半次はいった。

「今日の稼ぎは一両と三分二朱だ」

かなりの稼ぎで、神棚に載せ、ぱんぱんと柏手を打った。

「変わったことは?」

神棚を背にすわりなおして話しかけた。

「よくあるキツネ憑《つ》きの話ですがねえ」

と平六がいったのを皮切りに、ああでもないこうでもないとどうでもいい話がつづき、一区切りついたところで伝吉がいう。

「手習塾で机を並べて馬鹿ばかりやっていた仲間の一人、嘉一《かいち》というのと江戸橋広小路《えどばしひろこうじ》でばったり会って、時分《じぶん》どきだったものですから飯でも食おうということになり、一膳飯屋《いちぜんめしや》に入って飯を食っていたら、どうだろう、この話、銭にならないかと」

伝吉が岡っ引の手下というのを知っていて持ちかけたのだろう。

「嘉一は新場《しんば》の魚問屋《うおどんや》に雇われておって、毎日天秤棒を担いでお得意先へ魚を運んでまわっておるのですが、まだ親掛かりで堀江町《ほりえちょう》二丁目に住んでおります。ですから裏長屋の者はたいてい顔見知りで、二つ歳下の、下女奉公から暇をだされて帰ってきたばかりの娘かんからこんな話を聞いたというのです」

　かんは二年前に、紹介する者がいて、神田相生町《かんだあいおいちょう》に住む風鈴《ふうりん》おりうという、そこそこの器量の年増《としま》芸者の家に下女奉公にでた。りうは神田佐久間町《さくまちょう》の大材木問屋の親父を旦那に持っていたものだから、馴染《なじ》みの客の座敷にはでるが振《ふ》りの客の座敷にはでないなどと、我がままを言って通用する羽振りのいい芸者だった。いまの旦那は三人目。前もその前もしくじって切れたわけでないから、三百はくだらぬ金を溜め込んでいると、なにかのついでに自慢したこともある。

　この年は秋に入って長雨がつづいていて、雨が降りつづくある日の午後のことだった。表がなにやら騒がしい。何事だろうとりうの老母が格子戸を開けて見ると、歳のころ三十五、六の、色

白で男ぶりのいい、大店《おおだな》の跡取り息子然とした男が癪《しやく》にでも見舞われたか、うんうん唸《うな》ってい
て、小僧と手代らしき若い男二人が、両脇から撫《な》でたりさすったりしている。これが物貰い同然の薄汚い形《なり》の男なら見て見ぬ振りをするところだが、相手は身形《みなり》も男ぶりもいい。上げても損はなかろうと踏んで老母はいった。

「どこのどなたかは存じませんが、この雨でのご病気はお困りでしょう。遠慮なしに家にお上がりになって養生《ようじょう》なされませ」

「さようでございますか」

病人は地獄で仏に会ったような顔をしていう。

「お言葉に甘えさせていただいて、少しの間、玄関脇をお借りします」

「玄関脇などとおっしゃらず、奥へどうぞ」

老母は下女のかんに布団を敷かせてすすめる。

「ゆるゆるお休みなさいませ」

「白湯《さゆ》をいただけませんでしょうか」

病人がいい、りうが白湯を差しだした。病人は懐中の紙入から丸薬《がんやく》をとりだして服用する。ややあっていくらか回復したか、病人は呼びかける。

「小吉《こきち》」

「へい」

手代らしい若い男が近寄る。病人は枕元においていた唐桟《とうざん》の風呂敷包みを開き、大きな皮の財布の中から、小判の百両包みらしき物を五つとりだしていう。

「知ってのとおり、佐竹様へ三つ、立花様へ二つお届けすることになっておる。先様へまいって、あいにく主人は途中までまいったのですが持病の癪を起こし、ご親切に宿をお貸しくださったお方の家で養生をしております、かわりにわたしが持参しましたといって届けてきなさい」

「承知しました」

若い男は返事をし、小僧を連れてでていく。出羽《でわ》久保田《くぼた》佐竹家の屋敷も筑後《ちくご》柳川《やながわ》立花家の屋敷も、神田相生町からさして遠くない。やがて若い男と小僧は帰ってきて、二通の紙切れを差しだしていう。

「これが請取《うけとり》の証文です」

病人は見て、

「たしかに」

と懐におさめる。若い男はいう。

「ついでに駕籠《かご》をたのんでまいりました」

「いつまでも厄介をおかけするわけにはいかぬ。帰ろう」

病人はそういって老母とりうにあらたまる。

「わたしは芝神明宮《しばしんめいぐう》の近くの両替商《りょうがえしょうた》田丸《まるい》伊勢屋《せや》の惣領《そうりよう》息子で忠次郎《ちゅうじろう》と申します。本日はまことに有り難うございました」

「ゆっくり養生していかれませ」

老母とりうが引き留めるのを振りきって、病人忠次郎は家をでる。表には辻《つじ》駕籠ではなく、四人で担ぐ四枚肩の駕籠が待機しており、病人は駕籠に乗って帰っていった。

二日後の朝五つ半（午前九時）ごろ、

「もうし」

男が格子戸を叩く。老母が戸を開ける。男は二日前の病人忠次郎で、五十ばかりの品のいい初老の番頭とおぼしき男と小僧二人、三人の供を連れていていう。

「先だっては雨中に難儀しておりましたところ、あれこれお世話くださり、まことに有り難うございました。つまらないものでございますがこれはお婆《ばば》様に、これはご新造《しんぞう》様に」

といって、忠次郎は小僧に持たせていた琉球紬《りゅうきゅうつむぎ》一反を老母に、いま一人の小僧に持たせていた京織《きょうおり》の縮緬《ちりめん》一反をりうに差しだし、

「お針のお姉さんにはこれを」

といってさらに紙包みを差しだす。りうは下女奉公のかいのほかに、たねというお針も雇っていた。りうが受け取った紙包みの表には金百疋《ぴき》と書かれている。中には金一分《ぶ》（四分一両）が入っているはず。

「これは下働きのお姉さんに」

といっておなじく金百疋と書かれている紙包みを差しだす。かいとお針たねに一分ずつ。合計二分（二分の一両）。琉球紬一反も京織の縮緬一反もそれぞれ一両はする。合わせておよそ二両二分。一刻半《いっときはん》（三時間）ばかり家に上げた礼にしては破格だ。

「いただくわけにはまいりません」

老母もりうも恐縮して辞退する。

「そうおっしゃらず。心ばかりのお礼です」

忠次郎はむりやり受けとらせる。

「それじゃあまあ、お上がりになって、お茶でも召しませ」

老母がすすめる。

「この男はうちの番頭で覚蔵《かくぞう》と申します。一緒にいただいてよろしゅうございましょうか」

忠次郎が聞く。

「どうぞ、どうぞ」

忠次郎は小僧二人を帰し、覚蔵と連れ立って上がる。老婆は茶をだす。とこうするうち、

「蛭子庵《ひるこあん》でーす」

と声がかかる。ここいらでは有名な仕出《しだ》しの料理屋だ。

「たのんでいないいんだけどねえ」

老母とりうは顔を見合わせる。

「申し遅れました」

と忠次郎。

「お茶でもとすすめられるに違いなかろうから、ついでにお昼をと、早目に届けてくれるようにたのんでおいたのです」

りうは肩上げをおろすや否や芸者にでた。老母は〝転ぶ子に金を拾へと親教へ〟を地でいった、りうに小判鮫のようにくっついて世渡りしてきたしたたか者。二人とも、これはいい金蔓《かねづる》になるかもしれないと計算して、

「さようでございますか」

と料理を受け取る。

「蛭子庵でーす」

「蛭子庵でーす」

つぎからつぎへと声がかかって、吸物《すいもの》、口取《くちとり》、さしみ、焼魚、替り鉢などが四人前、つぎからつぎへと並べられる。蛭子庵は酒も、ご丁寧にお針たねとかんにお昼の弁当も運んでくる。山盛りの料理と酒を前に真っ昼間からの酒宴がはじまった。

「それじゃあ、一つ」

商売が商売だから、りうは三味線の調子を合わせて端唄《はうた》を歌う。

「わたしは二上《にあが》りを」

忠次郎は二上り新内《しんない》を玄人《くろうと》はだしに歌う。

「わたしは上方歌《かみがたうた》を」

番頭覚蔵は節廻しよく地歌《じうた》を歌う。忠次郎と覚蔵は話も座持ちもうまく、遊び慣れているのがりうには分かる。座敷にでてもこんな客はめったにいない。

「さて、さて、ご器用なこと」

りうは大きに浮かれる。

「まあ、一杯」

「いま、一杯」

歌の合間合間に献酬《けんしゅう》をかさねていたらやがて日も暮れ、

「酔った。しこたま酔った」

といって、忠次郎はごろりと横になり、高鼾《たかいびき》になる。寝冷えをしないようにと老母は夜着《よぎ》をかける。

「困ったなあ」

と番頭覚蔵がいってつづける。

「若旦那は酔うと朝まで目を覚まされず、むりに起こすと機嫌を悪くされます。ご迷惑でしょうが、朝までこのまま寝かせておいてもらえませんでしょうか」

番頭覚蔵はさらに、

「これは」

といって紙入より金二両をとりだしていう。

「些少ですがお世話になったお礼です」

「頂き物をしてなおかつご馳走になったのにそれはあんまり」

老母とりうは受け取れませんという仕草をしてみせる。

「若旦那は夷庵《えびすあん》にいっても平清《ひらせい》にいっても、いつもこのようになさいます」

夷庵も平清も聞こえた料理屋だ。

「どうぞ遠慮なく受け取ってください」

二両というと大金だ。老母とりうはとっくに咽《のど》から手がでていて、

「そうですか」

と受け取る。

「お女中方にも」

と番頭覚蔵はさらに百疋包みを二つ用意していて差しだし、高軒の若旦那忠次郎を残して帰っていった。

「かんが嘉一にいうのに」

と伝吉。

「りうはその晩、忠次郎とできたようで、以後忠次郎は佐久間町の旦那がこないと分かっている日に三日おきくらいにやってきて、たまに泊まっていくこともあったそうですが、あるとき、りうにこういったそうです」

忠次郎はりうに切りだした。

「両替商仲間が四人集まって手慰《てなぐさ》みをやることになった。承知のように手慰みはご法度《はっと》。料理屋でも嫌がる。明日、この家を貸してもらいてえ。なに、ただは借りねえ。木挽町《こびきちょう》の芝居を奢《おご》ろう。お袋もお針も連れていくがいい。茶屋は川島《かわしま》だよ。知ってるね」

「知っておりますとも」

このころの芝居は明け六つ（午前六時）にはじまって七つ半（午後五時）に打ち出すというまる一日の興行になっていて、上客は芝居茶屋を通して札《ふだ》（入場券）を買い、食事、休憩、幕間の用足しにと茶屋を利用した。川島は名高い茶屋である。

「予約をしておいたから遠慮なく美味《うま》い物を食ってくるがいい」

芝居見物となると、ことに女は飛び上がらんばかりに喜び、前の晩はあれを着ていこうかこれを着ていこうかと、うっかりすると九つ（午前零時）ごろまで迷い浮かれ、床についても七つ（午前四時）には起きだし、提灯を手にそそくさと向かう。りう、老母、お針の女もそうで夜遅くまで騒いでいて、七つの鐘が鳴るのを待ちかねるように起きだし、支度をしていそいそでかけていった。残ったのは下女のかんと忠次郎だけ。

「客がくるのは四つ（午前十時）だ。おれも寝なおすからおめえも寝なおすがいい」

忠次郎はそういって布団に潜《もぐ》る。芝居に連れていってもらえないのは残念だが、朝寝坊ができるのは有り難い。

「あい」

と返事をしてかんは深い眠りについた。

「起きなさい」

声をかけられ、かんは目を覚まして聞いた。

「何刻《なんどき》ですか？」

「四つ半（午前十一時）だ」

「すみません」

かんはあわてて起きる。

「客はきた。昼は蛭子庵にたのんでいる。おっつけ届く。おめえの分もたのんでおいた。飯の支度はしなくていい。それから、男と男の真剣勝負だ。座敷は覗《のぞ》かぬように。茶もださなくていい」

「あい」

客が何人かは分からないが、玄関に見知らぬ下足が四足あったから、忠次郎のほかに四人はいたようで、忠次郎がいったとおり、蛭子庵から仕出しが届き、かんもおすそ分けにあずかった。

午後の八つ（二時）の鐘が鳴った。台所で所在なげに暇を潰していたかんに忠次郎が声をかける。

「おっつけ客は帰るが、木挽町へ迎えがてらでかけていって、おりうさんに、帰りは汐留《しおどめ》から船を利用するがいいといってもらいてえ」

汐留から大川経由で神田川に入り、和泉橋《いずみばし》の際《きわ》でおろしてもらうと足を使わずにすむ。

「ついでだから、おめえも二番目を見てくるがいい」

とまた百疋を握らせる。かんにとってもこれ以上の話はない。

「有り難うございます」

と礼をいい、天にも昇る気持ちで木挽町に向かった。

芝居が跳《は》ね、汐留から船に乗り、和泉橋の際に着けてもらったころにはとっぷり日が暮れていて、りうら四人は提灯の明かりをたよりに帰り着いた。家に明かりはない。あの人、また飲み過ごして寝てしまったのかしらとつぶやきながら、りうは格子戸に手をかける。がらりと開く。中の様子がおかしい。提灯をかざす。

「な、なんと」

りうも老母も真っ青になり、呆然と立ちつくした。

りうの家は母屋《おもや》と土蔵《どぞう》がつながっていて、商売道具でもある衣類に櫛笄《くしこうがい》はもとより、小判も小簞笥《こだんす》に入れて土蔵にしまってあった。土蔵には鍵がかけてあったのだが、忠次郎は鍵を捩《ね》じ切り、簞笥長持などの鍵もことごとくこじ開けていた。

被害に遭ったのは衣類が夏、合《あい》、冬ともでおよそ百着。ほかに仕立てていない反物《たんもの》が十四、五。櫛笄も一切合切。もとより小簞笥にしまっておいた三百五十両余の小判も残らず消えていた。

「もとはといえばりうが色と欲につられ」

と伝吉。

「老母もそれに乗っかってのことなのに、二人はかんかんに、おまえが家にいさえすればこんなことにならなかった、のこのこ木挽町にやってきて家を空けたからこんなことになったのだと当たる。自分たちのことは棚にあげて、かんのせいにする。二日、三日とつづいてかんはいたたまれず、実家に逃げ帰って、嘉一に実はねえと打ち明けたという次第です」

「それで」

と三次。

「おめえの友達の嘉一はどう銭にしようというのだイ？」

「それだけの狂言を打てるやつはそうはいない。突き止めるのは難しくなかろうから、突き止めて脅せば銭になるんじゃなかろうかって」

「役者が違う。おめえや魚問屋で天秤棒を担いでいる小僧なんかにはむりだ」

「親分ならできる。どうです、親分」

半次は苦笑いしていった。

「気が乗らないなあ」

捜して捜し当てることができなくもなかろうが、一癖も二癖もある手合いでごたつくに違いないし、よしんば分け前をせしめても泥棒の上前《うわまえ》を撥ねることになる。気分はよくない。

「御用としょっぴくというのは？」

「しょっぴいたらだ。もとより、りうという年増芸者に事情を糺すことになり、事は旦那の大材木問屋の親父に知れる。りうは一文なしになったうえに旦那をしくじる。そこら辺りを考えるとやはり気乗りはしねえ」

「うーん」

小三郎が起きあがって大きく伸びをする。そういえばいつしか鼾は止んでいた。ひょっとして聞き耳を立てていたか？　小三郎は顔をぶるぶるっと震わせていった。

「飯どきだろう。おれにも食わせろ」

三

「恒次郎です」

敷居の向こうから声がかかる。半次は声を返した。

「入りなさい」

「失礼します」

恒次郎は世話を焼かせることがなく、部屋を訪ねてきてああしてほしいこうしてほしいといったことも一度もない。

「なにか？」

半次は聞いた。

「今日、時習堂《じしゅうどう》から帰ってすぐでした」

恒次郎とお美代《みよ》が通っている手習塾が時習堂だ。

「蟋蟀のおじさんが訪ねてみえて、いるかとおっしゃいますから、まだお戻りではありませんと申しますと、じゃあと踵《くびす》を返されたのですが、そうそうと振り返られて、おまえの身許《みもと》が分かった、おまえは対馬府中宗家家中の者だと。そうなのですか？」

しまった。口止めしておくのを忘れた。

「わたしの父、大久保某は対馬府中宗家家中の者なのですね」

念を押されて仕方なく半次はいった。

「そうらしい」

「父は御家騒動らしきことに巻き込まれて、島流しに遭っているのだとか」

五島《ごとう》とか壱岐《いき》とかに流されたのだろうと考えたことがあるが、対馬はそのまた向こうの朝鮮寄りというから、一体どこに流されているのやら。

「対馬宗家の上屋敷は下谷にあると聞きました。まいって、父の消息を聞こうと思います。よろしいでしょうか」

「連座《れんざ》というのを知っておるか？」

「存じません」

「ことに御武家《おぶけ》にきびしく適用されておるのだが、親が死罪《しざい》以上なら子は遠島《えんとう》、親が遠島なら子は中追放《ちゅうついほう》ということになっておる。おぬしの父親がたしかに遠島なら、おぬしは中追放。江戸もお構い場所とされるに違いなく、江戸にいられなくなる」

「そんな無茶な」

「決まりだから仕方がない」

江戸がお構い場所とされるかどうかは定かではないが、上屋敷もあることだし、そう申し渡されても文句はいえない。

「だから上屋敷には近づかぬがいい」

「しかし、わたしは知りたい。母がどうしているのかもです」

母御は？　と自称真部金五郎に聞いたら、亡くなられたといっていた。教えていいものかどうか。教えると、自称真部金五郎から聞いたといわねばならぬが、ついでだ、いっておこう。

「おぬしを育てた洞海の同志で、たまに立雲寺に洞海を訪ねていたのに自称真部金五郎なるお人がいる。洞海におぬしを預けたのは自称真部金五郎なのだが、この前、わが家にわたしを訪ねてきて、まことに勝手な言い分でござるが、時期がくるまで恒次郎をこのままお預かりいただきたいといっておられ、その折り、おぬしの母御は亡くなられたと申されておった」

「そうでしたか」

恒次郎は肩を落とす。

「この際だ。はっきりいっておこう。自称真部金五郎殿に、恒次郎はどこの何者かを知っておきたい、聞かせてもらいたいといった。自称真部金五郎殿は、知れば恒次郎も、長じて争いにくわわることになる、知らぬがよかとですといっておられた。知りたいというおぬしの気持ちはよく分かる。だが、いまのところは知らぬがいい。それよりおまえには学問がある。いまは学問に打ち込んでいるがいい」

恒次郎はしばし唇をぐっと結んでいたが、やがて口を開いていった。

「そうさせていただきます」

「こんにちは」

恒次郎が席を立ったところへ声がかかった。

連れ合いの志摩《しま》はじっとしておれない性分で、このところ毎日のように常磐津《ときわず》の女師匠文字若《もじわか》の家に通って、自身が稽古をするだけでなく、相弟子の稽古の世話をなにくれと焼いている。日中、家にいることはほとんどない。だからお美代も手習塾の帰りは家ではなく、文字若の家に向かう。およねは買物にいっている。およね自身もくわえて八人もが朝晩飯を食う。毎日おなじ献立というわけにもいきません、それなりに苦労するのですと、およねなりに苦労があるのだろう、なにかのついでにぼやいていた。恒次郎には、よけいなことにかかずらわせたくない。取り次ぎにはでないようにといってある。取り次ぎにでる者はいない。

「あいよ」

と答えて、半次は寄付へでた。

「お上の御用をうけたまわっておられる半次親分のお家《うち》でございますね」

五十前後とおぼしき客がいう。

「そうです」

「親分さんでいらっしゃいますか」

半次はうなずいて聞いた。

「どちら様でしょう?」

「わたしは木挽町で川島という芝居茶屋を営んでおります。静右衛門《せいえもん》と申します」

「御用は？」

「親分は蟋蟀小三郎という御武家様と懇意になさっておられますか？」

「知らぬ仲ではありませんが、そのこと、どうしてご存じなのです？」

「それについては追って申しあげます。昨日のことです、蟋蟀さんが見えておかしなことをおっしゃるのです」

「とおっしゃいますと？」

「先だって、年増芸者らしいのとそのお袋と付き添いの女、三人がおぬしの茶屋に席をとったろうと」

あの馬鹿、やはり盗み聞きしていやがった。

「わたしのところは二階建てで、十畳が一間、八畳が二間、六畳が七間、部屋が合計十もあり、お客さんをお上げするのは毎日のことですから、いちいち覚えておりません。さあて、と首を捻《ひね》ったら、帳面は付けているのだろう、調べろと。調べました。ご婦人三人がおとりになった席はいくつもございます。そう申しますと、金に糸目をつけずに美味い物を食った女三人だと。ご承知のとおり茶屋に席をとって芝居を見物しようという方々はみなさん、金に不自由されておられない。どの方々とは分かりかねますと申しますとこう腕組みされて」

と小三郎がよくやるように腕を組んで、

「そうそう、芝居が跳ねたあと、船をたのんで汐留から大川経由神田相生町まで帰った客だ、これだと分かるだろうとおっしゃる。なるほど帳面に、船、行き先神田和泉橋際とあり、そのご婦人三人がお尋ねの三人だろうと分かったのですが、やたらなことをお教えするわけにはまいりません。ご婦人方に迷惑がかかります。あなたとご婦人方とはどんなご関係なのですかとお聞きすると、そんなことはどうでもいい、席を予約したのは誰だ？　と。これまた分かっていてもお教えできません。あなたとのご関係は？　と伺いますと、ここだけの話だが、これはお上《かみ》の御用なのだ。新材木町に半次という腕利きの御用聞きがいると」

「腕利きと申しましたか」

半次は腰を折った。

「そうおっしゃいました」

「お恥ずかしい」

「その半次から頼まれてのことだ。席を予約した者は誰だ、教えろと」

「教えられたのですか？」

「わたしどもはお金さえいただければよろしいので、予約された方の身許をいちいち穿鑿《せんさく》したりしません。予約された方は八丁堀《はっちょうぼり》は亀島町《かめじまちょう》の仁兵衛《にへえ》店粂八《だなくめはち》と名乗られたから、帳面にそう記しており、蟋蟀さんが半次という御用聞きにたのまれてのこととおっしゃるものですから、さよう申しました。今朝です、蟋蟀さんがまた見えられて、亀島町に仁兵衛店はあるが粂八なる者は住んでおらぬ、でたらめを申すとただではおかぬ、一体どこの何者なのかと問い詰められる。といわれても帳面に記載してあることしか分かりません。そう申したのですが納得されず、四半刻《しはんとき》（三十分）も粘られました。そのあと、考えてみますに、やはりおかしなお尋ねで、また御用聞きの旦那が御武家様を使って質《ただ》されるというのもおかしい。あるいは蟋蟀さんが親分の名を騙っておかしなことをなさろうとしておられるのかもしれないと思いまして、念のためお耳にとお訪ねした次第です。親分はたしかに蟋蟀さんにそのような御用をたのまれたのですか？」

「まさか」

「たのまれておられない？」

「たのんでなんかおりません」

「やはり」

「またやってきたら、塩を撒いて追い返してくだすって結構です」

「どういうお方なのです。あのお方は？」

「疫病神《やくびょうがみ》です」

「疫病神で悪かったなあ」

のそっと小三郎が玄関に入ってきて、

「ひゃあー」

と芝居茶屋川島の主人静右衛門素っ頓狂な悲鳴をあげ、

「失礼します」

と逃げるように帰っていった。

四

「どういう了簡なのです？」

部屋にあげて半次は詰問した。

「聞くが」

小三郎は内懐から無精髭《ぶしょうひげ》に手をやり、ごしごしこすりながらいう。

「おまえはなにを稼業にしておる？」

「なにをって、決まってるじゃないですか。お上《かみ》の御用をうけたまわって、江戸八百八町《はっぴゃくやちょう》のお人がなんの不安もなく毎日を過ごせるように日夜身を粉にして働いている」

「きれいごとをいうな。引合《ひきあい》をつけて、抜いてもらいてえだの、もちっと弾んでもらいてえだのと、世知辛く稼ぐのを稼業にしておる。そうだろう」

あからさまにいうとそうだが、

「話をそらさないでください。あなたがやろうとしていることはお見通し。連中の上前を撥ねようというもの。金になるとなるとなんにでも手をだす。恥ずかしいとは思わないのですか」

「話をそらしているのはそっちだ。片方に身ぐるみを剝《は》がれた哀れな女がいる。片方に身ぐるみを剝いだ悪党がいる。だったら、悪党からそっくり取り戻して哀れな女に返し、悪党をお縄にかける。それがおまえたちの仕事ではないのか」

「世の中、単純には割り切れない」

「おまえはこの前、伝吉にもっともらしくこういった。悪党をしょっぴいたら、もとより、りうという年増芸者に事情を糺すことになり、事は旦那の大材木問屋の親父に知れる。りうは一文なしになったうえに旦那をしくじる。そこら辺りを考えるとやはり気乗りはしねえ。そういったな」

「いいましたよ」

「おまえは本当に甘い。かほどの事件。人の口に戸は閉《た》てられぬ。とっくに事件は旦那の耳に入り、ふざけた母子《おやこ》だと旦那は逆鱗して、りうは手を切られた」

「どうしてそのことを？」

「いましがたりうを家に訪ねて聞いた」

「芝居茶屋川島で自称忠次郎らの手がかりを摑み、上前を撥ねてそっくり自分の物にしようとした。だが摑めない。仕方なく年増芸者りうを家に訪ねて直接質し、手がかりを摑もうとした。そういうことですね」

「おまえはぐずぐずいって動こうとしない。義を見てせざるは勇なきなり。かわっておれが正義をおこなおうとしたのだ。文句があるか」

「じゃあ、なぜわたしに、おまえが動かぬのならおれが動くと一言ことわりがなかったのです？」

「うっ」

「しかも川島ではわたしの名を騙っている」

「方便《ほうべん》ということもある」

「本当にあんたは金の亡者《もうじゃ》だ」

「無礼な」

「図星だからぐうの音もでない」

「これ以上無礼を申すと許さぬ」

「じゃあ、なんですか。本当にりうを哀れと思って、取り戻してやろうとしておられるのですか。わたしにそう断言できますか」

「当たり前だ。さっきもいったとおり、おれは正義をおこなおうとしている」

「吐いた唾は飲み込めません。言葉に嘘偽りはありませんね」

「ない」

「それじゃあ、力をお藉《か》ししましょう。自称忠次郎らを突き止めてみせましょう」

「一つだけことわっておく。謝礼はいただく」

「いかほど？」

「りうと三割で話をつけた」

「三割も？　やはり金じゃないですか」

「これでもなにやかやと金がかかるのだ。対馬宗家家中の者に酒も飲ませなければならぬしのオ」

「なんとおっしゃいました？」

「対馬宗家家中の者に酒も飲ませなければならぬといった」

「そのことですがねえ」

半次は顔をしかめた。

「なぜ恒次郎に、おまえの父親は対馬宗家家中の者だと教えたのです？」

「教えて悪いか」

「いまはよけいなことを耳に入れぬほうがいい」

「それはおまえの考え。自分がどこの何者か知らずに生きていくより、知って生きていくほうがよほどすっきりする。それで、こうなればとことんと思い、対馬宗家家中の者にそれとなく大久保なる者について知らぬかと探りを入れておるのだ。残念ながらいまのところそれらしき人物は浮かびあがっておらぬ」

「連座というのを知っておられますか」

「知っておる」

「御武家の遠島者の子は中追放。恒次郎が大久保某の子だと分かるとたぶん江戸にいられなくなる。このことは覚えておいてください」

「それくらいは分かっておる。それより、一刻も早く連中を捜し当ててくれ。金欠《きんけつ》でまいっておる」

「語るに落ちるですね」

「七割は渡すのだ。りうも文句はあるまい」

五

仕掛けは大がかりだ。登場人物だけでも、自称忠次郎。覚蔵と名乗る番頭、手代らしき若い男、小僧が三人。合計六人。金も、蛭子庵や芝居茶屋川島への前金をふくめると八両や九両は使っている。軍師《ぐんし》も金主《きんしゅ》もいるはずで、だとすると今度がはじめてというわけではなく、これまでにも似たようなことをやっているはずだが耳には入っていない。どっちにしろ、手がかりは多ければ多いほどいい。半次もまた神田相生町にりうを訪ねた。旦那に縁を切られた後とあって、りうはもう恥も外聞もなく、洗いざらいをぶちまけて、

「どうか、そっくり取り戻してください。お願いします」

と頭をさげたが手がかりらしいことはなにも聞けなかった。老母やお針の女や暇をだされたかんからもだ。

自称忠次郎は芝神明宮の近くの田丸伊勢屋という両替商の惣領息子だといった。田丸伊勢屋という両替商はたしかに存在した。ご丁寧にも忠次郎とおなじ年格好の、忠次郎という名の三十五、六の惣領息子もいたが、忠次郎とは似ても似つかぬ無粋《ぶすい》な堅物《かたぶつ》だった。しかじかの男を知らぬかと、本物の忠次郎に聞いた。見当もつきませんと本物は首をひねった。

自称忠次郎と番頭覚蔵の顔は大勢が見ており、とりわけ自称忠次郎の人相ははっきりした。三十五、六の色白で面長の、役者のようないい男で、だから海千山千《うみせんやません》のりうもころりとやられたということのようだ。また二人ともあか抜けしていて遊びなれていると、お座敷でいろんな男を見てきたりうが太鼓判を押したが、あいにく半次はそちらの世界とは縁がなく、思いつくような男は一人もいない。

芝居茶屋川島に予約を入れた亀島町仁兵衛店の粂八と名乗った男は人相、風体からして忠次郎でも覚蔵でもなかった。手代に扮していた若い男のようで、札も入れて三人で二両はかかるところを、前金として三両をおいていったのだという。釣りはとりにこなかったというから、りうに素早く手を打たれて足がつくのを恐れてのことかもしれなかったが、そっちの線からも手がかりは摑めなかった。

雨が降りつづく最初の日、忠次郎は四枚肩の駕籠を呼んで帰った。半次は神田相生町一帯の駕籠屋に当たった。駕籠屋はすぐに分かった。

「どこまで送った？」

と聞いた。駕籠舁《か》きのいわく、

「和泉橋の手前で、具合がよくなったからもういいといって、さっさと駕籠をおりられました」

仕掛けは大がかりだから、なに、ちょっと当たればすぐに捜し当てられると思っていた。意外だった。

なにか聞き漏らしているのではないか。半次はいま一度、りう、老母、お針の女と当たり、芝居茶屋川島にも当たった。これといって浮かびあがってこない。無駄を承知で、堀江町二丁目のかんにも当たった。

「知ってることはみーんなお話ししました」

かんはいう。

「ただ」

とかんは生意気にも腕を組んで考える。

「お姐さん、わたしが仕えていたご主人のことです、お姐さんが旦那持ちであるというのを、忠次郎というお人は知っているはずなのに、妙に落ち着いておられました。あれは不思議でした」

半次はいった。

「りうから、旦那がくる日をあらかじめ教えてもらっていて、旦那はこないと確信していたからではないのか」

「そうなのですが、あんなに落ち着いていられるものなのでしょうか。いってみれば間男《まおとこ》でしょう」

たとえ妾であろうがりうは旦那持ちだから、自称忠次郎は間男ということになる。

「なのに、わが家にいるようにくつろいでおられました。度胸がすわっているといえばいえるのでしょうけどねえ」

ひょっとしたら？　と思いつくことがあり、半次は浅草平右衛門町《へいえもんちょう》に向かった。

浅草平右衛門町に弥十《やじゅう》という十手持ちがいて、平右衛門町から南へ橋（柳橋）一つへだてた両《りょう》国広《ごく》小路で流行《はや》る葦簾《よしず》張《ば》りの水茶屋をいとなんでおり、道楽のように北の隠密廻《おんみつまわ》り平野銀次郎《ひらのぎんじろう》の手先をつとめていた。

いつも縞《しま》の着物に縞の羽織を着て、腰が低く実直そうで大店の番頭さんかと見間違えそうな弥十が、その人ありと十手持ちの世界で名を轟《とどろ》かせたのは二十数年以上も前、低迷する米価引き上げのため、江戸のおもだった商人に御用金を課そうとお上がひそかに取り決めたときのことである。

おもだった商人といっても内証は火の車という者もいれば、見せかけ以上に稼いでいる者もいる。さまざまだ。お上では御用金を課す目安を知りたい。おもだった商人の懐を調べよと南北の両町奉行に内命した。北の町奉行は隠密廻りの平野銀次郎に、平野銀次郎は手先の弥十に話をおろした。弥十は三ヵ月ばかりかけて調べあげ、報告書を提出した。お上は弥十の報告書をもとに御用金を課した。

えてしてこういうことに商人は多い少ないと不平を洩らす。このとき割り当てられた金額を一覧して、かれらは一言も不平を洩らさなかった。弥十はそれほど正確に調べあげていた。どうやって調べたのか？　平野銀次郎は弥十に聞いたが、弥十はにやにや笑って答えなかった。そんな話が仲間内に伝わり、切った張ったではないが〝すげえ腕利き〟と弥十は名を上げ、いまでは伝説の十手持ちになっていた。

一方で弥十はいま、あちらこちらの商家から、こんな相談を持ちかけられるようになっていた。

「さる商家から商品を仕入れたいといってきました。信用のできる商家でしょうか」

商売を大きくしようとして、あるいは大儲けをしようとして、商品を納入したはいいが、店構えは堅実そうに見えたのに内実は火の車、売り掛けを回収できなくて大弱りというようなことがよくあるからだ。弥十は、

「あそこはお止しになったほうがよろしい」

「あそこは地道にやっております。大丈夫です」

などと助言して間違ったことがない。ずいぶん毛色の変わった十手持ちで、浅草平右衛門町と神田佐久間町はそう遠くはないから、弥十ならりうの旦那の店の内情を知っているはず。こう考えて、半次は弥十を自宅に訪ねた。

「あいにくだねえ。角右衛門《かくえもん》さんの材木問屋信濃屋《しなのや》さんはおかしくない。商売は順調だよ」

間男の忠次郎がわが家にいるようにくつろいでおられたのは旦那の角右衛門とぐるだったからだ。商売が傾いて、角右衛門は背に腹は替えられず、狂言を打って、事もあろうに自分の妾から金品を掠め取ろうとした。こう推測したのだが、大外れだった。

「角右衛門さんのお妾が色と欲につられて多額の金品を巻きあげられた事件の聞き込みなのだろう？」

　弥十はいう。

「そうです。とんだ見当違いでした」

「わたしは知ってのとおり隠密廻り平野銀次郎さんの手先で、特別な用命でしか動かない。盗みや殺しといったことには関わったことがない。興味もない。ただ、今度の事件は遠くでの事件でもなし、角右衛門さんのこともまたよく知っているから、耳にして多少は興味を持って自分なりに考えた。主役を演じたのは三十五、六の、色白で面長のいい男だということだねえ」

「そう聞いてます」

「角右衛門さんの倅に道楽息子がいるのだが、道楽息子の友達に主役に似た男がいる」

「本当ですか」

「図星だったら、わざわざわたしのところまで足を運んだ、土産だと思ってくれていい」

「有り難うございました」


「どうしておれの出番をつくらなかった。どうしてなのだ？」

　小三郎が真っ赤になって嚙みつく。

「必要なかったからです。仕方がない」

　角右衛門の道楽息子の倅の友達に、三十五、六の、色白で面長のいい男というのはたしかにいた。番頭の覚蔵らしい男もいた。二人は宗太郎《そうたろう》という道楽息子とのべつつるんで、吉原に、深川の仲町《なかちよう》にと遊んでいて、とりわけ最近は豪遊をかさねているということで、深川は懇意にしている十手持ち辰次《たつじ》の縄張りだから半次は一計を案じた。

仲町にはいずれも飛び切り上等の尾花屋《おばなや》、山本、梅本と茶屋が三軒あり、三人は尾花屋で遊ぶことが多いということで、りうを辰次の家に待機させ、三人が尾花屋に遊びにくるのを待った。やってきた。辰次が顔を利かせ、尾花屋に承知してもらって、りうは「こんばんは」と座敷にでた。自称忠次郎と覚蔵はびっくり仰天。あっさり尻尾を摑むことができた。

半次は神田佐久間町に角右衛門をたずねてしかじかですといった。

「伜の不始末はわたしの不始末。わたしが始末をつけます。どうか穏便に」

角右衛門が頭をさげて一件落着した。

「もとはといえばおれが動いたから、おぬしは忠次郎や仲間を突き止めることができた。なのに、おれをないがしろにしやがって」

「ないがしろになんかしていません」

「おれは三割をいただく約束になっていた。なにかア、三割はおまえがピン撥ねしたのか」

「馬鹿な」

「着物類はさておき、取られた金三百五十両の三割というと百両にはなる。百両が入るはずだった。どうしてくれる」

「入るはずだったではどうしようもない。当て事と越中褌《えつちゆうふんどし》は向こうから外れる。とんだ捕らぬ狸の皮算用だったてえことですよ」

「越中褌や狸の皮と一緒にするな。たしかに百両が入るはず、少なめに見積もっても三十両は入るはずと、高利の金を十両借りた。どうしてくれる？」

「わたしの知ったこっちゃない」

「おまえはいくらせしめた」

「人聞きの悪い」

「いわなけりゃあ、りうや角右衛門を訪ねて聞き質す」

小三郎ならやりかねない。こっちまで恥を掻《か》く。

「いいます。これはわたしからといって角右衛門さんから十両。これはりうからの礼だといって、おなじく角右衛門さんから十両。合計二十両いただきました。当然の謝礼で、うち五両は辰次に、世話になった礼にとお裾分けしました」

「じゃあ、十五両は残っているのだな」

「まあ」

「たのむ。そのうちの十両、貸してくれ。高利の金はちよ殿の知人からちよ殿に内証で借りたのだ。早いところ始末しなければ、ちよ殿に知られる。折檻《せっかん》される」

小三郎はいつしか尻に敷かれてしまったらしい。

「これ、このとおり」

小三郎は深々と頭をさげる。

「わたしには関係のないこと」

半次は突っぱねた。

「ある。なあ、たのむ」

小三郎はいまにも泣きださんばかりだ。

「たのむ、たのむよオ！」

ついに泣きだした。この前も泣かれて手を焼かされた。泣く子と小三郎には勝てぬ。半次はしぶしぶ懐に手をやった。

第七話　伊豆の伊東の上品の湯

一

「お早うございます」

半次《はんじ》は声をかけて枝折戸《しおりど》を開けた。

「朝早くにすまぬ。嗽《うがい》をする。縁側に腰をおろして待っててくれ」

岡田《おかだ》伝兵衛《でんべえ》は房楊枝《ふさようじ》を使っていた手を休めてそういうと井戸端に向かう。

昨日の夕刻、明日の朝いちに訪ねてきてくれと岡田伝兵衛から言伝《ことづて》があった。総じて江戸の人は朝が早いが岡っ引の世界も朝が早く、用があるのは八丁堀《はっちょうぼり》周辺の引合《ひきあい》茶屋や寄合《よりあい》茶屋だから、八丁堀は亀島町《かめじまちょう》寄りに住む岡田伝兵衛からの朝いちの呼び出しは苦にならない。

「飯は？」

岡田伝兵衛が座敷から声をかける。

「昨夜つくっておいたむすびをほおばりました」

みんなが寝ているところを一人だけ起きだしてきた。

「それじゃ、みそ汁だけでもすすってくれ」

「いらっしゃい」

奥方が盆に香《こう》の物を添えて載せてくる。

「これはどうも」

半次は立ち上がって頭をさげた。

「悪いが飯を食いながらということで」

岡田伝兵衛は飯、みそ汁、お菜《かず》の載った箱膳を持って縁側近くにやってくる。

「今日もいい天気ですねえ」

半次は空を見上げていった。天高く馬肥《こ》ゆる秋という。今日も空一面が青々と澄み渡る一日になりそうだった。

「事件というのではないのだが、まあ事件は事件で、癖のある横溝《よこみぞ》さんからおりてきた。ほかのやつには任せられぬ。悪いが、おぬしにやってもらおうときてもらった」

横溝金四郎《きんしろう》は北の吟味《ぎんみ》方与力《かたよりき》。有能なのだが、思いどおりにはこばないと癇癪《かんしゃく》を起こしてきつく当たる。直接指示を受けることの多い定廻《じょうまわ》りや臨時廻りはよく泣かされている。半次はいった。

「旦那から手札を頂戴して稼業は成り立っております。悪いが、なんてそんなことおっしゃらないで、なんでもいいつけてください」

岡田伝兵衛は口に入れた目刺《めざし》をがりっと噛み砕き、飲み干していう。

「松川町に備前屋《びぜんや》という畳屋がある。知っておるか」

「いいえ」

江戸の町のことならたいがいは知っているが、畳屋まで目は行き届いていない。

「備前屋の主人《あるじ》茂左衛門《もざえもん》は商売上手でつぎからつぎへと得意先を増やし、今年はとうとう御城の畳の表《おもて》替えを請け負うまでにいたった」

畳屋は腕とわずかの場所さえあれば、資本《もとで》などたいして必要としない。誰でも一本立ちできる。競争相手は多い。つぎからつぎへと得意先を増やしているというのなら、よほどの商売上手なのだろう。

「御城には本丸、西丸《にしのまる》、二ノ丸、三ノ丸などとあり、畳が何枚敷かれているのかは見当もつかぬ」

「大広間は千畳敷きといわれております。すべてとなるとえらい数になるのでしょうねえ」

将軍に諸大名などが拝謁する大広間は上段、中段、下段とあり、そこから二之間、三之間、四之間とコの字形になっていて、およそ四百も畳が敷かれているのだが俗に千畳敷きといわれていた。

「ただ、表替えに要する費用は分かっておって、年におよそ七千両かかるということだ」

田沼時代に五年の倹約ということがおこなわれ、畳の表替え代が六千両から二千両にとばっさり削られた。そのときの達しにこうある。

「御城中之口、その外部屋等、御畳の処、切れ損じ候とも、五ヵ年の間は取り繕ひ等これ無き筈に候事」

五年の間、御城の畳は表替えされず、焼けて稜毛《のげ》が逆立つまでになったのだが、ともあれそのころ、御城の畳の表替え代は年におよそ六千両かかり、この時代は七千両にと増えていた。したがって普請《ふしん》に普請奉行、小普請に小普請奉行、作事に作事奉行がおかれていたように、畳の表替えにも百俵高十五人扶持《ぶち》の御畳奉行という役人が六人ばかり、その下に御畳奉行手代という役人が二十人ばかりもおかれていた。

「備前屋の主人茂左衛門がどのように食い込んで、七千両のうちの千両分の表替えを請け負うことができたのかの次第は知らぬが、このほど無事、表替えを終えたというので、御老中方《ごろうじゆう》をはじめお偉方を廻勤御礼《かいきんおんれい》してまわった」

廻勤御礼にまわるのは、直接指図《さしず》を受ける御畳奉行のほか、いずれも大名の御役である老中（五人前後）、若年寄《わかどしより》（四、五人）、御側御用人《おそばごようにん》（不定期におかれる役職で一人）、旗本の御役であり、つづめて御用御側といわれている御側御用取次（二、三人）、南北の町奉行（二人）辺りだが、それでも十五、六人におよび、老中や若年寄は月に六日でかつ早朝から登城時刻の四つ（午前十時）の御太鼓までとかぎられており、しかも大勢が詰めかけるから会ってもらえないこともあって、それはそれで大事《おおごと》だった。

「無事廻勤御礼が終わって、備前屋は商売上手の腕をここぞと発揮しようとしたのだろう。そのあと各様《かくさま》に温泉を届けた」

「温泉？」

半次は首をひねった。

「あんなもの、どうやって届けるのです？」

「樽に詰めてだよ。伊豆《いず》の東海岸に伊東という、硫黄《いおう》臭くない、上品《じょうぼん》の温泉とかを湧出《ゆうしゅつ》する邑《さと》があるらしく、そこから各様に四斗樽《しとだる》で十荷《じっか》ずつの温泉が届けられた」

「四斗樽で十荷というと四十斗。お偉方の風呂桶が少々でかくとも湯を満たすに十分な量ではありますねえ」

「さよう。ところがだ、迷惑な時献上《ときけんじょう》というのを知っておるか」

「いいえ。なんです？」

「時献上といって、御三家《ごさんけ》、御家門《ごかもん》、御連枝《ごれんし》、国主《こくしゅ》、外様《とざま》、譜代《ふだい》の別なく、年始《ねんし》、八朔《はっさく》、重陽《ちょうよう》、年暮《ねんぼ》、参府《さんぷ》や帰国の御礼に、国々の産物を将軍家に進献《しんけん》するのを時献上というのは知っておろう」

「それはもう」

時献上の余り物といって町方《まちかた》のお偉方にも配られ、運がよければ半次らもお裾分けにあずかることがある。

「されど時献上だからといって、どれもこれもが喜ばれるとはかぎらない。尾張《おわり》の宮重大根《みやしげだいこん》、作《さく》州津山《しゅうつやま》の銀杏《ぎんなん》と足袋《たび》、越中輪島《えっちゅうわじま》の素麺《そうめん》、仙台の糒《ほしいい》、勢州桑名《せいしゅうくわな》の白魚《しらうお》の目刺、武州忍《ぶしゅうおし》の芋《いも》、黒豆、牛蒡《ごぼう》、川越の熟《む》し瓜《うり》、下総佐倉《しもうささくら》の蒟蒻《こんにゃく》、出羽《でわ》新庄《しんじょう》の胡桃《くるみ》、但馬出石《たじまいずし》の山椒《さんしょう》、日向飫肥《ひゅうがおび》の寒晒《かんざらし》餅《もち》などがそうで、それらは公方《くぼう》様としても、もらってもちっとも有り難くなく、迷惑な時献上といわれておる」

「あれやこれやと、よくご存じですねえ」

「この前、わけがあって調べた」

「たしかに、大根、目刺、蒟蒻、山椒、寒晒餅、まして糒など、もらってもちっとも有り難くない。なんでそんな物が献上されるのでしょう？」

「いずれも謂《いわ》れがあって恒例としてやっているということだが、謂れが忘れられているのも少なくない」

「そうでしょうねえ」

「それで、備前屋の温泉進献だが、これも迷惑な時献上のようになってしまった」

「湯治《とうじ》になどめったとでかけられるものじゃありません。北の草津《くさつ》や伊香保《いかほ》、西の熱海《あたみ》や箱根、どっちに向かっても江戸からはえらく遠い。喜ばれるはずなのにまたどうして？」

「十五家様のうち七家様で温泉を湯船に満たして沸かせ、ご当主、お殿様が、湯に入ろうとしたら異臭がして、なんだこれは？　という騒ぎになった。とりわけ、御老中の一番の古株《ふるかぶ》青山下野《しもつけの》守《かみ》様、実力では一番の御老中水野出羽守《でわのかみ》様、公方様お気に入りの御用御側水野美濃守《みののかみ》様の三御屋敷のがひどく、下野守様など、温泉だというのでたいそう喜ばれ、風呂場で素っ裸になって湯に浸かろうとなされてのことで、しかもその日はえらく冷え込んだ日だったそうだから、それはもうかんかんにお怒りになられたということだ」

「どんな異臭がしたのです？」

「酒の腐った臭いだ」

「どうして？」

「酒の四斗樽に詰めて温泉をはこんだから、湯に酒の腐った臭いが染みついたのだろうということとになった。喜んでいただくはずが逆に七家様、とりわけ三家様の不興を買ってしまい、備前屋は平身低頭で謝ってまわり、そのあと、目を吊りあがらせて、温泉をはこんでもらった小網町《こあみちょう》の廻船問屋《かいせんどんや》播磨屋に、一体、どういうことなのですかと怒鳴り込んだ」

「温泉をどんな樽に詰めるのかについて、備前屋は播磨屋に注文をつけていなかったのですか？」

「酒の四斗樽は代用しないように、樽は新しいのをと備前屋は播磨屋に釘を刺し、樽代も別途支払っておったのだそうで、それだけに怒り心頭《しんとう》。来年は御城の畳の表替えの仕事がもらえなくなる、どうしてくれるんですか、代は鐚《びた》一文お支払いできません、いいですねえといった」

「代はいくらだったのです？」

「温泉四斗樽十荷を一船ではこぶという段取りで、樽代が十樽で三千文、船賃が四千文、荷揚げ代が二百五十文、遠近に差はあるが各様の御屋敷まではこぶ大八車《だいはちぐるま》の車賃がならして千五百文、締めて八千七百五十文。温泉を進献した御屋敷は十五。掛ける十五で、両になおすと二十両ちょっと。端数をはぶいて二十両という約束だった」

「うまくはこべば二十両でお偉方の歓心を買えたのですから、ちょっとした思いつきではあったのですね」

「それが裏目にでて、備前屋は鐚一文支払うわけにいかないといったのだが、これに播磨屋の支配人八右衛門《はちえもん》がかちんときて、待ってください、酒の四斗樽など代用しておりません、言い掛かりです、代は払っていただきますといい、すったもんだがあって、播磨屋は恐れながらと北へ、代を支払うようにご命じくださいと訴えおった」

「どうぞ」

奥方は食事を終えた岡田伝兵衛に茶を淹れたついでに、半次にも茶を差しだす。

「いただきます」

半次は口をつけてすすった。

「一件は本公事《ほんくじ》だ。訴えがあればそれなりにきちんと取り扱わねばならない」

金の貸し借りについての訴訟は金公事《かねくじ》といい、お上は金の貸し借りとなると卑《いや》しんで扱いがぞんざいだったが、代を支払うようにご命じくださいなどというのは本公事だから並の公事とおなじように扱わなければならないとされていた。

「そこで、吟味方与力の横溝金四郎さんが扱うことになり、播磨屋と備前屋を呼んで糺《ただ》された。備前屋は、播磨屋さんが酒の四斗樽を代用した、えらく迷惑をこうむりました、だから代を払わないのですという。播磨屋は酒の四斗樽など代用しておりません、使ったのは新品の四斗樽です、言い掛かりです、代を払うようにご命じくださいという。知ってのとおり、吟味方の旦那方は調べる手を持っておられない。なにかがあったら、おれら定廻りや臨時廻りに調べるようにと命じられる。というわけで、横溝さんはおれを呼びつけ、しかじかだ、調べろと」

「趣旨はよく分かりました。やらせていただきます。それについてですが、播磨屋はいうまでもなく、備前屋にも当たってよろしいのでしょうねえ」

伺っておかなければ、あとで、こっそり調べろといったはずだなどとお小言を頂戴したりする。

「それはいっこうかまわぬ」

「証拠の、七家様に温泉をはこんだ四斗樽は御屋敷に留め置かれているのですか？」

「横溝さんもそのことに気づかれ、七家様に問い合わされた。まさかそのことで、訴訟になるなど思いもおよばない。腐った温泉をはこんできた樽だ、使い廻しなどするな、風呂の焚《た》きつけにでもしろということになって、七家様ともに燃してしまわれた」

「そっくり？」

「うむ」

「証拠はない？」

「ということになる」

「酒の四斗樽の代用だったかどうか、御屋敷を訪ねて、七家様にお伺いしてよろしいのでしょうか？」

「どちら様もお偉方だからなあ。横溝さんに伺ってからということにしよう。のちほど知らせる」

「青山下野守様と水野出羽守様と水野美濃守様以外はどちら様なのですか？」

「若年寄の増山河内守《ましやまかわちのかみ》様、おなじく若年寄の林肥後守《ひごのかみ》様、御用御側の土岐《とき》豊前守《ぶぜんのかみ》様、そして南の御奉行筒井紀伊守《きいのかみ》様」

「分かりました。すぐにもとりかかります」

「たのむ」

「失礼します」

半次は会釈をして岡田伝兵衛の屋敷を後にした。

二

引合茶屋や寄合茶屋での、引合を抜いてもらいたい、いくらだすの遣《や》り取りはほぼ午前中に終わる。そのあと半次は、仲間と昼を食ったりしてだいたい八つ（午後二時）ごろに家に帰るのだが、岡田伝兵衛から仰せつかった御用がある。順序としては播磨屋を訪ねるのが先で、小網町に向かった。

この時代の江戸は一大消費地で、生活に必要な食糧や物資はおもに上方《かみがた》や伊勢湾沿岸地方から海上輸送されており、廻船問屋は菱垣《ひがき》廻船だの樽廻船だのと仲間をつくっていたのだが、播磨屋は大坂に本拠をおく樽廻船仲間の有力問屋で、小網町にあるのは江戸店《だな》、いわば江戸の支店だった。

「ご免ください」

半次は声をかけて播磨屋の敷居をまたいだ。

「どちらさまでしょう？」

框《かまち》に腰をおろしていた手代らしき男が聞く。

「お上から十手《じって》を頂戴している新材木町の半次と申します。支配人の八右衛門さんに用があって伺いました」

「どのような？」

「このほど、こちら様が北へ訴訟された件についてでございます」

「お待ちください」

待つ間もなく、長い年月潮風に当たってそうなったのか、赤銅《しゃくどう》色《いろ》した仁王様《におうさま》のようにがっしりした男がでてきていう。

「わたしが支配人の八右衛門です」

「半次と申します。北へ訴訟された件で話を伺いにまいりました」

「奥へどうぞ」

八右衛門は先に立つ。やや足を引きずっているところから察するに、元は船乗りだったが事故があって足が不自由になり、十露盤《そろばん》を弾《はじ》くほうの仕事にまわったということなのかもしれない。

「どうぞ」

神棚《かみだな》を背にして長火鉢があるという、どこの家にもある部屋に通され、すすめられた座布団にすわって半次は切りだした。

「そちら様が訴訟された一件、吟味方与力の横溝の旦那からおりてまいり、わたしが使い走りを命じられました。備前屋さんを相手に訴訟におよばれたということですが、やましいところはなにもないと確信がおありだからなのですね？」

「もちろんです」

「そこのところを詳しくお聞かせいただけませんか」

「申しましょう」

八右衛門は前置きする。

「あるとき備前屋さんが訪ねて見えて、しかじかです、伊豆から温泉を運漕《うんそう》したいのです、お願いしますとおっしゃる。わたしどもはご存じかどうか樽廻船仲間に加入していて、上方から酒樽をはこんでくるのを稼業にしており、一船に四斗樽を十荷ずつ積むなどというちまちました仕事などお引き受けしかねます。そういってお断りしました。ですが、一船や二船なら話をつけることができても、おなじ日のほぼおなじ時刻に十五家様に温泉を届けるとなると十五船と話をつけなければならず、容易ではありません。わたしどもは稼業が稼業ですから、伊豆沿岸の船頭衆とも仲よくしており、船頭衆を宿がわりにお泊めすることもしょっちゅうなものですから、備前屋さんは毎日のようにやってきて頭をさげられる。根負けして、お引き受けしました。伊豆沿岸の船頭衆が江戸にはこんでくるのはおもに柴《しば》です」

江戸にはおよそ百万の人が住んで朝昼晩と飯を食っており、それには煮炊きする燃料を膨大に必要とし、伊豆の沿岸からも毎日のように柴の束が船に山と積まれてはこばれてきていた。

「あとは魚。エッサオッサと押送《おしよく》り船が日本橋川を入ってくる様はよくご存じでしょう」

安房《あわ》、上総《かずさ》、相模《さがみ》、そして伊豆や伊豆大島から、十人くらいで交互に、昼夜を分かたず、エッサオッサと櫓《ろ》を漕いで日本橋の魚河岸に新鮮な魚を積んでくる小早船《こばやぶね》のことを押送り船といった。

「十五船と話をつけるのはそれなりに厄介だったのですが、なんとか話をつけて約束をお果ししたのに、異臭がした、腐った酒の臭いだった、各様にえらくご迷惑をかけてしまった、どうしてくれると、因縁としか思えない難癖をつけられ、あろうことか代も払おうとなさらない」

「その異臭ですがねえ。備前屋さんは樽は新しいのを使う約束で、樽代も別途お支払いした、なのに酒の四斗樽を代用されたとおっしゃっておられる」

「なるほどわたしどもは樽廻船仲間に加入しており、上方からはこんできているのは酒樽です。ですが、備前屋さんからの、新品の四斗樽をとのご要望だったものですから、樽は南新堀《みなみしんぼり》の樽平《たるへい》という樽屋さんに新品をと特注し、うちの若い者が点検にまいっております。異臭など発するはずがありません。このことはなにより、伊豆の船頭衆にお聞きになれば分かることです。船頭衆はみなさん、みずから湯元に足をはこんで樽に温泉を詰め、江戸まではこんでこられたのですからねえ。明日の朝、魚河岸で待たれれば、温泉をはこんだ押送り船を一艘や二艘、見かけることでしょう。ご一緒します。聞いてみてください」

「そういうことでしたら」

半次はいった。

「明日の明け六つ（午前六時）に、本船町《ほんふねちょう》側の江戸橋の橋詰で待っております」

なかには月明かりをたよりに、まだ暗いうちに魚河岸に着く押送り船もある。

「こう申しちゃあなんですが、二十両などというのはわたしどもにとってはどうでもいい金です」

聞くところによると、播磨屋は年に何万両という商いをしているという。儲けも何千両という単位になるのだろう。

「もとはといえば、日参《にっさん》されてたのまれるから、それではと腰をあげて手助けをしてあげた。なのに、酒の四斗樽を代用したなどとあっちこっちに触れ歩かれる。信用にかかわります。それで、ええ、訴訟したのです。いかようにもご協力します。とことんお調べください」

「ご面倒でしょうが、伊豆からの十五艘の船の船頭さんみんなに当たらせてください」

「段取りをつけましょう」

容易ではないが、すべてに当たらなければ横溝金四郎がうるさい。船頭が新品の樽を酒の四斗樽とすり替えたということだってなきにしもあらずだからだ。

「それではこれから樽平にまいります。南新堀でしたね」

「そうです」

「ご免ください」

「お気をつけて」

四斗樽は重い。上方からはこばれてくる酒の四斗樽はすべて日本橋川の河口になっているいわゆる新堀・新川界隈《しんかわかいわい》におろされる。したがって一帯には小分けするための樽屋が少なくなく、樽平なる樽屋もそんな一つなのだろう。

樽平はおもに祝儀用《しゅうぎ》の柳樽《やなぎだる》など酒を小分けする樽をつくっているということで、生《なま》の板や朱塗《しゅぬ》りして漆《うるし》をかけた板を庭に所狭しと干していた。だが柳樽にしろ、酒を盛る樽に違いなく、酒の臭いがしても不思議はないから、酒の四斗樽の箍《たが》を外し、板を削って再使用しているかもしれない。それで、酒の四斗樽をのべつ仕入れていたとしたら、それを温泉の運漕用にまわすということは大いにありうる。新しく作るより、そのほうが手間もかからず、ずっと安上がりだからだ。

そうではありませんかと、ぶしつけに半次は聞いた。

「憚《はばか》りながら柳樽は祝儀用です。縁起物《えんぎもの》です。うちではすべて新品の板を使っております。もとより、播磨屋さんからの特注の四斗樽も新品の板を使いました」

親方の樽屋平兵衛はむっと顔をゆがめてそう強調したが、酒の四斗樽の箍だったに違いない、編んだ竹がほぐれたものが庭の片隅に転がっているのをちらと見かけた。怪しい。

「かりにですよ」

と半次はいった。

「酒の四斗樽を洗ったり鉋《かんな》をかけたりしたとして、それに温泉を入れると異臭を発するものなのでしょうか？」

「うちじゃ、そんなのを使っておりませんて」

「かりにの話です」

半次はそういって平兵衛を見据えた。平兵衛は視線を撥ね返すようにいう。

「うちはそんなのを使っておりません。聞かれても存じません」

どっちにしろ、温泉をはこんだ十五船の船頭に当たればはっきりする。

三

翌日の早朝、半次は江戸橋の本船町側の橋詰で、播磨屋の八右衛門を待った。

「お早うございます」

八右衛門は声をかけながら近づいてくる。半次は日本橋川に目をやっていった。

「今日も押し合いへし合いで、足の踏み場もありませんねえ」

船という船が川面《かわも》を埋めつくして、舷々相摩《げんげんあいま》している。

「こうやって送られてくる大量の魚がそっくりわたしらの胃袋に入るのですから、わたしらの胃袋もたいしたものです」

八右衛門はそういいながら河岸沿いを歩く。

「いた、いた」

魚を下ろしている押送り船に近づいて、八右衛門は声をかける。

「おっす」

「お早うございます」

声が返ってきて八右衛門はいう。

「荷揚げがすんだらうちに寄ってくれないか」

船が何艘も待機していることとて、荷揚げを終えるとそそくさと河岸を離れなければならない。立ち話というわけにはいかない。

「お寄りします」

そのあとも、八右衛門は河岸をうろうろしたが、その日見かけた、温泉を積んだ伊豆からの押送り船はわずか一艘だった。

「柴を積んでやってくる船のほうはおもに鉄砲洲《てっぽうず》のほうで荷揚げしております。そっちのほうの船頭衆にも、荷揚げがすんだらうちにやってくるようにいっておきます。半月ほどで用は片づきましょう」

「お世話をおかけします」

「おかけしているのはこっちです」

播磨屋で待っていると、さっきの船乗りが十人ばかりぞろぞろやってくる。八右衛門が経緯《いきさつ》を説明していう。

「というわけで、こちらの御用聞きの旦那がお尋ねなのだが、樽は十樽とも新品だったよなあ」

「杉の、木の香《か》も新しい新品でした」

半次はいった。

「新品のほうが物はいい。どなたかが使い古しの酒の四斗樽とすり替えたりしませんでしたか?」

「冗談じゃありません。江戸にくるたびに播磨屋さんのお世話になっている。播磨屋さんの顔に泥を塗るような、そんな真似などするわけがない」

信用してよさそうで半次は素直に謝った。

「過言《かごん》を申しました。勘弁してください」

八右衛門がいう。

「あと十四艘。船頭衆がやってきたら、うちに寄るようにと触れておき、やってきたらそのつど、親分に使いを走らせます」

「そうしてもらえれば助かります」

「日中はいつもどこにおられますか?」

「坂本町二丁目の引合茶屋高麗屋《こうらいや》を訪ねてください。居所を分かるようにしておきます。それで、八つ(午後二時)過ぎにはだいたいいつも新材木町の家に帰っております。与次郎店《よじろうだな》の角の二階家です。よろしくお願いします」

と頭をさげて半次は、いつもの毎日の仕事をこなしに引合茶屋高麗屋に向かった。

「半次さん」

高麗屋ではすみが待っていていう。

「岡田の旦那から使いがあって、仕事が終わったら南茅場町《みなみかやばちょう》の番屋に寄ってくれと」

「有り難う」

声を返して半次は二階に上がっていった。

定廻りや臨時廻りはだいたい午前中いっぱい、八丁堀の周辺八ヵ所にあった調べ番屋で調べに当たり、午後から持ち場を廻る。半次はいつものように引合を抜いてもらう交渉をすませると南茅場町の番屋に向かった。

「ご免ください」

声をかけて敷居をまたいだ。

「昨日の件だがなあ」

盗っ人の類《たぐい》だろう、土間にすわらせた男を相手にしていた岡田伝兵衛は振り向いていう。

「横溝さんに伺った。しばし考えて横溝さんがおっしゃるのに、町方が青山下野守様をはじめ七家様の御屋敷に出向いてあれこれ聞くのはよくないと」

大名や旗本の屋敷は治外法権《ちがいほうけん》になっていて、なんであれ、十手持ちにあれこれ穿鑿《せんさく》されるのを嫌がった。

「だから、聞きたいことがあるのなら箇条書きにして差しだせとのことだ。それを横溝さんのほうから七家様に送って回答してもらう。それでよいな」

「そういうことなら仕方がありません」

「箇条書きはすぐにできるか？」

「一日、考えさせてください」

「じゃあ、明日中に、家に届けておいてくれ」

「そうします」

家に向かいながら半次は考えている。

四斗樽に詰めた温泉がはこばれてきて、蓋を開け、湯船に温泉を満たしたお人がいるはずで、そのお人はすでに異臭を発しているのに気づかなかったのだろうか。気づいていれば、湯船に満たす前に捨てていて、お殿様が騒ぐようなことはなかった……。それとも湯を沸かしたら臭いが立ちはじめたということなのだろうか。

異臭は七家様ともに酒の腐ったような臭いだったのだろうか。それともほかの、たとえば漬物のような臭いもしたのだろうか。

温泉を詰めてはこんだ四斗樽はすぐに燃したということだが、燃す前に、樽に酒などの異臭が染みついていたことに気がつかなかったのだろうか。

聞いてもらいたいのはそんなところだろうか……と考えていて、はっと気づいた。半次はふたたび小網町に向かい、八右衛門にいった。

「四斗樽をはこんだ大八車の車力《しゃりき》にも当たってみようと思うのです。大八車はこちらからたのまれたのですか」

「元締《もとじめ》がおりましてねえ。元締にたのみました」

「元締に聞かなければ分かりませんか」

「控えはあります。ちょっと待ってください。紙に書きつけてきます」

八右衛門は車力の親方四人の名前と住所を書き付けてきて差しだす。

「どうぞ」

「有り難うございます」

半次は書き付けを懐にしまって、そのうちの一軒に足を向けようとして思いなおした。明日にしよう。それより、横溝金四郎をつうじて質《ただ》すことに抜かりはないかをよく検討したほうがいい。

それにつけても……。半次の頭はなにやらもやもやしている。

たしかに本公事かもしれない。だが、たかが贈った温泉が異臭を発した、酒の腐った臭いがしたという問題で揉《も》め、彼らにとってはわずかの二十両を払え払わないの争いだ。町方が大真面目に取り上げる問題だろうか。横溝金四郎は癖があるお人だからと気を遣って素直に指示に従って動きまわっているのだが、なにかおかしい。たとえ、老中の一番の古株青山下野守がかんかんだったにしろ、下野守が町方に苦情を持ち込んだわけではない。ふつうならこんな訴訟は、自分たちで話し合って片をつけろといって放ったらかしにする。

なにか裏があるのではないのか。七家様のうちの一家に南の御奉行筒井紀伊守が入っている。ということは北の御奉行榊原主計頭《さかきばらかずえのかみ》にも温泉は贈られてきているはずで、北の御奉行もからんでいるのではないか。からんでいるとしてどう?

考えても分からない。だがなにかがある。それを知らされずに動かされているようで、だとしたら面白くない。といって放り投げるわけにもいかない。岡田伝兵衛の顔を潰す。しかし……と半次はむしろそのことに頭をとられた。

四

およそ百年前、油屋の丁稚《でっち》小僧だった重吉《じゅうきち》なる小僧が人通りのない神田橋御門《かんだばしごもん》と呉服橋御門《ごふくばし》のほぼ中間、鎌倉河岸《かまくらがし》沿いに豊島屋《としまや》という葦簾《よしず》張りのありふれた居酒屋を開いた。そこへたまたま御堀浚《おほりざらい》普請、堀に埋まっている土砂を浚うという普請があった。

小僧は目端《めはし》が利《き》いた。豆腐を大きく長方形に切って串にさし、味噌《みそ》を塗って火にあぶった大田楽《おおでんがく》豆腐なるものを店先に並べた。

御堀浚普請はもとより力仕事で、人足《にんそく》は腹をすかせる。大田楽は羽根が生えて飛ぶように売れ、ついでに酒も売れて店は大繁昌《はんじょう》、いつしか小僧は葦簾張りの居酒屋を本普請にし、横へ広げて酒と煙草の小売店をもうけ、豊島屋重右衛門《じゅうえもん》と重々しく名乗りも変え、ついにはあちらこちらと地面も買いもとめ、何代か後のいまの豊島屋は江戸で屈指の大商人になっていた。

豊島屋が大商人になったのにはほかにも秘密があった。豊島屋は酒を四斗樽で仕入れて一合、二合と小売りしている。だから酒が安く売れるわけだが、酒の小売りもさることながら空き樽でもしっかり儲けていた。

新堀や新川の酒問屋で金廻りのよくないところは、赤字覚悟で豊島屋に何十樽と送る。豊島屋は一切返すことなく、それらを安く売り切る。夏は酒が腐ることがままあり、樽によっては保ちそうもないとなるとこれまた酒問屋は何樽も豊島屋に送り、それらをまた豊島屋が安く売り切る。

したがって豊島屋の店先には毎日、空き樽が山と積まれるのだが、それが一日に毎日二十にはなって、一樽、銀で一匁《もんめ》から一匁二、三分《ぶ》に売れた。銀一匁として二十樽で銀二十匁だから三日でおよそ一両。月に十両、年に百二十両。歴史はおよそ百年あるから、樽代だけで、これまでに儲けは一万二千両。この余禄で、豊島屋はますます太った。

半次もそんな話を耳にしていた。空き樽を誰が買うのかは知らない。これまで興味がなかった。だが、樽平のような樽屋も買って箍を外し、再使用しているかもしれない。箍の竹が転がっていたことから、そのことは十分に推測できる。だから、樽平が注文を受けて作った新品の百五十樽のうちの何樽かは、豊島屋で買ったのを代用して、それが異臭を発せさせたということは大いにありうる。樽平は、うちは生の板を使用しているといったが、このこともたしかめておいたほうがいい。午前中のいつもの仕事を終えると、半次は鎌倉河岸に向かった。

いる、いる。昼日中から、天秤棒《てんびんぼう》を担《かつ》いで魚や野菜を振って歩く棒手振《ぼてふ》り、薬売り、歯磨《はみが》き売り、虫売りなどの物売り、中間《ちゅうげん》、小者《こもの》、六尺手廻《ろくしやくてまわ》り、馬子《まご》、駕籠舁《かごか》き、車力、船頭、日雇い、定職にもつかずぶらぶらしているような者などが店をぎっしり埋めつくしていて、表にもあふれている。往来の邪魔になるからと町方はしばしば注意をするのだが、豊島屋はそのつど鼻薬を効かせる。いっこうに効き目がない。また、棒手振りが魚や野菜を積んだまま立ち寄るから、女房《かみ》さん連中がそれを買いもとめに集まって、店先は市場のようになっている。

「ご免なさいよ」

搔《か》き分け搔き分けして奥に入り、半次は名乗っていった。

「番頭さんか誰かに」

「なんでしょう？」

奥からでてきた男が番頭だと名乗って聞く。

「お伺いしたいことがあります」

店内は騒がしくて話ができない。

「奥へどうぞ」

番頭は半次を奥の庭に案内する。半次はいった。

「つかぬことを伺いますが、こちらは樽を売っておられますよね？」

「売っております。それがなにか？」

「どういう方々に売っておられるのですか？」

「さまざまですが、いちばんは裏長屋のみなさん。ご家庭用に買っていかれます」

飲料水用の水を水瓶《みずがめ》に溜める家もあるが、そういえば四斗樽を代用している家もある。

「酒の四斗樽だと水が酒臭くなりませんか？」

「毎年上方から新酒がはこばれてまいり、はこばれてきてすぐに開けられる樽なら酒臭くはなりません。だが、三、四ヵ月から半年以上の樽は酒臭くなり、そんな樽を買われる方はみなさん、二度、三度と水を浸して酒っ気を抜かれているようです」

酒臭くはなるのだ。

「四斗樽を樽屋さんや桶屋さんに売られるということは？」

「樽屋さんも桶屋さんも買っていかれます」

「ばらして、新しく樽や桶を作るための材料としてですね？」

「そうです」

「南新堀の樽平さんはお得意ですか？」

「何十年来の……。でも、なんでそんなことを、お聞きになるのですか？」

あの野郎、やっぱり嘘をついてやがった。

「一月《ひとつき》ほど前のことです。樽平さんは纏《まと》め買いをなさいませんでしたか？」

「おっしゃるとおり、毎日のように見えて、酒っ気のない新品同様のを選別され、百五十樽ほども買っていかれました」

ごそっと酒の四斗樽を代用したのだ。

「樽平さんは一樽いくらで買ったのです？」

「銀一匁二分です」

銀一匁二分はおよそ百二十文。播磨屋は樽平に一樽三百文で注文している。手間はかかっただろうが、鞘《さや》は百八十文。儲けは……頭の中で十露盤を弾いた。四両ちょいと。

「それがなにか事件にかかわっているのですか」

番頭は興味津々《きょうみしんしん》に聞く。

「どういうことかは申せないのですが、事件というのではありません。ですから」

口止めしても無駄かとは思ったが、いちおういっておいた。

「このことは樽平さんに内緒にしておいてください」

「おっしゃるとおりに」

「では」

温泉を積んだ伊豆からの船は十五艘。いまのところ当たったのは六艘。いずれも新品だったといったが、ごしごし洗うか、箍を外して鉋をかけるかして新品に見せかけたに違いない。鉋をかければたしかに木の香はする。

どっちにしろ、新品同様ではなかったとか、洗いそこなったとか、鉋をかけそこなったとかしたのが異臭を発せさせたのだ。ということだと、点検したという播磨屋にも落ち度はある。説得して訴訟を取り下げさせれば一件落着。なにやらおかしげな事件だったから一件が落着しても気分はすっきりしないのだが、わずらわしさからは解放される。いくらか足取りも軽くなって、半次は家路についた。

五

「ただいま」

と平六が帰ってきていう。

「大八車の車力の親方四人に当たり、その日、温泉をはこんだ車力三十人全員に当たりました」

こちらは平六に任せたのだが、三十人というと、梶棒《かじぼう》を引く者と後から押す者、一台につき二人がついたのだろう。

「なにか分かったか?」

「そういえば異臭がしたと十二人の方が……。とりわけ、御老中の青山下野守様と水野出羽守様、御用御側の水野美濃守様の御屋敷にはこんだ車力六人が口をそろえてとても臭ったと」

「念のためにそいつら六人の親方の名を聞いておこう」

「親方はいずれもおなじ。五郎兵衛町《ごろうべえちょう》の大五郎《だいごろう》というお人です」

「親方はおなじ？」

「そうです。それがなにか？」

「いや、なんでもない」

青山下野守と水野出羽守と水野美濃守のがとくに臭ったというのは故意《こい》ではないのか？　車力がわざと温泉に腐った酒かなんかをぶっこんだのではないのか。そういえば、豊島屋の前には大八車も何台か止めてあって、車力らしい連中も昼日中から酒を食らっていた。

「ちょっとでかける。弥太郎には遅くなるから、用があったら明日の朝いちに訪ねてくれといってくれ。おめえたちは先に飯をすませてくれていい」

半次は裏付《うらつけ》をつっかけて鎌倉河岸に向かい、豊島屋の番頭を捕まえていった。

「さきほどのつづきですがねえ。夏に酒が腐るということはままありますよねえ」

「あります」

この時代は防腐剤などというものがなかった。

「そんなときはどうなさるのですか？」

「もちろん捨てます。そんなのをだすわけにはいきません」

「最近、その腐ったのを買いにきたやつはいませんか？」

「います。どうしてご存じなのです？」

「車力でしょう」

「そうです」

「誰と名をご存じですか？」

「知りませんが顔は知ってます。うちによく立ち寄って引っかけていきます」

「いくらでお売りになったのです」

「樽代をいただいただけです。煮酒《にざけ》にするとかいってましたがね。あんなの、煮酒にもなりませんよ」

「有り難うございました」

「また、なんなんです？」

「申しあげかねるのですが、事件というのではありません。当の車力にも内緒にしておいてください」

「なにかありそうに思えるのですがねえ」

と番頭は迫ったが、

「ご免ください」

と豊島屋を後にし、その足で松川町に向かった。畳屋備前屋茂左衛門は家にいた。半次は名乗り、訴訟の件ですといって、つかぬことを伺いますがと切りだした。

「今年から御城の畳の表替えを請け負うことになられたということですが、どうやって食い込まれたのです」

「それは……うーん」

茂左衛門は口ごもる。

「これまで請け負われた方々がいて、割り込まれたのでしょう」

「そうです」

「どなたかにいくらか袖の下を使われてのことですね」

「あるお方にお願いはしましたが、袖の下は使っておりません。正直に申しますと、使おうとしたのですがことわられました」

「結果として、入れ札にくわわることができたのですね」

「おっしゃるとおりです」

「それまではどうだったのですか?」

「有力な畳職人五人が仕切っておられまして、入れ札には五人しか参加できないということになっておりました」

「そこへ割り込まれた?」

「そうです」

「千両で落とされたということですが、かなりの割安で落とされたのですね?」

「はい」

「御城の畳の表替え代は年に七千両くらいと伺っております。なぜ、そっくり落とされなかったのです?」

「御城の畳の表替え作業は六分割してあって、六分割ごとにみなさん落として、毎年合計でおよそ七千両になっていたのですが、わたしが入れ札に参加すると決まってみなさん戦々兢々《せんせんきょうきょう》、例年よりずいぶんと落札値を下げられたものですから、一ヵ所、千両分しか落とすことができなかったのです」

「すると、御城の今年の畳の落札値は例年よりずっと低くなった？」

「六千両を軽く切ったと聞いております」

「七千両との差額の千両余は、例年なら有力畳職人五人の懐に入っていたわけですから、彼らは儲けそこなって、あなたをずいぶんと恨んでいる？」

「そう聞いております」

「畳関係を牛耳っておられたお偉方は、老中の青山下野守様と水野出羽守様、それに御用御側水野美濃守様のお三方ですね？」

「青山下野守様と水野美濃守様のお二方です。水野出羽守様はかかわっておられません」

うん？　ちょいと推測が外れたようだが、

「お三方の御屋敷にはこんだ温泉がとりわけ異臭を発した。偶然にしてはおかしい。そう思われませんか」

「わたしもそう思っておりますが、うかつなことは申せず、これまで黙《もく》しておりました」

「青山下野守様と水野出羽守様と水野美濃守様の御屋敷に温泉を詰めた四斗樽をはこんだのは五郎兵衛町の大五郎という車力屋ですが、大五郎は有力畳職人五人のどなたかと昵懇《じっこん》にしておりませんか？」

「畳町《たたみちょう》の畳屋相模屋《さがみや》栄左衛門《えいざえもん》さんと昵懇にしております。栄左衛門さんのところの仕事を一手に引き受けております」

「真相はほぼ分かりました。最後にいま一度、お尋ねします。あなたが願われた御老中のお名を聞かせてください」

茂左衛門はか細い声でいった。

「水野出羽守様」

それで疑問は氷解した。

「くどいようですが、本当に袖の下を使われなかったのですね」

「突き返されました」

「たぶん近々一件は落着になると思いますが、温泉の件についてはこれ以上騒ぎ立てられないほうが、あなたにとってもおよろしいと思います」

「あなたがおっしゃろうとしていることはなんとなく分かります。おっしゃるとおりにします」

六

「遅くなってすまぬ」

と岡田伝兵衛は部屋に入ってくる。朝、屋敷に出向いて、だいたいの筋書きは分かりました、あと、どうするかのご指示を仰ごうと思ってまいりましたといったら、夕刻、日本橋川沿いの船《ふな》宿《やど》西村で待っていろといわれ、かれこれ四半刻《しはんとき》（三十分）も待たされていた。

「なんだか、ずいぶん冷えるようになりましたねえ」

「この前まで、暑い暑いといっていたのに、秋も深くなってしまった」

岡田伝兵衛は上座にすわってうながす。

「話というのは？」

「播磨屋は備前屋の注文どおりに、新品の樽百五十樽を南新堀の樽平という樽屋に注文しました。樽平はへいへいと返事をしておいて、百五十樽をそっくり鎌倉河岸の豊島屋から買い入れ、洗ったり鉋をかけたりして新品に見せかけ、播磨屋の点検の目をごまかして伊豆からの船頭衆に引き渡しました。百五十樽は新品同様のをとかなり選別したようなのですが、何ヵ月も酒を抱かされていたのもあったようで、樽に酒の臭いが染みついて、温泉が酒臭くなったということのようです。樽平を問い詰めて白状させ、その旨、播磨屋に告げると、それはもうびっくりして、すぐさま訴訟を取り下げますと。ですが、それはちょっと待ったほうがおよろしいといっておきました」

「なぜだ？」

「今度の一件はいろいろ腑《ふ》に落ちないことがあるからです」

「というと？」

「温泉が異臭を発したのが原因の、備前屋と播磨屋にとってはたかが二十両の代を支払えの支払わないのの訴訟を横溝さんが大真面目に受け付け、旦那をつうじてわたしにおろした。ふつうなら、備前屋と播磨屋に向かって、お前たちどうしで勝手に話をつけろといってすませることですからねえ」

「おれもその点はたしかに不思議に思っておった」

「以下はわたしの考えた筋書きです」

「聞こう」

「公儀《こうぎ》は何事も先例先例で、先例に従っており、おっしゃった迷惑な時献上にしても、いかに迷惑であろうと先例どおりにおこなわれております」

「そのとおり」

「御城の畳の表替えもそうで、これまで何十年と有力畳職人五人が六分割した御城の畳の表替えを、入れ札をして請け負っておったそうですが、何十年となるとなあなあになります」

談合ということになる。

「ですから、毎年決まって、合計およそ七千両で落札していたところへ、あらたに、畳屋備前屋茂左衛門が御老中水野出羽守様にお願いして割り込ませてもらうことになった」

「賄賂《わいろ》を使ってか？」

「一文も使っていないそうです。出羽守様は賄賂を取り込むことで有名ですが、遣《や》り手の政治家だとも聞いております。おそらくふつうに入札させれば六千両は切る、経費を千両以上も節減できるとかねて考えておられて、備前屋茂左衛門を入れ札に参加させたのでしょう」

「うむ。なるほど」

「思惑どおりに千両以上を節減できた。有力畳職人五人にとっては面白くない。毎年、手にしていた千両余の余禄をそっくり失うことになってしまったのですからね。有力畳職人五人が後ろ盾にしていたのは青山下野守様と水野美濃守様で、彼らはおそらくお二人に、毎年相応の賄賂を遣っていたと思うのですが、元に戻してもらえませんかと働きかけたものと思われます。ですが、老中としての力は水野出羽守様のほうがおありになる。首を振られてどうにもならなかった。そんなところへ、有力畳職人五人にすればです、生意気にも茂左衛門が十五家様に温泉を進献するという話が耳に入った。十五家様への温泉の進献は賄賂とはいいかねます。そのうえ思いつきとしてはなかなかで、有力畳職人五人はいまさらながらいまいましい思いだったのでしょう、邪魔をできぬものかと鳩首《きゅうしゅ》した。酒樽に水を溜めると酒の臭気がすることがよくあるそうです」

「らしいなあ」

「そこで、そう見せかけることにして、豊島屋で腐った酒をゆずってもらい、自分たちの味方の青山下野守様と水野美濃守様、敵の水野出羽守様の三屋敷への樽に注いだ。この前の横溝さんをつうじての回答ですが、ほとんどの御屋敷が、横着《おうちゃく》してでしょう、温泉を詰めた樽をはこんできた車力に、ついでに湯船に満たしておけと命ぜられたそうで、そのため、お殿様方は裸になって風呂場に入るまで異臭を発していることに気づかず、ことに青山下野守様はかんかんに怒られた」

半次は酒ではなく、茶で喉を湿らせてつづけた。

「そのあと青山様は、かねて有力畳職人五人の肩を持っていたこともあり、また彼らから長年賄賂を受け取っていた手前もあって、御用部屋で茂左衛門のことを、得意顔して温泉を贈ってまいったのはよろしいが、不束《ふつつか》にも程がある、入れ札から外させたらどうかというようなことをいわれた」

「それも推測だな」

「そうです。茂左衛門を入れ札に参加させたのは出羽守様で、異臭の件に関してはたまたまだと思っていたのですが、青山様の進言にひょっとしたら裏があるかもしれないと思われ、わが北の御奉行を呼ばれて調べるように命ぜられ、御奉行はおなじく横溝さんを呼んで、しかじかだ、調べろと命ぜられた。あるいはです、横溝さんは、備前屋と播磨屋の両人を呼んで、わざと訴訟を起こさせたのかもしれません。どっちも二十両ぽっちの金で騒ぎ立てるほど金に困ってはおりません。そして、旦那のところへ話をおろされ、有難迷惑なのですが、わたしが走り使いさせられることになった」

「要は畳の表替え入札《にゅうさつ》をめぐっての、有力畳職人五人の既得権を守ってやろうとする青山下野守様と、そうはさせじとする水野出羽守様の争いということなのだな？」

「そうです。ですからこのうえ、車力屋大五郎を叩いて畳屋相模屋栄左衛門との関係をあばき、筋書きをあからさまにすると、青山様と出羽守様との争いはのっぴきならないものになって、青山様が大怪我をなさる。それはおそらく出羽守様も望むところではないでしょう。同僚や配下の不埒《ふらち》を知ってもあげつらうことなく、むしろ黙っていることによって睨みを利かせるお人のように洩れ聞いておりますから、出羽守様というお人は」

「それで？」

「横溝さんに、これ以上は追及しないほうがいいのではありませんかと聞いていただきたいのです。わたしの推測が見当ちがいで、つづけろ、車力屋大五郎を叩いて畳屋相模屋栄左衛門との関係をあばいて筋書きをあからさまにせよといわれるのであれば、もちろんさよう取り計らいます」

「よく、分かった。明日の朝いちに横溝さんを役所に訪ねて伺ってみる。明日の夕刻、そうだな、やはりここがいいだろう、ここへ」

「承知しました」

「こんばんは」

半次は西村の敷居をまたいだ。

「お待ちになっておられます」

女将がそういって昨日とおなじ部屋に案内する。岡田伝兵衛は手酌で飲《や》りながら女将にいう。

「昨日とおなじように二人きりに」

「承知しました」

用意されている膳の前に半次はすわった。

「朝、定刻の五つ（午前八時）に役所に顔をだし、横溝さんに伺った。しばし待てといわれて、それからなんと午後の八つ半（三時）まで待たされた。おそらく御奉行に伺い、御奉行は登城されて出羽守様に伺われたのだろう。横溝さんは、半次の申すとおりにしてよい、播磨屋もやってきて訴訟を取り下げるといっておったと」

だいたい予想した筋書きどおりだったのだろう。

「そのあと、横溝さんはささやくようにこういわれた。御奉行の仰せに、行き届いたことであったと。それでまた、御奉行から武蔵屋《むさしや》の二人前の料理切手をいただいた」

御奉行は向島の高級料理屋武蔵屋を贔屓《ひいき》にしていて、過去にも一度頂戴して、岡田伝兵衛と一緒にでかけていってご馳走になったことがあるが、遠いし、美味《うま》いからといってわざわざでかけていくほどのことはないと意見は合った。半次は首をひねった。

「武蔵屋ねえ」

「おぬしはきっとそういうだろうと思って、献残屋《けんざんや》で換金してきた」

献残物を買い取って、必要とする者にそれを転売する店を献残屋といったが、献残屋では料理切手や鰻《うなぎ》切手、酒の樽切手なども買い取った。

「二両はするんだろうなあ。南鐐を八枚も寄越しおった」

一両だ。

「それ」

岡田伝兵衛は目の前におく。

「半分ことということでいかがでしょう？」

「遠慮せずにとっておけ。それだけの働きをお前はしたし、お前がそれなりの所帯を張って物入りなのも承知だ」

「それじゃあ、有り難くいただいておきます」

頃合いに切りあげて、江戸橋経由で家に向かった。

丹後《たんご》田《た》辺牧野山城守《なべまきのやましろのかみ》の屋敷脇の通りにさしかかった。蟋蟀《こおろぎ》小《こ》三郎《さぶろう》が安針町《あんじんちょう》の居酒屋花村で討ち果たした病犬《やまいぬ》の虎こと朝倉虎之介《あさくらとらのすけ》らは牧野家の家来で、そういえば、久しく小三郎が訪ねてこないことに気づいた。

これ幸いといえばいえるのだが、小三郎の身に異変でも生じているのだろうか。小三郎の思い者ちよは瀬戸物町に住んでいる。少しばかり遠廻りするだけで立ち寄れる。立ち寄って消息を聞いてみるか。いやいや、触らぬ神に祟りなし。便りのないのはよい便り。訪ねてこないのをよしとしておくのが賢明だ。半次は歩を速めた。

第八話　ちよ女の仇

一

「ご免ください」

女の客だ。この時刻、志摩《しま》は常磐津《ときわず》の女師匠文字若《もじわか》の家でお稽古をしたり仲間の世話を焼いたりしており、お美代《みよ》は手習塾《てならいじゆく》からの帰り、志摩がいる文字若の家に直行する。およねは買物。ひょんなことから預かることになった恒次郎《こうじろう》は二階にいて素読《そどく》をやっているが、客の応対にはでるなといってある。

「あいよ」

半次《はんじ》は声を返して障子戸《しょうじど》を開けた。

「これは」

「お久しぶりでございます」

頭を下げたのはちよだ。三つばかりの女の子の手を引いている。半次は苦笑していった。

「また、どうなさったのです？」

「国見《くにみ》が……」

「こんなところではなんです。お上がりください。お嬢ちゃんもどうぞ」

「失礼します」

女の子の手を引いてちよは半次の後につづく。長火鉢に茶釜がかかっている。半次は茶を淹《い》れながら聞いた。

「蟋蟀《こおろぎ》さんがどうかされたのですか？」

「十日ばかりも行方が知れないのです」

あの疫病神《やくびょうがみ》、ここへもしばらく姿を見せていない。

「瀬戸物町《せとものちょう》のお家に見えられないのですね？」

「そうなのです」

ちよは瀬戸物町の裏長屋に住んでいる。

「毎日一度は必ず顔をだしていたのにです。心配になって昨日、宇田川町《うだがわちょう》の御屋敷を訪ねて御門番の方に伺うと、ここ十日ばかり帰ってこられず、ご重役方も、一体勤番《きんばん》をなんと心得ておるとたいそうご立腹なのだそうです」

蟋蟀小三郎《こさぶろう》こと国見小三郎は越前丸岡《えちぜんまるおか》五万石有馬《ありま》左《さ》衛門佐《えもんのすけ》家の家来で、宇田川町にある上屋敷の長屋に住まっており、表向きは外泊など許されないことになっている。ちよは眉を寄せて聞く。

「国見の身になにかあったのでしょうか？」

危ない橋を渡っているのはしょっちゅうだから、小三郎の身に異変が起きていても不思議はない。あるいは……、この前、小三郎はどさくさ紛れにこういった。

「対馬宗家《つしまそうけ》家中の者に酒も飲ませなければならぬしのオ」

恒次郎の身許《みもと》を確かめようとしてのことだろうが、宗家家中の騒動に深入りしているのだろうか。

「蟋蟀さんにかぎってなにかがあるとは思えません。そのうち、ひょっこり帰ってこられます」

本当は帰ってこず、このまま消えてもらえると有り難い。

「そうでしょうか」

もっとも、ちっとやそっとでくたばるやつではない。

「それより」

かねて気になっていたことがある。

「おちよさんとおっしゃいましたよねえ？」

「千代に八千代にの千代です」

「蟋蟀さんこと国見さんは越前丸岡表に奥方やお子がおられます。ご存じですか？」

「存じております。国見からそう聞いております」

「なのにどうして国見さんの世話になる気になられたのです」

ちよはきっと身構えていう。

「なにゆえ、そのようなことをお尋ねになるのですか？」

小三郎に、おちよさんはわけありのお人のようですが、どんな素性のお人なのです？　と聞いたことがある。稼業が稼業とはいえ、お前は本当に穿鑿《せんさく》好きにできているなあと小三郎はいい、要は知らぬといった。ちよも自分の素性については語ったことがないというから、破鍋《われなべ》に綴蓋《とじぶた》で、二人とも頭に釘でも刺さっているのかもしれないと思ったことがあるが、身構えて、どうしてそんなことを尋ねるのかと逆に聞くちよの顔はけわしい。

「なにゆえって、お子も三人おられるし、御武家のお育ちのようでもあるし、またわたしはお二人の仲人《ちゅうにん》でもある。気にはなります」

「申しましょう。わたしは仇持《かたきも》ちです」

「ご亭主が殺されなすった？」

「そうです。曾我《そが》兄弟、ご存じですねえ」

「それはもう、よおく」

「曾我十郎・五郎の兄弟は父河津《かわづ》三郎祐通《さぶろうすけみち》の仇工藤一臈祐経《くどういちろうすけつね》を富士の裾野《すその》巻狩の野営地に襲って殺害、仇を討って念願を果たします」

鎌倉時代末期から南北朝時代にかけて早くも『曾我物語』という軍記物語風の伝記物語ができあがり、江戸時代には歌舞伎、浄瑠璃《じょうるり》、各種草子《そうし》の題材にされた。この時代の人で曾我兄弟の仇討ちを知らぬ人は一人もいなかった。

「父河津三郎祐通が殺されたとき、十郎・五郎はまだ幼い子供で、お母上は相模国《さがみのくに》曾我荘《そがのしょう》の曾我祐信《すけのぶ》に再嫁して二人を育てます。ですから二人は河津姓ではなく曾我姓を名乗っているのですが、女一人で幼い子を育てるのは容易ではありません。わたしも十郎・五郎のお母上のように、国見は半次親分もおっしゃったように数々の武勇伝をお持ちのごりっぱな御武家でもあり、子供たちが見事仇を討てる日がくるまで、はい、お世話になることにしたのです。おかしいですか？」

　曾我兄弟の仇討ちになぞらえるのはいささか芝居がかりだが、幼い子供を三人も抱える仇持ちの身としては止むを得ないことなのかもしれない。

「仇を討ったら帰参《きさん》がかなうのですか？」

　ちよはどう答えたものか迷っているふうである。

「いずれの御家中なのです？」

「御家中というのではありません」

　ということは侍の女房というのではないのか？

「仇討ちのこと、蟋蟀さんに打ち明けておられるのですか？」

「そのことです。国見は根がおっとりしているものですから、わたしの素性や境遇にまるで関心がなかったようです」

　おっとりしているからではない。馬鹿だからだ。

「ですがあるとき、国見にはちょっぴり九州訛《なま》りがあるものですから、越前丸岡のお方なのにどうしてですかとお尋ねしたことがあります。国見のいうのに、有馬家の本貫《ほんがん》の地は九州肥前《ひぜん》。だから家中に九州訛りが残っているのだと」

　肥前島原半島の南端、有馬という地に興った有馬家は戦国時代は肥前日之江《ひのえ》で四万石を領し、慶長十九年に一万三千石を加増されて日向延岡《ひゅうがのべおか》に移され、その後五万石となって越後《えちご》糸魚《いとい》川《がわ》、さらに越前丸岡と移ったものだから、家中に九州訛りが残った。半次も小三郎の素性が知れないとき、西国の浪人者ではないかと疑ったことがある。

「すると、国見のいわく。ちよ殿には訛りがない。お父上は江戸詰めでござったかと。聞かれれば素性や境遇を申すつもりでおり、この際です、申します、わたしは仇持ちですと申しました。へえー、そいつは驚きだ、して相手は？　と国見にしては珍しく関心をしめすものですから、しかじかですと」

「いつのことです？」

「一月《ひとつき》も前でしたでしょうか」

「蟋蟀さんがお宅を訪ねなくなり、宇田川町の御屋敷にも帰らなくなったのはそのこととかかわりがあるのですか？」

「あるようにも思えますし、ないようにも思えます。よく分かりません」

「ないとはいえないわけですね？」

「ええ」

仇を探して、追って、返り討ちに遭《あ》った？

小三郎は刀を振りまわして後れをとることはない。しかし、ぐでんぐでんに酔っ払うなど隙を見せれば、いかな小三郎でもあっさり息の根を止められる。さっきは、本当は帰ってこず、このまま消えてもらえると有り難いと思ったが、そういうことだと気にはなる。

「あなたが蟋蟀さんに聞かせてあげた一部始終、わたしにも聞かせていただけませんか」

「仇を持つことになった次第についてですか？」

「そうです」

「なにゆえ？」

「蟋蟀さんが行方知れずになっていることと関係しているかもしれないからです」

「子供にもまだ聞かせておりませんし、うーん」

とちよはためらっていたが、

「わたしの夫は……」

と切りだした。

ちよの夫、関根《せきね》弥《や》一兵衛《いちべえ》は〝西丸山里御庭《にしのまるやまざとおにわ》の者〟という御役に就《つ》いていた。山里というのは茶会用の庭のようである。いつのころから城に付属してもうけられるようになったのかは定かでないが、秀吉が大坂城を造営するにあたっても、城の背後に、山里なる庭をもうけている。家康もそれに倣ったのか、西丸の背後に山里をもうけた。その御庭の者というのは、庭の管理にあずかる小役人のことで、庭は広く、同僚は十人たらずだったから、それなりに仕事は忙しかった。

幕府には、たとえ小禄でも子から孫、孫からひ孫へと俸禄《ほうろく》を相続していくことができる〝譜代《ふだい》の者〟と、一代かぎりの、俸禄は死んだらそれきりの〝御抱え者〟という二系統の家来がいた。半次が手札をいただいている岡田伝兵衛《おかだでんべえ》など町奉行所の同心も後者のお抱え者だったが、山里御庭の者もお抱え者だった。もっとも、父の後釜に居座りたいと願えば、上役や同僚がそれなりに便宜をはかってくれた。また〝お抱え者である身分そのもの〟（株ともいった）を売ることもできた。

関根弥一兵衛も父の後釜にすわった、幕臣とはいえはなはだ軽い、やっとこ腰に二本を差しているにすぎないお抱え者だった。いや、だから、仇を討ったら帰参がかなうのですか？　と聞くと、帰参などかなうものではないから、ちよはどう答えたものか迷い、いずれの御家中なのです？　とさらに聞くと、御家中というのではありませんといった。そんな関根弥一兵衛がひょんなことからいじめに遭った。

御城に御庭はそこかしこにあって庭師がしょっちゅう出入りしていた。山里の御庭にも出入りしており、慣習として年に二回、盆暮に、賄賂というほどのものではないが、金額にしてちょうど一両を付け届けしていた。それを御庭の者は年に二回の宴会費用に充《あ》てた。宴会は彼らのささやかな楽しみの一つだった。

その年の暮れ、庭師の親方はいつものように一両の付け届けを持参した。組頭《くみがしら》が受け取り、番小屋の隅に棚をつくってしつらえてある小さな神棚に載せた。番小屋に出入りするのは御庭の者だけ。過去何十年とそうしていて事故はなかった。その日の仕事も終わり、さて、では町にでて、恒例の宴会をと組頭は神棚に手を伸ばした。あるはずの小判がない。

「誰か、しまったのか？」

組頭は聞いた。

「いいえ」

みんな首を振る。番小屋には御庭の者が入れ替わり立ち替わり出入りしている。疑わしいといえばみんな疑わしいが、誰の仕業と分からず、みんなが楽しみにしていた暮れの宴会は自腹ということになった。

ちよにいわせると、それは本当に偶然だったのだが、弥一兵衛は百文、二百文で買える影富《かげとみ》をときおり買っていて、暮れも押し詰まって、二分（〇・五両）が当たった。あら、嬉しや。正月を前に福が舞い込んできたというわけだ。

山里御庭の者はだいたいが貧乏しており、関根弥一兵衛は親の代からの借金を抱えていてとりわけ貧乏していた。ちよの仕立ての内職くらいではとても追いつかず、質屋の暖簾《のれん》をくぐるのはしょっちゅうで、ちよはすぐさま質屋に出向いて着物や帯を請け戻した。およう、ちよが手を引いてきた三つになる娘はそのとき赤ん坊で、長男の長太郎は三つ、次男の大三郎は二つだったのだが、つづけてちよは古着屋の町、富沢町《とみざわちょう》へでかけて子供たちにも古着ながらも晴れ着を買いととのえた。

山里御庭の者の多くは牛込《うしごめ》御門外矢来下《やらいした》組屋敷の長屋に軒を並べて住んでいて、弥一兵衛の家がとりわけ貧乏なのを同僚は知っていた。ちよが質草を請け戻したり、子供に晴れ着を買いととのえているのを、どういうことなのだ？　と注視した。弥一兵衛にそれとなく聞いた。隠すことでもない。弥一兵衛は頬をほころばせて、影富に当たってねえといった。だが誰も信用せず、さては、神棚の一両をくすねたのは弥一兵衛……、と疑いをかけた。

それからというもの、連中は寄ると触るとひそひそやる。弥一兵衛は、自分に疑いの目が向けられていることにいやでも気づく。さりとて、指を差されて、やったといわれているわけではない。やっていないとむきになって弁明するのもおかしい。すれば、やっているからしなくてもいい弁明をするのだと、いよいよやったことにされる。弥一兵衛には毎日が針の筵《むしろ》になった。家でもぐちったり、こぼしたりするものだから、ちよもまたそのことを知った。

同僚に早川市太郎《はやかわいちたろう》という陰険な、癖の悪い男がいた。市太郎は弥一兵衛に聞こえよがしにこんなことをいうようになった。

「貧すりゃ鈍する。二度、三度がある。大事な物はちゃんと懐にしまっておけよ」

「頭の黒い鼠だけは防ぎようがない。日ごろから気をつけておくこった」

そのことも弥一兵衛はちよにこぼした。ちよは歯軋《はぎし》りしていった。

「黙ってないで、言い返してやりなさい。おれはやってない、おなじような言動をくりかえすとただではおかぬと」

「分かった。明日、帰りにでも、摑まえて話してみる」

翌日、弥一兵衛の帰りは遅く、ちよはうとうとしながら待ったが、とうとう帰ってこずに夜が明けた。ちよは組頭の家を訪ねて、しかじかですといった。仕事を休むわけにはいかないし、組頭もまた弥一兵衛に白い目を向けており、無視するかのようにいそいそと出勤した。やがて組頭が引き返してきていう。

「弥一兵衛は土左衛門《どざえもん》になって立慶橋《りゅうけいばし》の橋杭《はしぐい》にひっかかっていたそうだ。いまは引き上げて筵に寝かせてある」

神田川が御堀にそそぐ手前にある立慶橋は御城への道筋で、通りがかりに〝土左衛門だ〟という声を聞き、まさかと思って野次馬を搔《か》き分けるとはたして弥一兵衛だった。組頭はそういい、ちよはすぐさま駆けつけた。

こういうときは検死を待たねばならない。やがて検死の役人がやってきて、身体をあらためる。外傷はない。洗濯板のような物で腹を押す。土左衛門に見せかけるため、息をふさいだ後、海中もしくは水中に投げ入れたりした場合、水を吐かない。弥一兵衛はたっぷり水を吐いた。この時代、水練《すいれん》の心得のある者は少ない。弥一兵衛も金鎚《かなづち》で、酔っ払って足を踏み外し、溺れ死んだのだろうということに落ち着いた。

弥一兵衛は酔っ払うことはあるが、足を踏み外すほどに酩酊《めいてい》したことはない。ありえないことで、かりに溺れ死んだのだとしても神田川に突き落とされたに違いない。突き落としたのは……、その晩、話し合うことになっていた早川市太郎。そうとしか考えられない。ちよは、葬儀をすませると組頭を家に訪ね、早川市太郎をお取り調べくださいといった。市太郎がそんな馬鹿な真似をするわけがない。組内《くみうち》をひっかきまわすようなことをいわないでもらいたい。組頭はえらい見幕でそういう。

町人ならこんなとき、恐れながらと御番所《ごばんしょ》（町奉行所）に訴えることができた。お抱え者はそれでも幕臣。幕臣は上役や支配に訴えるしか手はない。上役の組頭は相手にしてくれない。ちよは組頭を飛び越し、支配を屋敷に訪ねて、お取り調べいただきたいと訴えた。結果はおなじ。泣き寝入りさせられたのが、それだけではすまなかった。

長男長太郎はわずか三つ。弥一兵衛の跡を継ぐことができない。弥一兵衛は一代かぎりのお抱え者。となると組屋敷の長屋をでなければならない。小判を盗んだ不届き者の一家という汚名を背に、ちよと三人の子は矢来下の組屋敷を追いだされ、瀬戸物町の、吹きだまりに宿（裏長屋）を見つけた。ちよは昼は仕立て屋でのお針の仕事、夜は居酒屋でのお酌の仕事と、子供を育てるために懸命に働いた。そうこうしているうちに、安針町《あんじんちょう》の一杯飲屋花村の仲居は、お酌の仕事よりわずかながらも給金がいい、どうかなとすすめられて、夜の職場を花村へと変えて、やがて小三郎の目に留まった。

「ということですと」

半次は聞いた。

「蟋蟀さんは矢来下の組屋敷に早川市太郎を訪ね、揉《も》めて、返り討ちに遭ったということは考えられませんが、なにかがあったのかもしれませんねえ」

「わたしもそう考えないでもなく、組屋敷に市太郎を訪ねてみようかと思ったのですが、夫弥一兵衛は返り討ちに遭っておりますし、恐ろしくて」

「では、蟋蟀さんが市太郎を訪ねたかどうかだけでも確かめておきましょう」

あんな男でも、ちよにとってはいてくれたほうがいいに決まっている。

「お世話をおかけします。よろしくお願いします」

頭をさげてちよは帰っていった。

二

矢来下は牛込御門外から神楽坂《かぐらざか》を登っていった先。新材木町《しんざいもくちょう》からは遠い。二度手間はご免だ。仕事から帰っているはずの夕飯どきをえらんだ。早川市太郎の家は二棟ある四軒長屋の北側の井戸端寄り。ちよからそう聞いていて、半次は、

「こんばんは」

と声をかけて障子戸を叩いた。

「どなたかな?」

とでてきたのは五分《ごぶ》月代《さかやき》の髭《ひげ》も剃《そ》っていない、むさ苦しい顔をした男だ。病をわずらって、家で養生しているのだろうか。念のため、半次は聞いた。

「早川市太郎様でございますね?」

男は首を振っていう。

「あいにくだ」

半次は首をひねっていった。

「ここは早川様のお家でございましょう」

「そうだ」

「早川様は?」

「留守だ」

「いつお戻りですか?」

「知らぬ」

「知らぬって、あなたは早川様のお身内かなんかなのでしょう?」

「おぬしはなんだ、掛け取りか? それとも借金取り?」

「そんなふうに見えますか?」

「物腰が堅気《かたぎ》ではなさそうだから、博奕《ばくち》の貸し借りの始末にでもまいったか。借りたのを返しにというのなら預かっておくぞ」

早川市太郎はかなり乱れた暮らしをしているようだ。

「あいにくそんな用ではありません。いま一度、お尋ねします。早川様はいつお戻りですか?」

「だから、知らぬといったろう」

「早川様はこの家《や》の主人《あるじ》でございましょう?」

「そのとおり」

「あなた様は?」

「大きな声ではいえぬが居候《いそうろう》だ」

「もう何日もいらっしゃる?」

「一月余になる」

「だったらいつお戻りかご存じのはず」

「くどいぞ。知らぬといったら知らぬのだ」

「解《げ》せませぬ」

「じゃあ、いおう。早川殿は病と称して引き込まれ、そのあと、養生のためといって外宅《がいたく》されたのだが、どこへ外宅されたかは知らぬ。文句があるか」

「あなたは早川様のお身内ではない?」

「これの」

といって男は壺を振る真似をする。

「友達よ。おぬしにもおなじ臭いがする。借りたのを返しにきたというのなら、ほんと、預かっておくぞ」

能天気《のうてんき》な居候とこれ以上やりあってもはじまらない。半次は無言で踵《くびす》を返した。

さて、誰に聞いたものか。やはり組頭がよかろう。組頭は一軒家に住んでいるということで、家はすぐに分かった。枝折戸《しおりど》を開け、玄関先に立って声をかけた。

「ご免くださいまし」

内儀《かみ》さんらしい女がでてきて聞く。

「どちら様でしょう?」

「組頭の大熊勘兵衛《おおくまかんべえ》様のお宅でございますね?」

「そうです」

「新材木町に住む半次と申します」

何者かを名乗るとややこしい。正体は明かさなかった。

「早川市太郎様のことでお伺いしたいことがあってまいりました」

「どのような?」

「ご不在だったのですが、どちらへまいられたのでしょう?」

「お待ちください」

秋も深くなり、冬は目と鼻の先。大熊勘兵衛に違いない男は襟《えり》を掻き合わせながらでてくる。

「早川市太郎はどこへいったかとお尋ねじゃな?」

「さようでございます」

「そこもとと早川の関係は?」

「金子《きんす》を少々用立てており、返済期間が過ぎたのでお家をお訪ねしたら、ご浪人様がおられ、どこに外宅したか知らぬ、いつ戻るかも知らぬとおっしゃいましたので、夜分に失礼とは存じましたが、かように伺いました」

さっきのやりとりからそう話をつくった。早川市太郎の乱れているらしい生活ぶりから、あちこちに借金をつくっていても不思議はないと考えてのことだ。

「実はわしらも、早川がどこへいったか知らぬのじゃ」

「早川様は組内のお方でございましょう」

「さよう」

組頭としてずいぶん無責任だが、面と向かってそうはいえない。半次はおだやかに聞いた。

「養生のために外宅されるにしても、どこに外宅するかは組内のみなさん、ことに組頭のあなた様にはお知らせしなければならない。そうではないのですか」

「そこもとの申すとおりなのだが、ふらっといなくなったのだ」

「早川さんの冬の御切米《おきりまい》のお札《ふだ》はどうなっておりますか?」

お抱え者は全員、俸禄を米で受け取っていて、春に四分の一、夏に四分の一、冬に二分の一と分けて受給するところから、俸禄をとくに御切米とも三季《さんき》御切米ともいった。札とは、御切米請《うけ》取《とり》手形のことだ。

「外宅されておっても、受け取りにこられたのでしょう?」

「さよう。代《だい》(代理人)と申す者が受け取りにまいった」

「代と申されたお方は、早川様がどこに住んでいるか申されなかったのですか?」

「聞いたが、おっつけ戻りますからと」

「それ以上、お質《ただ》しにならなかった?」

「うむ」

幕府の末端の組織はここいらの箍《たが》がかなりゆるんでいた。

「早川様の札差《ふださし》はどちらです?」

「札差から突き止めようというのか?」

「そうです」

「いいところに気づいたが、当人に会っても、取り立ては難しいぞ。このところずっとピーピーしておった」

「お教えください」

「天王町《てんのうちょう》組の上総屋《かずさや》だったか、いや、そうじゃない、伊勢屋《いせや》だった」

「有り難うございます」

「会ったら、いつまでも休んでいるとためにならぬ、早々に戻ってくるようにといっといてくれ」

「承知しました」

三

切米取り（米で俸禄を受け取る者）は札を上役等から受け取ると、受け取り代行業者とでもいうべき札差に届ける。切米取りは何万人といる。いちどきに処理できない。順番を決めなければならない。札差は所定の手続きを踏み、札旦那（切米取り）の札を八百俵単位にまとめ、〝お玉落ち〟といったのだが、くじ引きのようなことをやって、俸禄を受け取る日を決めた。

もっともすべてを米で受け取るわけではない。この年の冬は米で受け取るのが四分の一、お金で受け取るのが四分の三と定められていて、お金は百俵当たりの値段（御張紙値段《おはりがみねだん》）が御城の大手三ノ御門を入ってすぐの、中之口に張り出される（値段はそのつど勘定所が定める）。その金と米を受け取る日が決まると、札差は札旦那に使いを走らせて、〝玉が落ちました、何日です〟と知らせる。ということは、蔵前に百余軒ある札差は、自分のところの札旦那の住所を把握しているということで、天王町組の札差伊勢屋は早川市太郎の外宅を知っていなければならない。

半次は蔵前にでかけていった。〝お玉落ち〟は繁忙期を迎えているようで、蔵前はごったがえしている。伊勢屋は鳥越橋《とりごえばし》を渡ってすぐ。橋を渡り、さてと辺りを見まわした。

あれ？　札差に違いない店の前で、押し問答をしているのは小三郎ではないか。小三郎も早川市太郎を追っていて、札差に辿り着いたのか？　軒先にかかっている看板には相模屋《さがみや》とある。伊勢屋ではない。それにあの押し問答はどう見ても対談方《たいだんがた》だ。

世の中にはいろんな職業がある。切米取りは曲がりなりにも侍だが、ろくろく刀などを振りまわしたことがなく、屈強の浪人者を用心棒がわりに雇って、札差を相手にあらたな借金の申し入れや、返済引き延ばしなどを強談判《こわだんぱん》するようになり、そんなお雇い浪人者を蔵宿師《くらやどし》といった。この時期は、玉が落ちて俸禄をいただく日がきたのに、前借りの借金を棒引きされていくらにもならない、それでは生計《くらし》が立たないと、蔵宿師を雇って札差を相手に、棒引きをさせじと頑張る切米取りが少なくなかった。

そうなると、札差も負けてはいられない。蔵宿師に対抗して、要求を撥ねつける浪人や〝勇み〟といわれた町の突っ張りを雇うようになり、そんな連中を対談方といった。

あの押し問答の身振り手振りから察するに、小三郎は札差側から物をいっているようで、間違いない、対談方だ。半次は近寄って声をかけた。

「お久しぶりですねえ」

小三郎は気づいていう。

「なんだ、お前か」

「なんだ、お前か、はご挨拶ですねえ」

「いま、忙しいのだ」

「あなたを探しておったのですよ」

「おれがどこかで行き倒れにでもなったと聞いたから、探していたとでもいわんばかりの口ぶりだなあ。あいにくだ。見てのとおり、ピンピンしておる」

「ここしばらく、おちよさんをお家に訪ねておられぬのだそうですねえ。事情を聞かせてもらいましょう」

「何度もいわせるな。おれはいま忙しい」

小三郎が見つかれば用はすんだも同然なのだが、早川市太郎のことが稼業柄気になる。ついでにやつがちよの本当の仇かどうかも確かめておきたい。また小三郎がそのことで動いていなかったともかぎらない。だったら、どう動いていたのかも知っておきたい。

「暇になるのは何刻《なんどき》ごろですか？」

「日が落ちたら店先も閑散となる。おれはずっとこの店で寝泊まりしておる。用があるのなら、そのころ訪ねてこい」

伊勢屋で早川市太郎の外宅先を聞き、訪ねて、なにやかやと事情を探っているうちに日も暮れよう。

「じゃあ、そうします。出歩かないで待っててくださいよ」

「それは分からん」

「なぜです?」

「奢《おご》ろうと、気前のいいやつから声をかけられたら断れない」

こんなやつに奢る馬鹿などいるはずはないが、それでも念のためにいった。

「わたしが奢ります」

「きっとだな」

「二言《にごん》はありません」

「よし、じゃあ、待っててやる」

「あとで」

声をかけて半次は伊勢屋に向かった。

四

本所《ほんじょ》は下谷《したや》とおなじ。土地が碁盤《ごばん》の目のように切り刻まれていて、そこに御家人《ごけにん》といわれていた、譜代ではあるが小禄の幕臣が櫛比《しっぴ》していた。早川市太郎の〝代〟は札差伊勢屋に、本所は南《みなみ》割下水《わりげすい》の南、津軽出羽守《つがるでわのかみ》の上屋敷の手前の一角、御家人内藤利三郎《ないとうとしさぶろう》の屋敷内に地借りしている、小沢吉兵衛《おざわきちべえ》宅を外宅先と届けていた。

小沢吉兵衛なる者は御家人の屋敷に地借りしているから、御家人か、でなければお抱え者、もしくは浪人者ということになるのだろうが、早川市太郎は矢来下の家をでて、なにゆえそんな、けっして住みいい家でもなさそうな家に外宅しているのだろうか？　と首をひねりながら、半次は南割下水沿いを東に向かっている。

ここいらの御家人はほとんどが敷地内を他人に地借りさせて、地借りした者は家を建てて住んだり、長屋を建てて人に貸したりしている。本所はもともと通りが南北に整然と区割りされていたのが、雑然と家が建て込むようになって、地借り人の家を探し当てるのは容易でなかったのだが、もーし、もーしとあちらの家こちらの家と戸を叩き、尋ね尋ねて、ようやく小沢吉兵衛なる者の家を突き止めることができた。

「ご免くださいまし」

半次は声をかけた。がらりと障子戸が開いて、男がのそっと顔をだす。

「なんだ？」

「早川市太郎様はおいでででございましょうか？」

男はギラリと目を光らせていう。

「お前は何者だ？」

当然、そう聞かれるだろうと思って、どう名乗ったものか道々ずいぶん思案した。これというのを思いつかず、ずばり、こういうことにした。

「いまは亡き関根弥一兵衛様の奥方おちよ様にご縁がある者でございます。半次と申します」

男はこやつ何者だろう？　と怪しんでいるふうで、口を開く。

「用は？」

「おちよ様は幼いお子を三人抱えてとても暮らしに困っておられ、昔の知り人にご合力《ごうりき》いただこうと、わたしが仰せつかって、かように使い走りをしている次第でございます。早川様におかれましても、ぜひ、ご合力を願います」

「あいにくだが、早川市太郎なるお人はここにはおらぬ」

「蔵前の札差、伊勢屋で伺いました。早川様はこちらに外宅しておられると」

「おらぬものはおらぬのだ」

「あなた様が早川様でございましょう？」

そんな臭いがする。

「無礼を申すな。それがしはここの主人、小沢吉兵衛の弟で小沢多吉郎《たきちろう》と申す。卑役《ひやく》ながら、火消役《ひけしやく》という御役にも就いておる。なんなら問い合わせてみろ」

「では早川様はどちらに？」

「そんなお人のことなど知るか」

半次は挑発するようにいった。

「あなたが早川様ですね？」

「なんだとオ！」

「おちよ様は、早川は夫の仇とおっしゃっておられました。だからあなたは早川市太郎ではなく小沢多吉郎だと言い逃れようとされておられる。そうですね？」

「無礼を申すと身のためにならぬぞ」

「おちよ様は仇を討つとは申しておられませぬ。合力してくだされと申しておられるだけです」

「重ね重ねの無礼。もう、我慢ならぬ。手討ちにいたす」

早川に違いない男は奥に走って、刀を小脇に抱えてくる。半次は後ずさりして、表にでた。家の向かいは長屋になっていて、そこいらは町屋の裏長屋となんら変わりない。多吉郎の居丈高な声は辺りに響き渡ったようで、長屋からぞろぞろと野次馬《やじうま》がでてくる。野次馬が見守るなかで、まさか、刀を抜くような馬鹿な振る舞いに早川に違いない男がおよぶわけがない。そう考えながらも半次は身構えた。男は刀を腰に差し、左の親指を鍔《つば》にかける。鯉口《こいぐち》を切ろうとしているのだ。本気か。半次も懐に手をやって十手を探った。

「小沢殿」

声がかかって、男は振り返る。

うん？　この男、早川市太郎ではなく、当人がいうように、本当に小沢多吉郎なのか。

「小沢殿、あまりではござらぬか？」

声の主は近寄ってきていう。間違いない。小沢多吉郎だった。これはえらい無礼を働いたことになる。小沢多吉郎は鍔にかけた左の親指を外して聞く。

「なにがでござる？」

「お貸しした袴《はかま》、返していただいたのはいいが焼《や》け焦《こ》げがござった」

「焼け焦げ？」

「さよう。煙草の火の焼け焦げのようなのが二ヵ所に」

「そんなはずはございませぬ」

「ござらぬって、これ、このとおり」

男は風呂敷を広げて袴の焼け焦げを見せる。

「わたしが焦がしたという証拠は？」

「白《しら》を切るおつもりでござるか？」

「白を切るもなにも」

「弁償をしていただく」

「弁償って、どう？」

「新調しろとはいいません。古着ながらも一分《いちぶ》はした代物。おなじ程度の古着を買って、お返しいただく」

「その袴が古着ながらも一分はしたというのはおかしい。どう見ても安物。継ぎを当てればすむこと」

「人に袴を借り、二ヵ所も焼け焦がしておいて、その言い分は聞き捨てにならぬ。なにがなんでも弁償していただく」

「おことわりいたす」

「刀にかけてでもでござるか？」

「さよう」

小沢多吉郎の相手は半次から闖入者《ちんにゅうしゃ》に替わり、両者ともに身構えて鯉口を切りにかかる。

「まあ、まあ」

そこへ男がまた割って入る。

「中田殿も多吉郎も人前でみっともない。やめなさい」

〝多吉郎も〟と呼び捨てにするところから察するに、また多吉郎は〝小沢吉兵衛の弟で小沢多吉郎〟と名乗っていたことでもあり、第三の男は兄の小沢吉兵衛ということになるのだろう。どっちにしろやつは正真正銘の小沢多吉郎だった。すると、早川市太郎はどこへいった？

「つかぬことを伺います」

半次も割って入った。

「あなた様は小沢吉兵衛様ですね？」

「そうだが、おぬしは？」

「新材木町に住まっております。半次と申します」

「何用だ？」

「お宅に早川市太郎と申すお方が厄介になっておられるはず。お引き合わせいただけませんか」

「まだ、そのことを申すか」

小沢多吉郎は目を三角にし、刀を抜いて振りかぶる。まあまあと制して、小沢吉兵衛はいう。

「そのようなお人は存ぜぬ」

「しかし、札差伊勢屋は……」

みなまでいわせず、吉兵衛はいった。

「帰っていただこう」

つづけて野次馬にいう。

「散った、散った」

野次馬がぞろぞろ引きあげ、半次も不得要領《ふとくようりょう》に踵を返した。

伊勢屋はたしかに、早川市太郎は小沢吉兵衛宅を外宅先と届けているといった。聞き違えてないはずだが、店先が〝お玉落ち〟でごった返していたときでもあり、帳面を繰り損なったかどうかしたのか。半次はふたたび蔵前に向かって、伊勢屋の敷居をまたいだ。

「間違っておりません」

手代はそう断言する。腑に落ちないまま、半次は相模屋に向かった。

「蟋蟀さんですか。ぶらりとでかけられました。どうせ近くで飲んだくれておられるのでしょう」

例によって平気で約束をすっぽかす。半次は応対にでた番頭に聞いた。

「どういう事情で、蟋蟀さんを雇っておられるのですか?」

「旦那様がお雇いになったようで、わたしは事情をよく存じません」

「旦那様は?」

「でかけておられます」

ここでもまた半次は不得要領に踵を返すことになった。

五

「飯でも食おう」

と岡田伝兵衛から誘いがあって、約束の刻限七つ半（午後五時）に船宿《ふなやど》西村の敷居をまたいだ。

「お待ちでございます」

女将《おかみ》が出迎えて二階に案内する。

「どうだ、景気は？」

岡田伝兵衛は挨拶がわりにいう。

「よくもなし、悪くもなしです」

「まあ、すわってくれ」

半次はしつらえてある席に腰をおろした。

「熱燗《あつかん》を」

と岡田伝兵衛がいい、女将が答える。

「つけさせております。すぐに持参させます」

「酒と料理が並んだら座を外してくれ」

「承知しました」

どうやらまた厄介な用をいいつかるらしい。

「お待たせしました」

二合徳利《にごうどくり》と料理がそれぞれの膳の上に並べられる。

「話というのはほかでもない」

岡田伝兵衛は切りだす。

「おぬし、小沢多吉郎なる者を知っておるな」

藪から棒にまたなんだ？

「どうして、やつのこと。ご存じなのですか？」

「それは後まわしということにして、知っておるな？」

「よおく、というほどでもありませんが存じております」

「世の中には思いもつかない悪事を働く者がおるが、小沢多吉郎がそうだった」

中田某なる者から借りた袴を焼け焦がしたとかなんとかで騒いでいた。あのことなら〝思いもつかない悪事〟とはいえない。なにをいおうとしているのだ？

「事件の発端《ほったん》はこうだ」

中田某と小沢多吉郎との、袴を焼け焦がした件での諍《いさか》いは、おなじ火消役仲間の大野某と村越某とが中に入り、こういう条件でおさめた。

袴は目立たぬように継ぎを当てる。仲直りに、小沢吉兵衛・多吉郎の兄弟が費用を持って、大野某の家で中田某と仲間に奢る。

仲直りの席には火消役仲間の相原某、柴田某も集まり、つごう七人で宴会がはじまった。

酒がはじまると、とかく話はもつれる。中田某がくどくどぐずぐず、継ぎを当ててもらうというのはやはり引き合わない、弁償してもらいたいと蒸し返した。あまりにしつこいので、たまらず多吉郎はいった。

「古着ながらも一分はしたは笑わせる。あんなのは柳原《やなぎわら》で一山なんぼで売っている」

柳原には古着の古着、どうしようもない古着を売る床店が並んでいる。

「なにイ！」

中田は眉をつりあげた。小沢多吉郎は新参者で、かねてその横柄な態度を、ほかの仲間も不快に思っていた。

「先輩に口がすぎよう」

主催している大野がいい、

「そうだ、そうだ」

村越、相原、柴田らも中田の肩を持って加勢する。

「帰ろう」

形勢悪しとみて、兄小沢吉兵衛がいう。

「帰る前に謝れ」

中田がいい、

「誰が謝るものか」

多吉郎が言葉を返してくんずほぐれつになろうとするところを、吉兵衛・多吉郎の兄弟はかろうじてかわして家に逃げ帰った。

「こうなりゃあ、殴り込みだ」

中田も大野も村越も相原も柴田も、みんな頭に血がのぼって、勢いにまかせて小沢吉兵衛の家に押しかけた。戸に心張棒《しんばりぼう》がかましてある。石を拾ってきて、障子戸をめがけて投げ入れた。

バリバリ、バキバキ。

障子戸の桟のところが折られ、紙が破られて素通しになる。そこからまた手当たり次第に石を投げ入れる。

もう勘弁ならぬ。今度は吉兵衛が逆上《ぎやくじよう》した。

「一人残らず、血祭りにあげてやる。多吉郎、覚悟はいいな。ついてこい」

多吉郎はからきし意気地《いくじ》がない。家の奥の隅でがたがた震えている。吉兵衛は多吉郎を尻目に刀を抜き、ウオーと獣《けだもの》がうなるような声をあげて外へ飛びだした。中田、大野、村越、相原、柴田はびっくりし、石を捨てて逃げにかかる。吉兵衛は追い、大野、村越の二人に手傷を負わせ、中田を即死させた。

こうなればもう内済《ないさい》はきかない。事件は表沙汰になり、関係者は評定所に呼ばれて取り調べを受けることになった。

「すると」

と岡田伝兵衛。

「意外なことが明るみにでた」

山里御庭の者早川市太郎は紅葉山《もみじやま》火之番小沢平左衛門《へいざえもん》の次男で、生まれて間もなく山里御庭の者早川伴蔵《ともぞう》にもらわれて、伴蔵の養子になった。市太郎がそのことを知ったのは成長してからだが、義父伴蔵が死に、親の跡を継いでおなじ山里御庭の者となってからは伴蔵への遠慮がなくなり、本所の実の親や兄弟を訪ねるようになった。小沢家もいつしか平左衛門が亡くなり、吉兵衛の代になって、吉兵衛が親とおなじ、紅葉山火之番という御役に就いていたのだが、そんなある日、市太郎は吉兵衛を訪ねていう。

「借金でどうにも首がまわらない。多吉郎の葬式はまだだしていないんだよなあ」

吉兵衛、市太郎、その下に多吉郎という弟がおり、吉兵衛もまた不如意《ふにょい》で、父平左衛門が死んだあと、またすぐに死んだ多吉郎の、死骸はほうむったが葬式をだせずにいた。多吉郎は戸籍上は生きていることになっていた。

「あいにくまだだしていない。それがどうした?」

吉兵衛は聞く。

「生きているということにして、おれは多吉郎になりすます。御役を世話してくれ」

「御役をって、お前は山里御庭の者という御役に就いているではないか」

「そっちはそのままにして、あらたにだよ」

「すると、お前は早川市太郎でありながら、小沢多吉郎になりすます?」

「有り体にいうとそうだ」

「両方の俸禄をいただくということだな?」

「大きな声ではいえないがそうだ」

山里御庭の者は三十俵二人扶持《ぶち》。一人扶持は五俵換算だから四十俵。ざっとした計算だが、この冬の御張紙値段は四十両だから、一年分をそっくり金でもらったとして十六両。裏長屋の八っつぁん熊さんでも年収が十六両では苦しい。かりにおなじような役にありついて年収が二倍になれば、たしかにずいぶん楽になる。

「しかし、ばれるときついぞ」

「ばれるような下手は打たない。だから」

市太郎に懇願され、吉兵衛は二十五俵三人扶持の火消役という御役を見つけてきて世話をした。小沢多吉郎こと早川市太郎は一月ばかり真面目に勤めて、あとは両役を交互に勤めるつもりでいた。

山里御庭の者も火消役も日常は裁衣《たつつけ》を着用している。だが、袴を着用して出勤しなければならない日もあって、兄も袴は一張羅《いっちょうら》だから同僚の中田善之《ぜんの》助《すけ》に貸してもらいたいといった。中田はいった。

「それはいいが質屋に入れている」

この時代のペンネームが武《ぶ》陽隠士《よういんし》という人の『世《せ》事《じ》見聞録《けんもんろく》』という著にこうある。

「なべて武家は大家《たいけ》も小家《しょうけ》も困窮し、別《べつ》して小禄なるは身体甚《しんたいはなは》だ見苦しく……衣類も四季節々《おりおり》のもの、質の入替え、または懸売りの羅《せり》呉服といへる物を借り込みて、漸《ようや》く間を合わせ、またその甚だしきに至りては、御番に出づる時は質屋より偽りて取り寄せ着用いたし、帰りたる時は、ただちに元の質屋へ返すなり。下人《げにん》どもこれを嘲《あざけ》りて、上げ下げの上下《かみしも》を着て御番の上り下りを致すとて主人を侮り……」

侍にとっては必需品の袴を質に入れるのは珍しいことではなく、小沢多吉郎こと早川市太郎はいった。

「それじゃあ、わたしが請け戻します。質札をください」

「いいだろう」

と中田がいい、市太郎は利息を払って袴を請け戻し、用がすんで袴を返した。つぎに中田が着用することになり、袴を佩《は》こうとした。焼け焦げが二ヵ所にもある。あの野郎！　となってごたごたははじまり、兄の吉兵衛は当然のように死罪《しざい》（死刑）となったのだが、その過程で、弟の小沢多吉郎なる者は早川市太郎なる者がなりすましていたと判明した。だけでなく、市太郎は騒動のとき、臆《おく》して家の奥に隠れてわなわな震えていたということも明らかになった。岡田伝兵衛がいう。

「そんなわけで、早川市太郎は近々、〝旁《かたがた》不届《とど》きにつき、遠島《えんとう》〟と申し渡されるそうなのだが、以上が前置き。早川市太郎が牢番に、新材木町の半次なる者に会わせてもらいたいといったというのだ。牢番は新材木町の半次といえば、おれの手札をいただいている御用聞きというのを知っておって、おれを訪ねてきてしかじかですという。聞くが、おぬしと早川市太郎とはどうつながっておるのだ？」

「それは……」

半次は事情を語った。

「ということだと、なんだ、ちょ女とかのご亭主関根弥一兵衛を神田川に突き落として土左衛門にしたのは早川市太郎で、遠島といえば死罪も同然、仏心《ほとけごころ》がつき、すっかり打ち明け、心も清らかに島に送られようというのかもしれぬなあ」

「かもしれません」

厄介な御用を仰せつかりそうで、それなりに覚悟をしていたのだが思いがけない用だった。

六

早川市太郎は御目見《おめみえ》以下の者や陪臣《またもの》が入れられる揚《あが》り屋に入れられていたが、牢番に南鐐《なんりよう》を一枚握らせると、牢内の人目のつかない薄くらがりに呼んでくれた。半次は頭をさげていった。

「お久しぶりでございます」

「うむ」

と早川市太郎は言葉を返したがこの前の元気はない。侍というのはおかしなもので、小沢多吉郎になりすましていたという重大問題よりむしろ、臆して家の奥に隠れてわなわな震えていたということのほうが問題視され、そのことでしょげておられると牢番は語っていた。元気がないのはそのせいかもしれぬ。

「なんともお気の毒なことです」

慰めにもならぬが半次はそういった。

「身からでた錆《さび》というか自業自得《じごうじとく》だ」

「お話というのは？」

「おぬし、関根弥一兵衛の御内儀《おないぎ》ちよ殿からたのまれて、合力をたのんでまわっているとかなんとか申した。そうだのオ？」

「申しました」

「あれは本当か」

「方便《ほうべん》です。おちよさんからあなたが仇だと聞き、それとなく確かめにまいったのはいいのですが、あなたを訪ねる口実がうまい具合に見つからず、ああ申したのです」

「ちよ殿が、おれが夫の仇と申したというのは本当か？」

「本当です」

「たしかに、あの晩、関根弥一兵衛が土左衛門になった晩だ、争って弥一兵衛を神田川に突き落としたのはおれだ」

「じゃあ、仇と思われても仕方がない？」

「そうなのだが、おれが弥一兵衛を突き落としたのには無理もない理由がある」

「伺いましょう」

「神棚においていた一両をくすねたのは、やはり弥一兵衛だったのだ。どだいだ、暮れも押し詰まってだぞ、めったと当たらない影富が当たるような偶然があると思うか」

「おちよ殿はあったといっている」

「馬鹿馬鹿しい。おなじ組屋敷内長屋に住んでおる。仲間内の者のことはたいがい知っておる。弥一兵衛がどこの仕組み屋から影富を買っているということもだ。おれは陰険で、癖が悪いと陰口を利かれている。自分ではそうは思っていないのだが、そんなところもあるのだろう、仕組み屋にいって根掘り葉掘り聞いた。ああいうところは口が堅い。べらべらしゃべったら、無心にこられたりして、信用をなくすからだ。なかなか口を割らなかった。だが、おれはしつこい。あっさり引きさがったりしない。毎日のように押しかけてねちねちやっていたら、敵はとうとう音をあげて、ここだけの話ですが、当たってはおられませんと。じゃあ、あの金はどうした？　となる。腰をおろしていいか」

「どうぞ」

立ったままだったので疲れたのだろう。市太郎は腰をおろして尻餅をつく。半次も中腰になった。

「なのに弥一兵衛は、おれはやっていないといわんばかりに振る舞っている。おれにとってはいかにもそれが憎々しい。だから、聞こえよがしに、貧すりゃ鈍する。二度、三度がある。大事な物はちゃんと懐にしまっておけよとか、頭の黒い鼠だけは防ぎようがない。日ごろから気をつけておくこったと憎まれ口を利いた。するとあの日、帰りに擦り寄ってきて話があるといい、帰り道のしけた飲み屋にさそう。四文一合湯豆腐一盃《しもんいちごう》の安酒を差しつ差されつやっていて、これまでに影富はうんと買った、だから偶然のように思われるが当たって不思議はないのだなどと臼々しくいう。むかむかしながら聞いておって、いってやった。ネタは割れてるんだ、かわいそうだから、それだけは黙ってやってるんだ、いいかげんにしろと。やつは真っ青になりおって、そのあと口を閉ざして、安酒をがぶがぶ飲《や》っておった」

市太郎は一息入れる。

「帰りは当然一緒だ。ふらふらふらふら、歩けば歩くほどやつは千鳥足《ちどりあし》になり、立慶橋を渡って神田川沿いにさしかかったとき、にわかにやつはおれを神田川に突き落とそうとする。ただふらついただけで、そうではなかったのかもしれなかったのだが、おれにはそう思え、とっさに体を躱《かわ》し、逆に突き落としてしまった。神田川は深い。あわわ、あわわと、あわてながらやつは沈んでいく。あいつが金鎚だったのとおなじく、おれも金鎚。手のほどこしようがなく、またあの時刻に助けをもとめてももう遅いと思い、気の毒ながらそのままにして帰った。事実は以上だ」

「なぜ、そのこと、わたしに打ち明けられたのですか？」

「おぬしはちよ殿の使いとなって調べにまいったのだろう？」

「ええ、まあ」

「だからだ。ただし、おれがいったとおりそのままを伝えなくともいい。ちよ殿が満足のいくように話を作り替えてもらって結構。かりにガキが仇を討てるような歳になったとしてもだ、島での暮らしはつらい、十数年後のことで、そのときはおそらくもうおれはこの世の人ではない。この世の人であっても、島まで追ってきて仇を討つなどということはできまい。せいぜいおれのことを憎んで、それを肥やしや励みにして、この先、一家四人が生きていけばなによりということだ」

市太郎なりのそれが弥一兵衛に対する供養《くよう》ということなのだろう。

「おちよさんの手前、悪者になってもかまわないとおっしゃるのですね」

「そういうことだ。じゃあ、これで」

市太郎はそういって牢に戻った。

七

「いるか？」

小三郎だ。久方ぶりの来訪ということになる。

「いるのなら返事くらいしろ」

いつものように悪態《あくたい》をつきながら入ってくる。半次は相手にせずに煙を吹かした。小三郎は長火鉢の前にどっかとすわっていう。

「この前は悪いことをした」

すっぽかしてもなんとも思わない男のはずなのに、これはまた珍しい。

「どうした風の吹きまわしですか？」

「あの日はあいにく急用ができたのだ」

「いつものことです」

「あのとき、おぬしはおれに話があるといったなあ」

「ええ、いいましたよ」

「なんの話だ？」

「どうということのない話ですよ」

「そんなはずはない。真面目くさった顔をしておった」

「もう、すんだことです」

「おまえ、おれになにか隠していないか？」

「隠す？　なにを隠すってんです」

「ちよ殿から、わたしは仇持ちだと聞いたらしいなあ」

「聞きましたよ」

「おれに話があるといったのはそのことにかかわりがあるのだろう？」

そのくらいの推測は誰にでもつくが、

「なんでまた、そんなことを？」

「ちよ殿がいうのに、半次親分にしかじかと打ち明けると、蟋蟀さんが早川市太郎なる仇を訪ねたかどうかだけでも確かめておきましょうとおっしゃったと。そうだな？」

「ええ、申しましたよ」

「近々、そのことで半次親分がお見えになって話を聞かせてくださるはずなのですが、あなたはどうなさっておられたのですかって？」

「さよう、あなたはあんなところでなにをしておられたのです？」

「なにをって金儲けに決まっておろう」

「よりによって対談方とはねえ」

「飲み屋でのおれの喧嘩が水際立っていたのを、あそこの旦那が人づてに聞いて、〝お玉落ち〟の間、およそ二十日ですが、あご足つきで三両でどうですかとぬかすから十両と吹っかけ、六両で手を打って破落戸《ごろつき》の応対をしておったのだ。悪いか？」

「悪いとは申しておりません」

「それより、ちよ殿の仇のこと、なにか分かったのか。分かったのなら、そのこと、おれが調べたということにして教えてくれ」

　弥一兵衛が一両に手をかけたということは秘したままにし、土左衛門になったのははずみということに物語をつくるのがよかろうと、牢屋から帰って考えていたところだ。

「あなたはおちよ殿から、わたしは仇持ちですと聞いてもなにも動かれなかった？」

「破落戸の応対に忙しかったのだ。おまえにしかじかでしたなどとちよ殿の耳に入れられると、おれの顔がつぶれる。瀬戸物町の家にも入れてもらえなくなる。なあ、なにが分かったのか、教えてくれ」

「手柄を横取りされるつもりなのですか」

「そんなことをいわず」

思いっきり法螺《ほら》を吹いてやれ。

「命懸けだったんですよ」

「なあ、たのむ。たのむよオ」

いまにも泣きださんばかりだが、とことん困らせてやれ。さんざんに焦《じ》らしていると、

「うおーん」

またも手放しで泣きだした。

初出　『ＩＮ☆ＰＯＣＫＥＴ』二〇〇四年七月号、九月号、十一月号、
二〇〇五年一月号、三月号、五月号、七月号、九月号

佐藤雅美（さとう・まさよし）

1941年兵庫県生まれ。早稲田大学法学部卒。1985年、処女作『大君の通貨』で第４回新田次郎賞、1994年、『恵比寿屋喜兵衛手控え』で第110回直木賞を受賞する。著書に『白い息』『浜町河岸の生き神様』『青雲遙かに　大内俊助の生涯』など多数。

半次捕物控《はんじとりものひかえ》　泣《な》く子《こ》と小三郎《こさぶろう》

二〇〇六年三月二三日　第一刷発行

著者——佐藤雅美《さとうまさよし》

発行者——野間佐和子

発行所——株式会社講談社

東京都文京区音羽二丁目一二—二一　郵便番号一一二—八〇〇一

電話　出版部（〇三）五三九五—三五〇五

販売部（〇三）五三九五—三六二二

業務部（〇三）五三九五—三六一五

印刷所——凸版印刷株式会社

製本所——黒柳製本株式会社

本文データ制作——講談社プリプレス制作部

N.D.C. 913　310p　20cm　ISBN4-06-213339-3